KB167926

세 살부터 아흔 살까지 읽어야 할 21세기 스마트 잠언

하버드 대학
공부벌레들의 30계명

하버드대학 공부벌레들의 30계명

초판인쇄 2023년 2월 10일
초판발행 2023년 2월 16일

지은이 이우각
발행인 조현수
펴낸곳 도서출판 프로방스
기획 조용재
마케팅 최관호 최문섭
편집 강상희
디자인 토 닥

주소 경기도 고양시 일산동구 백석2동 1301-2
넥스빌오피스텔 704호
전화 031-925-5366~7
팩스 031-925-5368
이메일 provence70@naver.com
등록번호 제2016-000126호
등록 2016년 06월 23일

정가 16,000원
ISBN 979-11-6480-301-9 03810

세 살부터 아흔 살까지 읽어야 할 21세기 스마트 잠언

이우각 지음

프로방스

| 프롤로그 |

모두를 수재(秀才:genius)로 만드는 가장 '논술적인' 계명 풀이

교정을 누비며 미래를 설계하는 젊은 학도들의 발랄함이 그대로 묻어나는 계명들이다. 약간은 억지스러운 면도 있지만 구석구석에 촌철살인(寸鐵殺人)의 묘미가 배어있다. 오래전에 캠퍼스 시절을 접은 기성세대의 심장에도 비수처럼 꽂히며 식은땀을 흘리게 한다.

"너는 대체 그동안 무엇을 했느냐? 너는 그 긴긴 시간을 무엇을 하며 지냈기에 여태 그 자리에 머물러 있느냐? 왜, 아직도 정거장을 못 벗어난 채 보따리를 쌌다 풀었다 하며 시간만 질질 끄느냐? 그 나이에도 아직 스승이 필요하고 안내자가 있어야 한다는 거냐? 늙으신 부모만을 유일한 보호자로 삼고 있으면 네 어린 자녀들은 대체 어느 세월에 진정한 부모를 갖게 된다는 거냐? 일어서라. 평생 아이처럼 사는 자여, 어서 더 늦기 전에 벌떡 일어서서 몇 걸음이라도 더 걷고 몇 고비라도 더 넘어서거라."

『하버드대학 공부벌레들의 30계명』을 앞에 놓고 너무나 충격이 커 한동안 숨을 쉴 수조차 없었다. 진작 알았더라면 더 열심히 공부하고 더 재빠르게 달렸을 텐데……

좀 더 일찍 접하지 못한 것이 무척이나 후회스러웠다. 그래서 한창나이의 젊은 세대를 위해 약간의 감상과 생각을 보태 한 권의 책으로 펴내기로 결심했다.

누구나 다 알고 있는 평범한 내용일 수 있지만, 충분히 소화시켜 자신의 미래를 위한 자양분으로 활용하도록 곁에서 돕는 일이라도 해야겠다는 생각에서 한 권의 책으로 펴내게 되었다. 이 한 권의 책이 많은 이들의 생각과 인생을 바꿔 먼 후일 자신의 성공과 이웃의 자랑거리를 차곡차곡 쌓아놓게 되기를 진심으로 바란다.

먼 길을 걷는 데는 단 한 켤레의 신발이면 족하다. 어둡고 무서운 긴 동굴을 무사히 빠져나가려면 무엇보다도 등불이 필요하다. 이 한 권의 책이 먼 길을 걷는 신발이 되고 동굴을 통과하는 등불이 되기를 바란다. 그리고 우리 시대의 '아픈' 십 대, '아픈' 청춘들에게도 무지개 곱게 뜬 높은 하늘이 멋들어지게, 희망차게 펼쳐지기를 진심으로 바란다.

글쓴이 이우각(李愚珏)

| 차례 |

1장
성공을 위한 10가지 계명

2장

승리를 위한 10가지 계명

3장

영광을 위한 10가지 계명

1장

성공을 위한 10가지 계명

01

지금 잠을 자면
꿈을 꾸지만
지금 공부하면
꿈을 이룬다

사람이든 동물이든 일단 태어나 숨을 쉬기 시작하면 그 즉시 표현 방법을 익히게 되어 있다. 제 욕구와 의사를 소리나 동작으로 잘 알리려면 쉽게 통할 수 있는 표현 방식과 표현 도구를 사용해야 한다.

사람의 경우에는 우선 말과 표정을 배우게 되어 있다. 손짓, 발짓, 몸짓, 눈짓 등은 모든 동물에 공유된 것이라서 그저 요령껏 터득하면 그만이다. 하지만, 말의 경우에는 일정한 노력이 반드시 필요하다.

우선 표현이 정확하고 다양해야만 제 욕구와 의사를 제대로 알릴 수 있다. 사용하는 말의 숫자를 늘려나가지 않으면 아무리 모국어라도 마치 남의 말처럼 불편하기 마련이다. 중언부언(重言復言), 횡

설수설(橫說竪說), 거두절미(去頭截尾), 장광설(長廣舌), 허언(虛言), 광언(狂言), 속언(俗言) 같은 말들이 회자되는 것만 보아도 입 달렸다고 다 말할 수 있는 것도 아니고, 말이라고 다 말로 받아들여지는 것도 아님을 쉽게 알 수 있다.

사람이 일생 동안 사용하는 말 중에서 생리적으로 가장 중요한 하나를 고르라면 아마도 '잠' 혹은 '수면'을 손꼽을 수 있을 것이다.

어린이들은 동화 『백설공주와 일곱 난쟁이(Snow White and the Seven Dwarfs)』를 읽으며 '마술에 걸려 언제 깨어날지 모른 채 잠만 자야 하는 불행한 백설공주(Snow White)'를 떠올린 채 '잠이란 참으로 평화스러운 침묵과 휴식의 시간이 아니라, 캄캄한 동굴이나 터널 같은 무시무시한 함정'이라고 생각하게 될 것이다,

'마술에 걸려 꼼짝없이 잠을 자게 된 미녀'의 모습은 내가 어릴 적부터 익히 들어온 '수마(睡魔)'라는 말과 일맥상통한다. 하지만, "잠"을 '악마'에 비유하며 경계한 이유가 대체 무엇일까?

졸릴 때마다 다음과 같이 계속 중얼거리라는 말인가?

"잠은 악마야! 아무도 이긴 적이 없어. 그러니 함부로 이기려 들면 큰코다쳐. 그저 슬금슬금 피하면 돼. 달마대사가 왜 퉁방울눈으로 그려져 있는지 알아? 잠을 이겨 보려고 눈꺼풀을 예리한 칼로 싹둑 도려낸 탓에 늘 왕방울 눈처럼 툭 불거져 나오게 된 거야."

나는 한때 달마대사의 예(例)를 좇아 지게 작대기로 지게를 받쳐 놓듯이 성냥개비 반 토막으로 눈꺼풀을 받쳐 놓고 책을 뚫어져라 들여다본 적이 있다. 하지만, 그것도 잠시일 뿐 곧 심드렁해져 포기하게 되고 말았다.

문제는 마음이지 눈이 아니었다. '하기 싫다.'는 마음이 좀처럼 잦아들지 않는데, 무슨 수로 애꿎은 머리만 쥐어짜는가? 그렇다 보니, 책을 펴놓고 마음이 돌아서기를 아무리 기다려도 별 소용이 없었다. 놀란 황소 눈처럼 크게 뜬 눈은 건성인 마음을 따라 그저 온갖 것들을 상상하며 자꾸만 딴전을 피우기 일쑤였다.

<지금 잠을 자면 꿈을 꾸지만 지금 공부하면 꿈을 이룬다>는 하버드 대학 공부벌레들의 30계명의 첫 번째 계명은 우리 모두의 뒤통수를 세게 후려갈기는 말이다. '잠과 꿈'을 아주 묘하게 연결시켜 놓고 우리 모두를 부끄럽게 하고 있다.

잠을 자야 꿈을 꾸든 말든 할 텐데, 어째서 '잠을 자지 않아야만 꿈을 이룬다.'고 했는가? '잠'을 이야기하고 있지만, 사실은 '자신이나 남을 타이르기 위해 지은 글'을 뜻하는 '잠(箴:잠언)'에 더 가깝게 들린다. 예부터 사람들은 남을 훈계하려 지은 글은 '관잠(官箴)'이라 하고, 자신을 깨우치기 위해 지은 글은 '사잠(私箴)'이라고 했다.

구약성경 속에 나오는 솔로몬 왕의 『잠언(箴言)』(The Proverbs of Solomon)은 너무도 유명하다. 영어로는 'The Book of Proverbs'라고

한다. 솔로몬 왕을 비롯하여 여러 명의 저자들이 지은 것을 후대 사람들이 '유대교의 경전'으로 한데 묶어 놓은 것이다.

어쨌거나, '잠과 잠언(箴言)'을 연결시켜 하나의 계명을 만든 것은 치기(稚氣: childish show of ability) 어린 말장난 이상이다. 특히, '잠과 꿈'을 연결해 놓고 다시 그 '꿈'을 두 종류로 나눈 일은 참으로 재치가 번뜩인다.

잠을 자며 황당무계한 개꿈을 꾸거나, 아니면 집요하게 달라붙는 그 '잠(sleep)'을 물리치고 공부에 매진하여 미래의 진정한 꿈을 이루라는 말은 곱씹을수록 묘미가 있다. 훌륭한 스승을 만나 소중한 교훈을 전해 받고 감동했을 때처럼, 왠지 모를 뭉클한 느낌으로 온몸을 떨게 만든다.

잠을 쫓아 보려 무진 애를 썼던 어린 시절을 생각하면 실로 눈물겹기까지 하다. 늦게 일어나 동네 또래들과 놀러 나가기에 바쁘다가 어느 날 갑자기 학생 신분으로 바뀌어 꼬박꼬박 아침밥을 챙겨 먹고 허겁지겁 학교로 향하던 그 코흘리개 시절을 떠올리면 아직도 가슴이 찡하다. 부모님에 대한 고마움, 철없던 어린 시절에 대한 진한 그리움, 다시는 되돌아가지 못할 지난 시절에 대한 한숨 섞인 안타까움……

제삿날 새벽에 억지로 일어나 찬 우물물로 세수하고 다시 이불 속으로 기어들어 갔다가 결국에는 맛난 음식과 오징어, 밤, 대추, 곶감, 과자 등을 송두리째 지나쳐 버리게 되었던 그 후회스러움도 모두가 그놈의 '잠' 때문이었다. 교과서와 참고서의 책장마다 침 흘리며 잠들었던 순간들이 고스란히 남아 나를 부끄럽게 하는 것도 결국에는 모두가 그놈의 원수 같은 '잠' 때문이었다.

나는 실제로 '잠'을 정복하겠다며 기염을 토한 적도 있다. 고교 시절 영어 단어를 외운다며 영어 사전을 한 장, 한 장 찢어 버린 일처럼 그때의 그 '잠 사냥'은 사실 어수룩하고 황당하기 그지없는 짓이었다. 그래도 나는 '세상에서 잠을 정복한 유일한 존재'인 양 기고만장했다.

실제로 30분에서 1시간 정도를 자고는 내리 책상에 앉아 버티기가 일쑤였다. 물론, 그런대로 효과가 있었다. 학교 숙직실이나 도서관 한 귀퉁이에서 도둑고양이처럼 웅크리고 앉아 밤을 꼬박 새우곤 했다. 공부가 정말로 그만큼 효과적으로 잘 되었는지는 아직도 의문이지만, 그래도 그 맹랑하고 알량한 기백만은 실로 대단한 것이었다.

"선생님, 주무셔요. 제가 불침번을 서겠습니다."라며 숙직하시는 선생님을 편히 주무시게 하고는 친구와 단둘이서 숙직실을 환히 밝히고 있었다. 지금 생각하면 아찔하기만 하다. 어쩌자고 그렇게 무리하게 내달렸는지, 생각만 해도 아뜩하다.

학교에 가서는 줄기차게 졸고 집에서는 밤을 꼬박 새우는 '오만방자한 잠 내쫓기'가 자그마치 중고교 시절의 대부분을 차지했다. 그래서 그런지 내 기억에는 선생님들에 대한 그럴싸한 추억이 별로 없을 것이다. 약간 과장하자면 실제로 선생님들의 얼굴조차도 가물가물하다.

나는 결국 잠을 내쫓으려 기를 쓰고 덤벼대다가 뜻하지 않게 내 기억의 창고에서 청소년기의 재미와 추억을 상당 부분 도망쳐 버리게 한 셈이다. 하지만, 나는 지금도 입버릇처럼 말하곤 한다.

"잠은 한두 시간만 자도 돼. 잠은 잘수록 는다는 말이 있잖아. 맞는 말이야. 주말이랍시고, 공휴일이랍시고 늘어지게 잠을 자면 몸이 오히려 더 나른해지곤 하잖아. 부지런해지려 애쓰면 더욱더 부지런해지고, 게으름 피우다 보면 점점 더 게을러지는 걸 우리 주위에서 쉽게 보게 되곤 하지.

내 경험으로는 하루 30분만 자도 충분하던걸. 실제로 그렇게 조금만 자고도 너끈하게 하루를 잘 보냈다니까……. 용기가 있거든 한 번 시도해 봐. 내가 무슨 독종이고 별종이겠니? 무턱대고 하니까, 자연스럽게 30분 수면에 적응이 되던걸."

스페인의 초현실주의 화가인 살바도르 달리(Salvador Dali: 1904~ 1989)의 1937년 작품 중에 '수면(Sleep)'이라는 제목의 그림이 있다. 가로 78cm, 세로 51cm로 제법 큰 그림인데, '꿈을 통해 나타나는 무의식의 세계'를 그려냈다.

우리가 의식할 수 있는 세계보다 의식하지 못하고 사는 '무의식의 세계'가 물속에 깊이 잠긴 빙산의 밑 부분만큼이나 어마어마하게 크다는 것이 바로 정신분석학(psychoanalysis: '심층심리학'이라고도 함)의 아버지로 통하는 오스트리아의 지그문트 프로이트(Sigmund Freud: 1856.5.6.~1939.7.23.)의 이론이다.

그에 의하면 '잠을 자야만 꿀 수 있는 꿈은 신비롭고 오묘한 열쇠'라는 것이다. 의식의 세계에서 무의식의 세계로 통하는 견고한 문을 열 수 있는 열쇠가 바로 '꿈'이기 때문에 결국에는 '잠'이 바로 그 신비의 열쇠를 우리 손에 쥐여주는 고마운 존재라는 것이다.

살바도르 달리나 지그문트 프로이트는 '잠'을 아주 색다른 각도에서 바라보고 있었다. 사람을 지배하는 '미지의 세계'를 알려면 반드시 '잠을 자며 꿈을 꿔야만 한다.'는 것이다. 즉, '잠'이 바로 신비로운 주인공으로 거듭나게 된 것이다. 공부하는 학생의 눈을 감겨 시험 준비를 제대로 못 하게 하고, 영하의 날씨 속에서 아무 데나 쓰러져 저체온증으로 죽어가게 하는 그 원수 같은 '잠'을 예술의 대상이나 학문의 대상으로 뒤바꿔 놓았다. '잠'을 연구하고 찬양하는 이들로 인해 '잠'의 팔자가 하루아침에 개 팔자에서 상팔자로 뒤바뀐 것이다.

열심히 공부하고 일하는 이를 훼방하는 몹쓸 방해꾼에서 비밀의 문을 열고 미지의 세계로 나가게 하는 '고맙기 그지없는 통로나 안내자'가 된 것이다.

<지금 잠을 자면 꿈을 꾸지만 지금 공부하면 꿈을 이룬다>는 하버드대학 공부벌레들의 계명을 다시 생각해 보자.

우리에게 두 갈래의 길을 제시하고 있다.

'잠을 자거나 공부하라.'고 한다,

'잠을 자면' 살바도르 달리의 그림 속에 나오는 음울하고 흐물흐물한 존재를 바라보게 되지만, '공부하면' 세상의 피라미드에서 제법 높은 곳, 전망이 좋은 곳에 이르게 된다는 것이다. '잠을 자면' 지그문트 프로이트가 말한 무의식으로 통하는 창문인 '꿈'을 꾸게 되지만, '공부하면' '세상 나들이에서 제법 괜찮은 선물'을 받게 된다는 것이다.

물론, 선택은 우리 자신에게 달려있다. 세상에서 얻을 수 있는 것이 모두 나 자신의 선택 여하에 달려있다. '공부가 제일 쉬웠다.'고 말한 어느 고학생처럼 '세상의 여러 일 중 그래도 공부가 가장 손쉬운 것'이라는 생각에서 '잠'을 내쫓으며 열심히 성적을 올리고 실력을 쌓다 보면 머지않은 장래에 금도끼, 은도끼를 건져 올리고 금수저, 은수저를 입에 물게 된다는 것이다.

그렇다면, 그 많은 '폭력물, 깡패물, 조폭물'은 대체 무엇이란 말인가? 쌍시옷 욕지거리가 난무하고 몽둥이질, 칼질이 다반사인 영화나 TV 드라마의 줄거리들은 대체 무엇을 말하려 하는가? 한때는 '모래시계'라는 제목의 TV 드라마가 대유행이 되어 뭇사람의 마음속에 '깡패가 오히려 더 잘 산다.'는 미신을 심어놓기도 했다.

물론, 재미 삼아 만든 것이라며 '가짜를 갖고 너무 심각하게 여기지 마라.'고 말할 수도 있다. 웃자고 만든 흥밋거리, 볼거리이니만큼 그저 한 눈 지그시 감고 즐기기만 하면 된다고 말할 수도 있다. 하지만, 한창 공부해야 할 나이의 청소년들은 어른들이 재미로 만든 그 단순한 볼거리 때문에 모든 걸 뒤죽박죽으로 만들어 놓을 가능성이 크다.

더욱이나, 모두가 들어가고 싶어 안달하는 TV 화면 속이고, 드라마 줄거리 속이 아닌가? 더욱이나, 죽고 죽이는 그 험악한 장면 하나하나가 모조리 인기스타들에 의해 연기되고 있지 않은가? 어떻게 단순한 구경거리로 끝나고 그저 싱겁기 그지없는 꾸민 이야기로 끝을 내겠는가? 그리고 왜 십 대라고 하고, 왜 사춘기라 부르고, 왜 불안불안한 청소년기라고 이름 지었겠는가? 아무리 꾸민 이야기, 흥밋거리라고 하더라도 여운이나 영향의 차이는 있을지 몰라도 어떤 식으로든 생각과 마음과 정신을 뒤흔들어놓게 마련이다.

그리고 심지어는 다음과 같이 자기 최면을 걸게 할 수도 있다.

"깡패 두목이 대통령이나 국회의원보다 더 낫다. 깡패의 길에 들어서서 한밑천 잡는 것이 애써서 장사하고 사업하는 것보다 더 빠르다. 건달들을 보라. 낮에는 실컷 잠이나 자고 밤이면 유흥가로 출근하여 골목을 누비며 으스대지 않느냐? 공부나 하는 모범생들은 기껏해야 월급쟁이로 평생을 살지만 어릴 적부터 건들거리는 애들은 먹고사는 일과 남을 등쳐먹는 일에 이골이 나 아주 손쉽게 거금을 손에 쥐고 떵떵거리게 되지 않느냐? 결국, 공부는 비렁뱅이 신세를 간신히 면하게 할 뿐이지만 건달의 길, 낙제생의 길은 반드시 권력과 부를 한꺼번에 거머쥐게 하는 셈이다."

"감옥을 두려워하는 범생과 감옥을 제집처럼 여기는 조폭을 보라. 누가 더 굵고 짧게 사는가? 감옥에 들어가 앉아 있어도 일일이, 세세히 챙겨주는 쪽은 조폭 사회라고 하지 않는가? 우리가 흔히 정상 사회라고 하는 우리의 이웃을 보라. 별 달았다고 귀신이나 도깨비나 저승사자로 취급하는 일이 다반사 아니냐? 어디에 온정이 있고 의리가 있느냐?

어디에 배려가 있고 이해가 있고 동정이나 공감이 있느냐? 이래저래 한 번뿐인 생애인데 그깟 범법이 뭐 그리 흉하고 그깟 감옥살이가 뭐 그리 끔찍하다는 거냐? 요람에서 무덤까지가 바로 이승이다. 그 이승에서는 어디서 무엇을 하든 아무 상관없다. 그저 하고 싶은 대로 하면 된다. 밥 벌어주고 밥 먹여 주고 호강시켜주고 떠받들어주고 알아서 설설 기는 쪽이 따로 있는데, 그깟 손가락질이나 삿대질이나 눈 흘김이나 등 뒤에서 온갖 욕하는 것 따위가 대체 무슨 소용이란 말인가?"

'벌어서 쓰는 것보다 뺏어서 쓰는 것이 더 풍요롭고 간편하고 장래성 있다.'고 확신하는 청소년들은 세상을 결코 순수하게 보지 않는다. 모든 걸 의심하며 철저하게 '성악설' 편에 서서 세상과 사람들을 바라보게 된다. 맞고 때리고 뺏고 뺏기는 험악한 정글이 바로 세상이라는 것이다. 속고 속이고 밟히고 밟는 것이 바로 인생살이라는 것이다.

인류가 애써 닦은 길, 애써 쌓아 올린 것들을 송두리째 부정하는 마당에 무슨 영혼을 찾고 양심을 찾고 마음을 찾겠는가? '내 인생 내 맘대로 살겠다.'는 마당에 무슨 훈계가 먹혀들고 무슨 설교가 반향을 일으키겠는가? '내 목숨 내 맘대로 하겠다.'는 그 섣부른 독기 앞에서 대체 누가 무슨 수로 고삐를 쥐고 앞길을 닦아주겠는가?

제아무리 법질서가 확고하게 자리를 잡아도 그 어느 곳에나 '암시장'과 '지하경제'가 있기 마련이다. 아무리 선진국이라도 조폭과 깡패와 건달을 완전히 뿌리 뽑을 수는 없다. 낮과 밤, 광명과 암흑이 공존하듯이 세상은 늘 밝은 곳과 어두운 곳으로 나뉘게 마련이다. '공부해야 쪽박 안 찬다.'고 외치는 곳이 있는가 하면, 정반대로 '공부하면 반드시 쪽박 차게 된다.'고 역설하는 곳이 있다. 공부 열심히 하며 성공을 향해 내달리는 모범생들이 있는가 하면, 반대로 공부는 아예 뒷전이고 펑펑 놀기만 하며 엉뚱한 생각과 행동으로 주위 사람들을 눈살 찌푸리게 하는 문제아도 있다.

어릴 적의 모범생과 문제아가 사회생활을 하며 소시민과 부유층으로 나뉘거나, 고만고만한 중산층과 떵떵거리는 세력가로 갈라졌다고 해서 함부로 '공부해서 무엇하느냐?'고 말할 수는 없다. 모든 생명이 그렇듯이 사람에게는 어차피 일정한 준비 기간과 성장 기간이 필요한 법이다.

물에 비친 모습이 희미하다고 물속에 첨벙 몸을 던지면 희미하게 보이던 모습마저도 완전히 사라지고 만다. 거울이 시원치 않다고 거울 뒷면을 박박 긁어 버리면 희미하게 보이던 모습마저도 제대로 볼 수 없게 되고 만다. <지금 잠을 자면 꿈을 꾸지만 지금 공부하면 꿈을 이룬다>는 하버드대학 공부벌레들의 계명은 '인생을 어떻게 준비하느냐?'에 관한 이야기다.

'인생은 과연 무엇이냐?'는 근본적인 물음에 대한 대답이 결코 아니다. 방향을 모른 채 일단 내달려야 하는 젊은 시절에는 되도록 '올곧은 좌표'를 정해 놓아야 한다. 자칫 잘못하면 겉모습은 사람이고 겉으로 드러난 것은 사람의 삶이되, 실제로는 짐승만도 못한 더럽고 욕된 길 위에서 홀로 바동거리다가 끝나게 되어 있다.

<지금 잠을 자면 꿈을 꾸지만 지금 공부하면 꿈을 이룬다>는 하버드대학 공부벌레들의 계명은 열 번, 백 번, 천 번을 곱씹어도 옳은 충고다. 더 좀 더 부지런히 움직이라는 충고다. 더 좀 일찍 서두르라는 훈계다. 더 좀 열심히 배우고 익혀 제발 멀찍이 앞서가라는 진심 어린 응원이다.

어릴 적 군것질에 내다 버린 돈을 생각하면 때로는 한심하기까지

하다. 학창 시절에 괜한 일에 쏟아버린 정열과 혈기를 생각하면 이만저만 속상한 것이 아니다. 젊은 시절 엉뚱한 일에 집착하여 시간과 돈과 명예를 헌신짝처럼 여긴 것을 되돌아보면 참으로 억울하기 짝이 없다. '넘어지고 자빠져야 배운다.'는 무책임한 훈수나, '후회하며 성장한다.'는 그 허울 좋은 호언장담 때문에, 얼마나 많은 시간과 정력이 흙탕물 속에 내버려졌는가?

다시 시작하자. 복잡한 이야기는 잠시 접어두고 먼저 진지하고 엄숙한 자세로 각자의 삶을 다시 바라보자. 곤충이나 짐승이나 산천초목이나 돌멩이나 흙보다 대체 무엇이 특별한지를 곰곰이 되새겨보자. 태어나는 모습이나 마지막 모습은 다른 생명들처럼 억울한 정도로 엇비슷하다. 하지만, 살아가는 모습은 다른 생명이 감히 흉내 내거나 도둑질하지 못할 만큼 색다르고 특별하다.

<지금 잠을 자면 꿈을 꾸지만 지금 공부하면 꿈을 이룬다>는 계명을 가슴에 새겨두고 같은 날을 다르게 만들고 평평한 땅을 울퉁불퉁하게 만들어 놓지 않는가! 그리고 모두가 고요할 때 홀로 울부짖기도 하고 모두가 걸을 때 누군가는 달리거나 새처럼 높이, 높이 날지 않는가!

모두가 겁내는 '잠'을 가볍게 여길 필요가 있다. 모두가 어렵게 여기는 '잠'의 유혹을 끝끝내 따돌릴 지독한 끈기가 필요하다. 모두가

꿈을 꾸려고 잠자리에 들더라도 홀로 불을 밝히고 밤을 지새우며 공부하다 보면 눈을 감지 않아도 멋진 꿈을 꾸게 된다.

'꿈을 꾸는 모습보다 꿈을 이루는 모습'을 더 사모하다 보면, 누구나 저절로 높은 고지에 두 발을 올려놓을 수 있다. 감겨 오는 눈을 비비며 '잠'을 쫓다 보면 언젠가는 공부하던 책상에서 벗어나 큰 권한과 큰 영광을 누리는 아주 특별한 책상으로 옮겨 갈 수 있다.

시험을 잘 보기 위한 '쥐어짜는' 공부에서 인생의 나이테를 더하는 '여유롭고 향기로운' 공부로 옮겨 갈 수 있다. 같은 시간, 같은 세월, 같은 지구, 같은 우주, 같은 계절이지만 '공부로 꿈을 이루면' 제아무리 같아도 나만의 자유로움과 보람을 만끽하며 같은 것들로 이뤄진 삶의 한 귀퉁이에 나만의 아름다운 '비밀의 정원'을 가꿀 수 있다.

내가 헛되이 보낸 오늘은 어제 죽은 이가 갈망하던 내일이다

사람의 일생을 숫자로 옮겨 보면 공연히 섬뜩한 느낌이 든다. 넉넉히 줄잡아 팔십 평생을 산다고 해도 잠자는 시간과 먹고살기 위해 비지땀을 흘리는 시간을 제외하면 우선 상당 부분을 빼야 비로소 '나만의 빈 시간'을 줄잡아 낼 수 있다.

80세를 살아도 자그마치 20년 내지 25년 정도는 '학력을 쌓기 위한 뭉치 시간'으로 보내야 한다. '누구나 잘라내야 할 시간이기 때문에' 뭉치 시간 혹은 징발된 시간으로 볼 수 있다. 따라서 우선 80에서 학력 준비 기간을 제외하면 60년 내지 55년이 남는다. 그리고 그 나머지 숫자에서 밥 벌어먹기 위해 동분서주하는 시간과 잠자는 시간을 제외하면 길어야 20년 남짓 남게 된다. 여기에서 칠십 이후의 '덤으로 사는 허깨비 시간'을 제외하면 겨우 10년 남짓만 자투리 시간으로 남게 된다.

나만의 꿈을 이루기 위해 비밀스럽게 작업을 할 수 있는 시간이 겨우 10년도 채 안 된다는 말이다. 여기에서 하는 일 없이 멍청히 보내는 시간과 공연히 부산하게 구는 이런저런 잡동사니 시간을 빼면 잘해야 5년 남짓이 될 것이다. 그리고 여기에서 감기약 먹고 얼떨결에 보내는 '어지러운' 시간과 섭섭하고 분해서 하늘 쳐다보며 보내는 '숨 고르는' 시간을 빼면 기껏해야 3년 남짓이나 될까?

하여튼, '인생은 짧다.'는 말을 쉽게 실감할 수 있을 정도로 나만의 빈 시간은 의외로 짧기만 하다. 눈동자 돌아가는 속도나 눈꺼풀 오르내리는 속도 정도로 시간을 아껴 쓰지 않으면 불가(佛家)에서 말하는 대로 인생은 정말 '손뼉 소리만큼이나 한순간'일 뿐이다. 기독교 성경에서는 시간을 이야기하며 '도적같이, 강도같이 몰래 들어와 냉큼 가로채 간다.'는 식으로 묘사하고 있다.

조물주, 창조주가 그런 식으로 시간과 세월을 관리하기 때문에 사람이 아무리 큰 꿈, 거창한 계획을 세워도 '태풍 앞에서 홀로 버티는 호롱불이나 촛불처럼' 어쩔 도리가 없다는 뜻이다. '언제든 부르면 세상을 버리고 순식간에 사라지는 이슬 같고 눈물 같고 숨결 같은 존재'라는 것이다. 마지막 모습이 전형적인 처형(處刑)이고 파국이고 멸망인데, 한 뼘 길이의 생애 기간을 두고 아무리 조각 그림을 이리저리 맞춘 들, 대체 무엇이 달라지고 어느 구석이 말 그대로 쨍 하고 햇볕이 들겠는가!

누군가는 사람의 하루를 면밀하게 관찰하고 나서 더욱더 신랄한 결론을 내렸다. '자유롭게 사용할 줄 알았던 그 얼마 안 되는 자투리 시간마저도 쓸데없는 짓으로 몽땅 허비해 버리더라.'고 했다.

담배를 벗 삼아 사는 이는 아무리 바빠도 담배는 꼭 피워 문다. 화장을 해야 할 여인은 아무리 시간에 쫓겨도 찍어 바르는 시간만은 절대로 아까워하지 않는다. 군것질을 좋아하는 사람은 틈이 나는 대로 입을 즐겁게 하려 무진 애를 쓴다. 산을 오르는 나무꾼처럼 두리번거리며 뭔가를 열심히 찾기도 하고, 괜한 잡념 때문에 일손을 놓고 뜬금없이 헛소리를 하기도 한다.

여기저기 기웃거리는 할 일 없는 구경꾼처럼 지내는 것을 여유로운 삶이라고 우기기도 하고, 남의 일에 '콩 심어라, 팥 심어라.' 하며 시시콜콜 간섭하는 것을 어른 구실이나 리더십 발휘라고 착각하기도 한다. 심지어는 남의 제사에 '밤 놓아라. 대추 놓아라.'하며 순서 따지고 모양 따지다가 정작 제 볼 장을 다 못 보고, 제 볼일을 다 못 챙기는 경우도 너무나 흔하다.

화장실에 들어가서 신문, 잡지를 읽느라 족히 몇십 분을 소비하면서도 눈만 뜨면 '시간이 정말 없다.'고 불평하기도 한다. '금방이면 된다.'고 해 놓고 몇십 분 걸리는 경우는 또 얼마나 많은가! '잠깐 통화한다.'고 해 놓고 십 분 이상 질질 끌며 중언부언하는 경우는 또 얼마나 많은지……

시간은 항상 우리에게 두 얼굴로 다가온다. '동전은 늘 양면을 갖고 있다.'는 말처럼 시간은 때로는 아주 한가롭게 다가오기도 하고 때로는 아주 긴박하게 다가와 우리의 숨통을 순식간에 조르기도 한다. 저녁 시간에 TV 앞에서 히죽거리고 있을 때는 그렇게 시간이 많게 느껴질 수 없다. 하지만, 약속 시간에 늦지 않으려고 서두를 때는 그야말로 1분이 금쪽같다. 마치, 사형수의 '아주 특별한' 시간 개념과 같다고나 할까…….

내가 여유롭게 보내는 '빈 시간, 허드레 시간'은 이미 죽은 자들이 간절히 소원하던 '미래의 낙원'이고 '손에 닿을 듯 말 듯하던 신기루'일지도 모른다. 시한부 인생을 사는 이들이 소원하는 것은 오직 하나다. '제발 조금만 더 시간을 달라!'는 그 한마디뿐이다. 사형수의 하루가 여느 사람의 하루와 같다고 생각하면 인생을 헛살고 있는 것이다. 시한부 병자의 하루를 여느 사람의 하루와 같다고 착각하면 정말 구제 불능이다.

나뭇가지를 놀이터 삼아 온종일 이리 날고 저리 나는 동물들의 하루는 과연 어떤 것일까?

제 새끼, 제 어미, 제 짝꿍, 제 친구의 털을 골라주며 해충을 잡아먹는 원숭이나 고릴라 등을 눈여겨보라. 그들 속에 우리가 모르는 비밀스러운 밀담과 우리가 아직 알아차리지 못한 복잡 미묘한 교감이 있는지 어떻게 아는가? 살아있는 모든 것에는 아마도 '시간 개념'이 어떤 식으로든 내재해 있을 것이다. 하늘을 이고 흙을 밟으며 숨을 쉬는 생명들은 아마도 우리가 모르는 무슨 신비로운 의사소통 체계와 감정을 주고받는 신기한 신호체계를 지니고 있을 것이다.

따라서 함부로 속단할 수 없다. 멋대로 '다른 동물이나 식물들은 시간 개념 없이 되는대로 살다 죽는다.'라고 결론 내릴 수 없다. 개미 한 마리, 꿀벌 한 마리조차도 제 나름의 '시간 개념'을 지니고 있을 것이다. 예를 들어, 한밤중에 나돌아 다니는 새가 대체 몇 마리나 될까? 머나먼 곳으로 날아가는 철새 무리가 아닌 다음에야 그리 많지 않을 것이라고 생각하기 쉽다.

하지만, 함부로 속단할 수 없다. 세상은 의외로 넓고 신비롭다. 야행성 새들이 깊은 숲을 누비며 야식에 탐닉하는 통에 야행성 곤충들이나 멋모르고 어둠 속에서 나돌아 다니는 생명들은 늘 아슬아슬한 밤을 보낼 수밖에 없다. 야행성 새들에게 잡아먹히는 생명들 입장에서 보면 '다들 곤히 잠든 고요한 밤'이 절대로 아닐 것이다.

되돌아보면 헛되어 보낸 날들이 얼마나 많은가? 내가 열심히 일한 날들은 물론이고 헛되이 보낸 날들마저도 '죽은 자들이 갈망하던 미래의 날들'임이 분명하다. 문제는 내가 헛되이 보낸 날들이다. 값없이 아무렇게나 보낸 날들이 만일 '죽은 자의 몫'으로 돌아갔더라면 얼마나 값있게 쓰였을까, 한번 곰곰이 생각해 보라는 것이다.

내가 무의미하게 흘려보낸 물길이 만일 '목말라 죽은 이들의 목을 축이는 데 사용되었다면' 과연 어떤 일이 벌어졌을지, 한번 다시 생각해 보라는 것이다. 과연, 그렇게 만만하게 볼 수 있느냐는 질책성 훈계다. 시간이 많다고 함부로 사용할 수 있는 것인지, 세월이 길다고 멋대로 허비해도 되는지, 다시 한번 되새김질하라는 것이다.

되돌아보면 취미생활로 여긴 것들이 내 생애의 너무 많은 부분을 허물어뜨려버리는 경우가 많다. 바둑이 취미라면 틈이 나면 바둑을 두는 이가 부지기수다. 화투나 카드놀이가 취미라며 시간만 나면 돈내기하느라 밤을 지새우는 이가 너무도 많다. 운동이 취미라며 공놀이로 온 정력을 땀으로 다 흘려버리는 경우가 너무도 흔하다. 산책이 취미라며 하루의 일정 시간을 미리 잘라 내놓고 절대로 양보 안 하는 이들이 많다.

독서가 취미라며 온갖 잡동사니를 코앞에 놓고 무수한 글자들과 불꽃 튀게 눈싸움 벌이는 이들이 많다. 등산, 낚시, 여행, 영화 보기, 음악 듣기, 컴퓨터 게임, 휴대폰 문자 보내기, SNS(Social Networking Service or Social Networking Site) 친구 늘리기 등으로 자투리 시간을 쓴다며 오히려 하루를 반 토막 내거나 온종일 아무 일도 안 하는 이들이 많다.

심지어는 부부가 한 침대에 누워 있어도 각자 문자 메시지를 보내느라, 각자 그 알량한 남들 의견에 눈독 들이고 마음 쏟느라 실제로는 그저 겉보기로만 '동침'이라고 하지 않는가? 같은 길을 걸으면서도 제 휴대폰에 눈독을 들이느라 여차하면 부딪치기 일쑤인 길 풍경과 너무도 흡사하다. 동행이되 결코 동행이 아닌 것이다. 엇비슷한 모습으로 같은 일에 매달려 있지만, 실제로는 완전히 판이한 전형적인 남남인 것이다.

어릴 때는 세월이 되게 안 지나간다며 투정하지만 일단 나이가 어느 정도 들면 '왜 이리 세월이 빨리 가느냐?'고 불평하게 되어 있다. 10대, 20대, 30대, 40대, 50대, 60대, 70대, 80대를 한번 생각해 보자. 10대를 1로 보면 20대는 2배로 세월이 빠르고 40대는 4배로 세월이 빨리 지나간다고 느낀다는 말이 있다. 그렇다면, 노인세대에 속하기 시작하는 60대 이후부터는 과연 얼마나 세월이 빨리 지나갈까?

이래저래 '후회'막심할 수밖에 없는 삶이다. 세월의 빠르기가 나이에 따라 달라지는데 무슨 수로 '후회 없이' 깔끔하게 마침표를 찍을 수 있는가? 하지만, 그 당연한 '후회'를 막을 방법은 그리 많지 않다. 하버드대학 공부벌레들의 계명대로 <내가 헛되이 보낸 오늘은 어제 죽은 이가 갈망하던 내일이다>라는 말을 가슴 깊이 새겨두고 시시때때로 들춰보는 수밖에 다른 도리가 없다. 즉, '헛되이 보낸 날들을 되도록 줄여보려고' 무진 애를 쓰는 수밖에 다른 수가 없다는 것이다.

갓난아기도 시간표를 따라 자고 일어나며 하루를 보낸다. 유치원 아이에게도 시간표가 있고 감옥의 죄수들이나 병실의 환자들에게도 일정한 스케줄이 있다. 곤충이나 짐승들이나 풀, 나무, 이끼, 곰팡이, 세균 등도 일정한 시간표에 따라 숨 쉬며 활동한다. 심지어는 컴퓨터 기기도 부팅(booting: 시동하거나 재시동하는 작업) 속도, 접속(connection: 여러 개의 프로세서와 기억 장치 모듈들을 전자회로로 연결하는 일) 속도가 제각각 다르다.

모든 생명에게는 예외 없이 생로병사(生老病死)의 굴레가 있다. 그 생로병사(生老病死)는 굴레이기도 하고 질서이기도 하고 운명이기도 하다. 시작과 끝 사이에 일정한 시간들이 조약돌처럼 흩어져 있고 구슬처럼 한 줄로 나란히 꿰어져 있다. 자세히 살펴보면 '헛되이 보내는 생명, 아무렇게나 사는 생명'이 단 한 가지도 없다. 유독 사람만이 적당히 살고 아무렇게나 산다.

곤충들의 분주한 하루하루를 보라. 매미나 귀뚜라미나 베짱이가 가을 찬 바람이 불기 전에 제 생애를 어떻게 접고 제 사명을 어떤 식으로 마무리하는지, 다시 한번 꼼꼼히 따져 보고 자세히 들여다보라. 나뭇가지마다 저마다의 알집을 만들어 놓고 추운 겨울 터널 끝에서 희미하게 빛을 발하는 새봄을 기다리는 미미한 곤충들의 그 숭고한 숨결과 훈기를 느껴 보라. 영하의 날씨에 돌처럼 굳어질 땅속에 제 치부를 파묻고 열심히 낱알을 낳아 덮고 가리는 풀밭 곤충들의 그 애처로운 황혼을 다시 한번 생각해 보라.

헛되이 사는 날은 오직 사람만이 만들고 있다. 헛된 삶을 살며 큰 소리치는 일은 오로지 사람만이 단골로 하고 있다. 누워서 보낸 몇십 년과 뭉그적거리며 보낸 몇십 년을 뒤로한 채 뻔뻔스럽게 만물의 영장을 자처하는 일은 오직 사람만이 하고 있다. 우리의 내면에서 울려 퍼지는 그 공허하고 황당무계한 아우성을 맑은 정신으로, 열린 마음으로 다시 한번 엿들어보라.

“나는 오늘도 소리치는 자명종을 목 조른 채 늦잠을 잤다.

나는 오늘도 지각한 뒤 몰래 일터로 숨어들었다.

나는 오늘도 약속을 어기고 엉뚱한 거짓말로 가까운 사람들을 속였다.

나는 오늘도 이불 속에서 늑장 부리다가 아차 실수로 하루를 늦게 시작했다.

나는 오늘도 속히 자리를 뜨지 못한 채 엉거주춤하다가 몇십 분을 허비했다.

나는 오늘도 괜한 수다에 파묻혀 쓴맛을 단맛으로 착각한 채 몇 시간을 낭비했다. 나는 오늘도 나와 아무 상관없는 일에 휘말려 마치 내가 주인공이라도 된 것처럼 뽐내며 앞에 나섰었다.

나는 오늘도 구경꾼처럼 여기저기를 두리번거리며 참으로 할 일 하나 없는 건달처럼 살았다.

나는 오늘도 내가 꼭 끼어 있지 않아도 될 자리에 파묻혀 공연히 시시덕거리다가 몇 시간을 정신없이 흘려보냈다.

나는 오늘도 술잔, 물 잔, 찻잔이 오가는 가운데서 할 일 없이 몇 시간을 값없이 잘라먹고 말았다. 정말, 후회스럽다.

시한부 인생에는 너무도 값진 시간인데 나는 정말 할 일 없이 너무도 많은 시간들을 헐값으로 팔아넘겼다. 사형수처럼 하루하루를 살라는 말을 익히 들었으면서도 정작 내 삶은 비눗방울처럼 허공에 흩날리며 철딱서니 없이 보냈다. 모천회귀(母川回歸) 후 알을 낳고 갈기갈기 찢기고 흩어진 채 흉한 몰골로 죽어가는 연어의 일생을 생각해서라도 줄기를 벗어나지 말고 올곧게 살라고 들었는데, 나는 그동안 젊음은 젊음대로 똥값에 팔았고 중년은 또 중년대로 너무도 값없이 내던지고 말았다.

나는 과연 어떤 삶으로 기록될 것인가? 나는 과연 몇 사람에게나 의미 있는 생애로 기억될 것인가? 그 많은 책들 속에 어째서 내 이야기는 기록되어 있지 않다는 말인가? 누군가는 '어째서, 내가 넘어져 코피가 줄줄 나도 지구는 티 하나 안 내고 그 우렁찬 굉음을 내며 무심하게 돌아간단 말인가?'라며 하늘을 향해 울부짖었다. 지구는 적도를 기준으로 시속 1천6백 km 이상으로 자전하고 시속 10만 7천 km 이상으로 태양 주위를 공전하기에 들을 수도 느낄 수도 없지만 실제로는 어마어마한 굉음을 내며 쏜살같이 돌아가고 있지 않은가?

누군가는 '내 목숨도 황제나 황후 이상으로 고귀한데 어째서 황제나 황후의 이름은 역사책 속에 기록되어 있고 내 이름은 그 어디에도 쓰여 있지 않다는 말인가?'라며 세상과 우주를 향해 마구 삿대질했다."

<내가 헛되이 보낸 오늘은 어제 죽은 이가 갈망하던 내일이다>라는 하버드대학 공부벌레들의 계명은 곱씹을수록 통렬하게 다가온다. 내가 함부로 흘려보낸 하루하루가 바로 '전날에 죽은 이가 애타게 기다리던 미래'라니…… 되새길수록 처절하기까지 하다.

'어머니, 그만 쉬세요. 내일 해도 되지 않아요?'라고 하면 '아니다. 죽으면 썩을 살인데 아껴서 무엇하니? 나는 괜찮다. 너나 어서 들어가 쉬어라!'고 하시던 어머니 생각에 콧날이 시큰거린다던, 그 많은 '불효자들'이 불현듯 생각나기도 한다.

맞다. 모든 생명은 숨이 끊어지면 한 줌 흙으로 돌아가고 만다. 제아무리 허허벌판을 안방처럼 누비고 다녀도 일단 숨이 넘어가면 고목 그루터기처럼 거추장스러운 존재로 세상 한구석에 덩그러니 내던져지고 만다. 그래서 어머니들은 '죽으면 썩을 살이니 아낄 필요가 전혀 없다.'고 하셨다. 그리고 그 말이 너무도 당연하고 자연스럽지만 듣는 자식과 기억하는 후손들은 언제나 첫날에 들었던 첫마디처럼 목이 메게 마련이다.

그래서 뒤늦게 자식 세대가 어느덧 부모 세대로 뒤바뀐 채 외마디처럼, 메아리처럼 홀로 소리치게 되어 있다.

"내가 헛되어 보낸 오늘은 어제 죽은 이가 갈망하던 내일이다. 내가 함부로 흘려보낸 세월은 그 많은 시한부 인생들이 그토록 목 놓아 바라던 목숨 같은 존재였다. 내가 아무렇게나 흩어버린 시간들은 병든 아기와 죽어가는 노인이 같은 모습으로 통곡하며 신을 향해 간구했던 '감히 바랄 수 없는 절대적 존재'였다. 내가 심심하다고 투정했던 날들은 하루하루 피를 말리며 기다리던 사형수가 평생 한 번 개과천선하여 밤마다, 새벽마다 목 놓아 울부짖던 기도의 제목이었다. 내가 할 일 없이 보낸 그 많은 시간들은 불치병에 걸린 어린 자식을 뉘어 놓고 창조주, 구세주께 날마다 눈물 펑펑 흘리며 기도하는 가엾은 어머니, 슬픈 어머니, 억울한 어머니, 힘없는 어머니의 유일한 소망이었다."

하루를 마지막 날인 듯이 살지는 못해도 최소한 의미 있는 것으로 가득 채우려 피눈물 나도록 애써 보자. 하루하루를 새로 태어난 생명처럼 신바람 나서 뛰어다니지는 못하더라도 최소한 낯 뜨거운 일에 매달려 반나절을 싹둑 잘라먹고 부끄러운 일에 이끌려 나머지 반나절을 거저 내던지는 짓은 하지 말자.

다시 말하지만, <내가 헛되이 보낸 오늘은 어제 죽은 이가 갈망하던 내일이다>라는 하버드대학 공부벌레들의 계명은 참으로 소중한 메시지다. 어중간한 훈계, 훈수, 설교, 충고 등이나 모호한 속담, 격언, 명언, 신조, 가훈보다 몇 곱절 더 날카롭고 속이 깊다.

'죽은 자들의 미래'를 휴지 조각처럼 함부로 흩날리지 말자.

'죽은 자들이 목 놓아 부르던 미래의 시간들'을 할 일 없이 흘려 보내지는 말자.

'죽은 자들이 못 차지한 시간과 세월'을 '죽은 자들의 몫 이상으로' 값지게 살자.

헛되이 보낸 하루가 바로 산채로 느닷없이 차디찬 시체로 변했던 날이다.

값없이 보낸 하루하루가 바로 일찌감치 제 무덤 속에 들어앉아 해를 등지고 보낸 기나긴 시간들이다.

따지고 보면, 우리의 일상은 세상과 무덤을 자유로이 넘나드는 기상한 여정이다. 넋 놓고 멍청하게 보낸 시간은 죽었던 무의미한 시간, 무가치한 시간이고, 정신 바싹 차리고 비지땀 흘리며 보낸 시간은 살아 숨 쉰 보람으로 가득한 시간이다.

시체 더미와 생명 사이를 교대로 오가며 잠시, 잠시 사람티를 내는 것이 우리의 숨김없는 일상이다. 시체들 사이를 누비며 홀로 생명을 노래하는 시간대가 충분히 길어야 비로소 산 사람이다.

죽은 자들이 풍기는 고약한 악취를 뒤로한 채 홀로 내달리는 시간들이 충분해야만, 비로소 하늘과 땅 사이에 나뒹구는 펄펄 뛰는 핏덩어리로 제 이름을 부르며 제 생명을 노래할 수 있다.

늦었다고 생각했을 때가 가장 빠른 때이다

우리가 아무렇게나 사용하는 그 '때'라는 말을 곰곰이 되씹어 보자.

"제때 챙겨 먹지 않으면 병난다. 먹고 싶지 않더라도 끼니는 꼬박꼬박 제때 챙겨 먹어야 속병이 안 생긴다. 알았느냐? 보약이 따로 없다. 그저 삼시 세 때 끼니만 거르지 않아도 무병장수할 수 있다, 객지에 나가 고생하더라도 밥만은 늘 제때 챙겨 먹어라. 일 바쁘다, 배고프지 않다며 끼니를 제때 챙겨 먹지 않으면 골병든다.

'밥심'이라는 말처럼 사람은 그저 제때 챙겨 먹는 그 버릇으로 일도 하고 힘도 쓰는 거다. 부디, 내 말 잘 새겨들어라. 젊다고 아무렇게나 몸을 굴리면 나이 들어 생병을 얻어 생고생하게 되어 있다. 핑계 대지 말고 제때 챙겨 먹어라. 이 눈치 저 눈치 보느라, 공연히 제

때를 놓쳐 굶는 일이 없도록 해라."

부모님의 한결같은 당부는 '끼니를 거르지 마라. 무슨 일이 있어도 밥은 제때 먹어야 한다.'는 것이었다. 부모님은 사실 먹거리를 강조한 것이 아니라 바로 그 '때'를 강조했다. 기분 내키는 대로 살지 말고 몸 귀한 줄 알아서, 그 몸의 '때'에 모든 걸 잘 맞추라는 훈계였다. 부모님 세대가 강조한 그 '때'는 그렇게 속 깊은 것이었다.

부모님께서 입버릇처럼 당부하신 말씀 속의 그 '때'는 아주 구체적이고 현실적인 것이었다. 대충대충 살아가라는 말씀이 절대 아니었다. 적당히 어기며 살라는 말씀이 아니었다. 제 고집대로 하고 제 멋대로 하는 그런 방종이나 일탈이 결코 아니었다.

우리는 시계를 늘 지니고 다니지만, 사실은 그 '때'의 의미를 제대로 알지 못한다. 생로병사(生老病死)라는 말을 유행가 가사만큼이나 친숙하게 여기지만, 실제로는 '남의 문제일 뿐 아직 나와는 별 상관이 없다.'는 식이기 쉽다.

누군가의 말처럼 사람은 늘 '남의 죽음'만을 바라보기 때문에 의외로 여유만만한 법이다. '남의 죽음'을 놓고 애도를 표했을 뿐 정작 제 죽음을 체험해보지 않았기 때문에, 그저 동정과 위로가 섞인 겉치레 인사에만 이골이 나 있는 편이다. 사람은 '남의 불행을 동정하며 스스로 아량 있다고 느끼고 훌륭하다고 착각하고 제법이라고 자위하기 쉽다.'는 말이 있다. '남이 땅을 사면 배가 아프다.'는 말처럼 사람은 본질적으로 남의 경사(慶事)를 축하하기보다 남의 불행을 동정하기를 더 즐긴다고 한다.

얼마나 편리한 나날인가? 얼마나 신통방통한 체질인가? 생로병사라는 말처럼 삶의 모습이 너무도 천편일률적인데도 다들 남의 죽음을 향해 동정의 말을 보태거나 약간의 그리움을 표현할 뿐, 그 누구도 긴장하거나 공포에 휩싸여 살지 않는다.

죽음의 그림자가 온종일 거머리처럼 붙어 다니는데도, 누구 하나 그 죽음의 모습을 보고 지레 겁먹거나 겁에 질린 아이처럼 울먹이지 않는다.

"늦었다고 생각하여 쉽게 그만두지 말고 '지금이 바로 시작할 가장 좋은 때'라고 여기고 기운을 내라."는 기분 좋은 응원가가 바로 <늦었다고 생각했을 때가 가장 빠른 때이다>라는 하버드대학 공부벌레들의 계명이다.

정말 그럴까? '시작이 반'이라는 우리 속담처럼 정말 '시작'이 그토록 중요한 것인가? 그렇다면, 작심삼일로 끝나기 마련인 그 많은 다짐들이나 새해 결심들은 또 어떻게 하는가? 사람들은 의외로 '시작 자체'를 어렵게 여기는 편이다. 누구나 유종의 미를 거두지 못한 채 중도에 그만두고 마는 수가 참으로 많은데도 이상하게도 다들 시작하기를 두려워한다. 시작한 후의 중도에 그만두는 것을 실패로 알기 때문에 시작 자체를 두려워하는 것이 아닐 것이다. 사실은, '실패할까 봐서, 실패할 수도 있기에' 밑도 끝도 없이 지레 두려워하는 것인지도 모른다.

한 마디로, 실패와 성공, 시작과 끝에 대한 투명하고 철저한 그 무엇이 있어서가 아니라, 자신감과의 겨루기, 자신과의 싸움에서 일찌감치 꼬리를 내리고 너무 쉽게 포기하고 체념하게 되는 것인지도 모른다. 사람들의 이런 공통적인 특질, 사람들의 이런 빼도 박도 못할 약점 때문에 '시작이 반'이라는 속담이 생겼을 수도 있다.

어쨌거나, <늦었다고 생각했을 때가 가장 빠른 때이다>라는 하버드대학 공부벌레들의 계명은 정말 사실일까? 정말, '늦었다'며 무릎을 칠 때가 바로 '가장 빠른 때'일까? 적당히 얼렁 술렁 넘기지 말고 다시 한번 되씹어 보자. '늦었다.'고 생각한 그 자체가 오산이고 오판이라는 것이다.

그렇다면, 왜 '나는 이미 늦었다.'고 판단했을까? 혹시, 지난 세월 동안 수 없는 시행착오를 되풀이하며 자신의 능력을 이미 속속들이 알아차렸기 때문에 내린 결론이 아닐까? 아니면, 하고자 하는 일의 속성을 잘 알고 나름대로 이런저런 계산을 해본 후 '지금 시작하는 것은 무모한 일'이라고 판단한 것은 아닐까?

하지만, <늦었다고 생각했을 때가 가장 빠른 때이다>라는 하버드대학 공부벌레들의 계명은 우리에게 정말 심오한 비밀을 가르쳐주고 있다. 즉, 한 개인이 제아무리 현명해도 '세상의 법칙'을 속 시원히 꿰뚫어 볼 수는 없다는 것이다. 한 개인의 역량이 미미한 것처럼, 스스로 '나를 잘 안다.'라며 아무리 큰소리쳐도 지나 놓고 보면 틀린 말, 모자란 계산일 가능성이 더 크다는 것이다. 그 얼마나 끔찍한 일인가? 가장 중요한 시기에 가장 중요한 결정마저도 자기 자신에 대한 엉터리 잣대로 멋대로, 함부로 내리게 된다니 말이다.

그렇게 놓고 보면, '모자란 점'이 오히려 다행스러운 셈이다. 자신의 판단이 오판으로 드러나 오히려 이득을 보는 경우에 해당한다. '지금 시작하는 것은 너무 무리한 일'이라고 결론 내린 일이 오히려 오판으로 드러나 '지금이 바로 첫 단추를 끼울 절호의 순간'으로 드러난다면 실로 세상은 그런대로 '살맛 나는 셈'이다.

얼마나 오묘한가? 한 개인의 판단으로 세상 이치가 변하거나 눈 못 뜬 하룻강아지처럼 졸졸 따라나선다면 세상은 숨이 막힐 정도로 답답할 수 있다. 이미 늦었다고 여길 때쯤에 뜻밖의 역전이 있어야만 관전의 묘미가 있듯이, 인생살이, 세상살이에서도 경기의 역전처럼 '이미 늦었다고 낙심할 때' 기적처럼 목표에 적중해야만 하늘을 향해 간절히 빌고 사람들을 향해 '두고 보라!'며 큰소리칠 수 있을 것이다.

'늦었다고 생각했다면 그것 자체가 오판이다. 세상 이치가 그렇게 호락호락하지 않다. 세상은 무한정 넓고, 또한 그 넓디넓은 세상

곳곳에는 아무도 모르는 비밀의 문들이 무수히 많다. 누구나 그 비밀의 문으로 서둘러 들어가 기적의 보따리를 몰래 집어 올 수 있다. 손에 들 수 있을 만큼 충분히 집어 나를 수 있다. 하지만, 욕심은 금물이다. 보따리 숫자나 그 무게에 치여 옴짝달싹 못 한 채 시들시들 사위어 갈 수도 있다.'고 말한다면 '늦었다고 생각했을 때가 가장 빠른 때이다.'라는 하버드대학 공부벌레들의 계명에 어느 정도 근접한 셈이 아닐까?

그렇다면 '가장 빠른 때'라는 판단은 대체 누가 한다는 말인가? 시작하기를 주저주저한 '나'는 절대로 그 마지막 판단자가 아닐 것이다. '나의 일생'을 주관하는 절대자, '나'를 지어낸 조물주가 아마도 그 마지막 판단자일 것이다. '나'와 지독할 정도로 가까운 그 절대자가 '가장 빠른 때'라고 선언했다면 '나'는 이제 절대자의 충직하고 우매한 노예가 되어 이끄는 대로 무조건 순종하면 그만이다. 세속적이고 계산적인 얄팍한 '독자노선'에서, 마침내 종교적이고 초월적인 보다 미더운 '공동노선'으로 옮겨가는 순간인 셈이다. 덫이나 올무나 구덩이는 늘 홀로 걷는 그 호젓한 오솔길에 있다. 절대자와 함께 걷는 그 반듯한 길에는 똑바로 세워진 이정표만 있다.

'때'와 '나'를 지나치게 결부시키면 반드시 오판이 생긴다는 오묘한 진리를 <늦었다고 생각했을 때가 가장 빠른 때이다>라고 쉽게 말한 셈이다. '때'와 '나'를 멀리 떼어놓고 그 중간에 미지의 세계를 주관하는 절대자를 끼워놓아야만, 비로소 그럴듯한 공식이 성립된다는 뜻이다.

이렇게 놓고 보면 '늦었다고 생각하는 나'는 죽어질수록 오히려 '나'에게 유리하고, 반대로 '가장 빠른 때'라고 다시 판단하는 '미지의 절대자'는 힘을 얻고 자리를 넓힐수록 '나'를 위해 대단히 유리할 것이다. 생각을 달리하여 패러다임(paradigm: 천동설, 지동설처럼 한 시대가 공유한 사고방식) 자체를 바꾸면 '나'는 백 퍼센트 이득을 보고, 미지의 절대자는 '나'의 성공과 목표 달성을 통해 간접적으로 보상을 받는 셈이다. '나'의 완전한 실패에서, '나'와 '미지의 절대자'가 공동으로 보람을 얻는 '공동의 금자탑' 쌓기로 판 자체가 완전히 뒤바뀌는 순간이다.

만일, 미지의 절대자가 우리의 생애를 심판할 때 세상에서 '어이쿠, 늦었네!'라는 말을 '몇 번 했느냐?'로 기준을 삼는다면 그 누구도 '최상의 대접'을 받기 힘들 것이다. 만일, 우리의 입에서 튀어나오는 '너무 늦었다!'라는 말을 미지의 절대자가 '신의 존재를 잠시 망각하고 있었다.'라는 식으로 오해한다면 정말 큰일이 아닌가?

<늦었다고 생각했을 때가 가장 빠른 때이다>라는 하버드대학 공부벌레들의 계명대로라면, '늦었다.'는 말을 꺼내는 것은 물론이고 아예 그렇게 생각만 해도 크게 잘못된 것이 된다. '늦었다.'는 말 자

체를 입 밖에 꺼내서는 절대 안 되는 것은 물론이고, '늦었다!'는 생각 자체를 가위로 싹둑 자르듯 그 뿌리부터 냉큼 잘라내야 한다는 것이다.

뿐만 아니라, '늦은 것이 아니라 지금, 이 순간이 바로 즉시 시작해야 할 가장 빠른 때'라며 생각 자체를 완전히 바꿔야 한다. '늦었다.'는 생각 자체를 해서는 안 될 뿐만 아니라, 한발 더 나아가 '지금이 시작할 가장 좋은 때'라며 냅다 시동을 걸어야 한다는 말이다.

하여튼, <늦었다고 생각했을 때가 가장 빠른 때이다>라는 하버드 대학 공부벌레들의 계명 하나만 제대로 잘 새겨두고 살아도 큰 동네 하나 정도는 꿀꺽 삼킬 수 있을 것이다. 줄반장이나 통장, 동장을 넘어서서 웬만한 집단의 우두머리 정도는 거뜬히 맡을 수 있다는 말이다. 생각 여하가 얼마나 큰 차이를 만드는가는 이미 수많은 석학, 천재들이 이구동성으로 밝힌 바 있다.

'잠재의식(subconsciousness)'을 깨워라! 무의식을 활용하라! 자기최면을 걸어라! 자신감을 가지라는 말을 통해 얼마나 많은 사람들이 용기백배하여 칠전팔기(七顚八起), 팔전구기(八顚九起)의 기적 같은 이야기를 만들어냈는가! 잠재의식을 깨우면 빙상을 뒤집어 그 밑 부분을 위로 드러내는 것과 똑같다는 말이다. 즉, 사용하지 않던 엄청난 부분을 활용하기 때문에 의외의 결과가 나타날 수 있다는 것이다.

사람의 '생각'은 때로 미지의 절대자를 향한 간절한 기도가 되기도 하고, 미지의 '악의 세력'을 빌린 저주의 삿대질이 되기도 한다.

사람은 영적인 존재다, 생각 하나하나가 '신을 향한 신호음'으로 변할 수도 있다. 외마디 하나, 고함 한 번이 악의 세력을 향한 불호령이 될 수도 있다. 따라서 '생각 고치기와 생각 틀어쥐기'에 전심전력해야 한다.

'생각'만 제대로 관리, 통제해도 얼마든지 자신의 삶을 180°로 바꿀 수 있다는 말이다. 어떤 생각을 하고 있느냐에 따라 그 사람의 향내와 빛깔이 달라진다는 말이다. 생각 하나만 잘 관리하고 경영해도 모두가 하나같이 '아무것도 내세울 수 없고 아무것도 새로 시도할 수 없는' 때 늦은 나이에도 홀로 꿋꿋할 수 있고 떳떳할 수 있다는 것이다.

잠재의식은 '또렷한' 의식 세계를 둘러싸고 있는 '어렴풋한' 의식 세계를 뜻한다. 주(主) 의식에 대한 부(副) 의식, 분명하게 의식되는 부분에 대한 하(下) 의식을 뜻하기도 한다. 학자에 따라서는 '자아의 지배력이 약해질 때 생기는 분리된 의식 세계'를 잠재의식으로 보기도 한다. 즉, 정신적으로 건강하지 못할 때 정신의 통합 능력에 결함이 생겨 어떤 정신 과정이 슬그머니 떨어져 나가게 되면, 그때 '잠재의식'이 생겨 저 스스로 활동하기 시작한다는 것이다.

정신분석학(psychoanalysis)의 비조(鼻祖: pioneer)인 지그문트 프로이트(Sigmund Freud: 1856.5.6.~1939.9.23.)는 의식 세계 속의 "어떤 것들"이 의식 세계에서 강제로 밀려나 무의식(혹은 잠재의식)의 세계로 쫓겨난다고 보았다. '고통스럽고 허용될 수 없고 온당하지 못한 것들'(예: 복수욕, 자해 욕구, 자살 욕구, 절도 본능)이 의식 세계에서 강제로 추방되어 잠재의식을 이룬다는 말이다.

최면술로 히스테리 환자를 치료하는 것을 지켜보며 '사람의 마음에는 자신이 의식하지 못하는 무의식의 세계가 존재한다.'는 사실을 알게 되었다. 최면술을 걸어 '잊혀 가는 마음의 상처(심적 외상)를 다시 떠올리게 하면 정신신경증(예:히스테리)이 낫는다.'는 사실을 알게 되었던 것이다. 잠재된 분노나 억울함, 두려움 등을 의식 세계로 불러올려 정신질환의 뿌리를 샅샅이 캐낸 다음 치료하기 시작하는 정신분석학적 치료방식을 통해, 의식과 무의식(혹은 잠재의식)의 세계가 엄연히 다르다는 것을 확실히 알게 되었다.

잠재의식 혹은 무의식 속에 깊이 가라앉은 앙금을 의식 세계로 불러올리기 위해 최면술이나 카타르시스(katharsis: 정화, 배설) 법, 혹은 자유연상법(free association) 등이 생겨나게 되었다. 어떤 말을 던진 후 즉시 생각나는 말을 하게 하는 자유연상법을 통해 의식의 한 부분이었다가 무의식의 세계로 쫓겨난 그 '불우한 주인공'이 과연 누구인가를 캐내는 것이다. 일부러 아무런 자극도 주지 않고 '마음에 떠오르는 대로 차례차례 말하게 하여' 정신분석학적인 여러 지표들을 구하면, 현재의 정신신경증이 어디서부터 시작되었는가를 쉽게 알 수 있다는 것이다.

정신분석학적인 측면에서 <늦었다고 생각했을 때가 가장 빠른 때이다>라는 하버드대학 공부벌레들의 계명을 다시 들여다보면 '무의식(혹은 잠재의식)' 속에 자포자기하게 하는 원인물질이 있다는 것이다. 즉, '늦었다고 생각하는' 그 어설픈 결론이 무의식(혹은 잠재의식) 세계로 추방된 채 의식 세계를 끊임없이 간섭하고 침해한다는 것이다. 어떤 것이든 일단 의식 세계에서 무의식 세계로 추방되면 정신질환을 일으키는 원인물질이 되어, 건강한 생각으로 가득 차야 할 의식의 공간을 비정상적이고 병적인 것으로 채우기 시작한다는 것이다.

이렇게 놓고 보면 '늦었다'고 생각하는 것은 무의식 속의 병인(病因)이고, '가장 빠른 때'라고 '생각을 고쳐먹는 것'은 바로 무의식 속의 병인(病因)을 캐내 말끔히 치료를 끝낸 상태인 셈이다. 그러니 단순히 생각을 바꿔 추진력을 회복하는 차원의 문제가 아니다. 질병을 고쳐 깨끗이 나았으니, 환자 상태에서 건강을 완전히 되찾은 정상 상태가 된 것이다.

<늦었다고 생각했을 때가 가장 빠른 때이다>라는 하버드대학 공부벌레들의 계명은 이처럼 오묘한 이치를 품고 있다. '때 늦은 일'이 한순간에 '지금 당장 시작하면 세상에서 가장 빠른 시작'으로 변하고 만다는 것이다. 얼마나 기가 막힌 노릇인가! '이미 멀리 사라진 기차'를 출발역으로 다시 불러들여 다시 출발하게 할 수 있다니, 그 얼마나 대단한 변화인가!

그리고 가장 대단한 일은 '생각만 살짝 바꾸면' 된다는 사실이다. '늦은 게 아니다. 지금 당장 시작하자. 그러면 승리의 월계관을 독차지할 수 있다.'며 자포자기한 자신을 벌떡 일으켜 세우기만 하면, 나머지 일은 그저 만사형통(萬事亨通), 일사천리(一瀉千里)라는 것이다.

생로병사(生老病死)의 무시무시한 족쇄를 그런 식으로 손쉽게 해결할 수 있다면 얼마나 좋겠는가? 늙고 병들어 가는 인생의 그 뻔한 굴레를 벗어나 다시 젊고 싱싱한 육체와 정신으로 되돌아갈 수 있다면 그 얼마나 멋지겠는가?

신과 사람은 이래저래 평행선을 달릴 수밖에 없는가 보다. 신은 생로병사의 굴레를 사람에게 씌어 '다 같은 피조물임'을 확인시키려 하고, 사람은 반대로 그 굴레를 벗어나 어떻게 해서든 거꾸로 가고 반대로 살고자 하기 때문이다. 아마도, 에덴동산(Garden of Eden)을 무인동산(無人東山)으로 만든 원인인 선악나무의 과일과 생명나무의 과일도 <늦었다고 생각했을 때가 가장 빠른 때이다>라는 하버드대학 공부벌레들의 계명에서 암시되듯 '고정관념 깨기'와 직·간접으로 연관되어 있을 것이다.

정신분석학적으로 말하면 '무의식의 세계 속에 영원히 가둬둬야 할' 고정관념 깨는 버릇을 아차 실수로 '의식의 세계로 몰아냈기 때문에' 신의 가혹한 처벌을 자초하게 된 것이다. 결국에는, '무의식과 의식의 경계'를 허물어버렸기 때문에 신의 진노를 자초한 셈이 된다.

사람들은 <늦었다고 생각했을 때가 가장 빠른 때>라는 하버드대학 공부벌레들의 계명처럼 줄기차게 '의식과 무의식의 경계'를 허물고자 했고, 신은 반대로 집요하게 '의식과 무의식의 경계'를 확실하게 못 박아 놓고자 했다. 사람들의 억척스러운 '벽 허물기'에 잔뜩 겁을 집어먹은 신은 '이래서는 안 되겠다.'는 생각에서 선악나무의 과일과 생명나무의 과일을 보호해야 한다는 명분으로, 사람들을 동산 밖 멀리 영영 내쫓아버렸다. '두 나무의 과일은 절대로 먹지 말자!'는 엄명을 어기고 두 나무의 과일 중 '선악을 확실하게 알게 하는' 선악나무의 열매를 냉큼 훔쳐 먹었으니, 그만 신에게 덜미가 잡혀 추방당하고 만 것이다.

이미 엎질러진 물이다. 선과 악이 무엇인지 그 경계를 확실하게 알게 되었으니, 이제는 <늦었다고 생각했을 때가 가장 빠른 때>라는 하버드대학 공부벌레들의 계명을 깃발처럼 높이 들고 재기를 다짐해야 한다.

신의 차원에서 보면 심판이고 추방이고 멸망이고 단절이고 이변이고 저주이지만, 사람의 차원에서 보면 고토 회복을 위한 끝없는 정진의 꼬투리이고 패자부활전을 노리는 와신상담(臥薪嘗膽)의 기가 막힌 바탕인 셈이다.

오늘 할 일을
내일로 미루지 마라

'떠돌이' 수렵 생활을 지나 정착을 시작하며 가축을 키우고 논밭을 일구기까지 그 얼마나 길고 긴 시간이 필요했을까? 그리고 이집트, 바빌론, 페르시아, 그리스, 로마를 지나 유럽 대륙을 중심으로 산업혁명이 일어난 것이 18세기 중엽부터 19세기 중엽까지였으니, 기계다운 기계를 사용하기 시작한 것이 지금으로부터 그렇게 먼 시간대가 결코 아니다.

어떤 과학자는 사람의 두뇌를 두고 '돌멩이, 막대기 들고 작은 짐승 뒤를 쫓던 원시시대의 인류와 컴퓨터를 종이나 연필로 여기는 21세기 인류나 그렇게 큰 차이가 없다.'고 했다. 두뇌의 모양이나 기능으로 보면 수만 년을 건너뛴다고 해서 그렇게 크게, 눈부시게, 몰라보게 확 변하지 않는다는 말이다.

얼마나 참혹한 일인가? 원시 석기시대의 인류나 21세기 과학 문명 시대의 인류나, 두뇌의 구조나 기능을 비교하면 겨우 오십보백보 정도의 근소한 차이라니, 그 얼마나 황당하고 부끄러운 일인가? 그렇다면, 그 많은 지식과 정보는 무엇하러 배우고 그렇게 많은 자격증, 면허증은 또 무엇하러 탐을 냈단 말인가? 산과 들을 누비며 토끼나 노루 등 그 가엾은 초식동물만을 온종일 뒤쫓아 다녔던 원시 인류의 후손들이 팔자 좋게 자동차, 비행기, 잠수함, 우주선, 고속열차를 조종하며 속도감을 만끽하고 있다니, 얼마나 신기하고 우스운 일인가?

<오늘 할 일을 내일로 미루지 마라>는 하버드대학 공부벌레들의 계명을 생각하며 갑자기 원시인류와 현대 인류의 차이점을 생각하게 되었다.

원시인류는 둘 중 하나였을 것이다. '오늘 굶었으니 내일 하루 더 굶자.'며 몇 날 며칠씩 배곯은 채 잠자리에 들거나, 아니면 '오늘 굶었는데 내일 또 굶을 수는 없다.'며 이를 악물고 돌도끼와 돌화살촉을 부둥켜안고 일찌감치 잠을 청하거나 했을 것이다.

<오늘 할 일을 내일로 미루지 않는다>는 말은 곧 그런 식의 '다시 굶지 않기 위해 입술 깨무는 일'로 통했을 것이다. <오늘 할 일을 내일로 미루지 마라>는 말을 '오늘은 굶었지만 내일은 일찌감치 서둘러 반드시 배를 채울 수 있도록 하라.'는 말로 새겨들었을 것이다.

그렇다면, 현대를 사는 우리는 <오늘 할 일을 내일로 미루지 마라>는 하버드대학 공부벌레들의 계명을 과연 어떤 식으로 새겨들어야 하는가? 직설적으로 듣는 길과 빙빙 돌려서 듣는 길이 있을 것이다. 하나는 '오늘 할 일은 반드시 오늘 끝내라. 제때 안 하면 망하게 된다.'는 식이 될 테고, 다른 하나는 '절대로 미루지 마라. 미루다 보면 결국에는 쫄딱 망하게 된다.'는 식이 될 것이다.

즉, 하나는 '오늘'이라는 시간대에 초점을 맞출 것이고, 다른 하나는 '미루지 말라.'는 쪽에 무게를 둘 것이다. 둘 중 어느 쪽에 비중을 둬야만, <오늘 할 일을 내일로 미루지 마라>는 하버드대학 공부벌레들의 계명을 가장 충실히 따르는 길이 될까?

아무래도 '시간대'에 비중을 두는 편이 나을 것 같다. '오늘'과 '내일'을 정해 놓고 '절대로 건널 수 없는 아득한 물길' 정도로 인식하는 것이 나을 것 같다는 말이다. '오늘'과 '내일'을 마치 '삶'과 '죽음' 정도로 인식해야만, 감히 함부로 건너뛰지 않게 될 것이다. 잠만 자고 나면 다시 찾아올 '주인 없는 시간대' 정도로 알지 않아야 목숨이라도 걸고 '그날 일을 그날에 반드시 끝내려 할 것'이다. '오늘을 살았다고 내일이 꼭 주어지는 것은 아니다.'라며 이를 악물고 덤벼야만 가까스로 '그날 일을 그날에 마치게 될 것'이다.

<오늘 할 일을 내일로 미루지 마라>는 하버드대학 공부벌레들의

계명은 단순한 훈계가 절대 아니다. '시간에 관한 생각이 어떠하냐에 따라 삶 자체가 완전히 달라진다.'는 무시무시한 암시가 들어있는 말이다. '미루고 안 미루고는 순전히 각자의 자유에 속하지만' 일단 미루고 나면 나에게만은 모두에게 자연스럽게 주어진 그 '내일'이 존재하지 않게 되는 것이다. 항상 '오늘'만 있고 절대로 '내일'이 없는 것이다. 얼마나 겁나는 일인가? 전혀 다른 괴상한 시간대에 속한 채 홀로 허우적거리게 되는 것이다. '영원한 시간대 속의 미아(迷兒)'로 살다가 맨 마지막에는 단 한 번의 거친 숨결로 마침표를 찍게 되는 셈이다.

"오늘 할 일을 내일로 미룬 사람에게는 영원히 '내일'이란 시간대가 없다."고 한다면 조금은 지나친 말일까? '오늘 할 일을 내일로 미루지 않을 뿐만 아니라' 한발 앞서서 '내일 할 일을 앞당겨 오늘에 한다면' 과연 어떤 시간대를 살게 되는 것일까? 특별히 부지런한 사람들은 항상 '오늘'만을 살게 될 것이다. 하지만, 대개의 많은 사람들은 원하건 원하지 않건 '어제'만을 살게 될 것이다. 게으른 자의 '오늘'은 부지런한 사람의 '어제'이기 때문이다. 미적미적 미루는 이는 항상 근면하고 성실한 사람의 '뒤꽁무니'만 따라가게 될 것이다. 따라서 오늘 할 일을 내일로 미루는 이는 늘 남들이 생각하는 '어제'만을 살 수밖에 없는 것이다.

얼마나 한심한 일인가! 남들이 보았던 해를 보며 항상 '새로 떠오른 해'처럼 가슴이 뛰게 될 테니, 그 얼마나 딱한 노릇인가! 달이나 별도 마찬가지일 것이다. 남들이 지나친 빛, 남들이 이미 보아버린 모습을 보며 신나게 '홀로 아리랑'을 부를 테니, 그 얼마나 가엾은 노릇인가!

<오늘 할 일을 내일로 미루지 마라>는 하버드대학 공부벌레들의 계명은 곱씹을수록 진국이다. 단순한 계명 같지만 누구나 그대로 따라 하면, 어렵게만 여겨졌던 성공을 손쉽게 거머쥘 수 있을 것이다. 별것 아닌 훈계 같지만 무턱대고 성실히 따라 살면 언젠가는 반드시 성공자로 변신해 있을 것이다. 실패자와 성공자의 갈림길에 세워져 있는 유일한 팻말이 바로 <오늘 할 일을 내일로 미루지 마라>는 메시지다.

성공하기를 꺼리지 않는다면 반드시 <오늘 할 일을 내일로 미루지 마라>는 하버드대학 공부벌레들의 계명을 기억해야 한다. 실패하기를 두려워한다면 누구나 <오늘 할 일을 내일로 미루지 마라>는 하버드대학 공부벌레들의 계명쯤은 가슴 깊이 새겨 두고 살아야 한다.

공부할 때의 고통은 잠깐이지만 못 배운 고통은 평생이다

사람들은 흔히 '고통 없는 삶'을 가장 이상적인 것으로 떠올리기 쉽다. 하지만, 정말 '고통 없는 삶'이 가장 이상적인 것일까? 원인을 알 수 없는 증세로 '고통을 못 느끼게 된 소녀'가 제 손가락을 씹어 먹은 이야기(중국)와 제 손가락으로 눈을 찔러 실명한 소녀의 이야기(미국)가 해외토픽으로 올라와 전 세계 사람들의 가슴을 아프게 한 일이 있다.

우리는 '고통을 당해 보지 않으면 고통이 얼마나 무서운가를 제대로 알 수 없다.'는 말을 자주 듣는다. 하지만, 고통을 모르는 육체가 얼마나 '사고뭉치'인가는 당해 보지 않으면 모른단다. 고통을 모르는 몸이라 어딘가에 부딪혀도 전혀 알아차리지 못하기 때문에 언제 큰 상처를 입을지 정말 두렵단다.

십자가형을 당한 예수 그리스도의 '고통'은 '죄 없이 당한 고통'이라 무수한 사람들의 가슴마다 진한 감동을 퍼뜨린다. '하실 수만 있다면 고통을 면하게 해 주십시오. 하지만, 내 뜻대로 하지 마시고 아버지의 뜻대로 하십시오.'라는 마지막 기도를 통해 사람들은 '고통'의 의미를 다시 생각하게 된다.

'왕궁의 사치와 쾌락을 등지고 변하지 않는 진리를 찾기 위해 세상 속으로 달려 나간' 부처는 '고통을 통해 참된 자유를 보여준 위대한 본보기'로 사람들의 뇌리에 깊이 박혀 있다.

소크라테스는 얼마든지 도망칠 수 있었는데도 스스로 죽음을 맞이한 특이한 경우로 기억되고 있다. 하지만, 실제로는 '죽음이 가져다주는 심리적, 육체적 고통을 피하지 않고 담담하게 맞이했기 때문에' 더욱더 돋보이는 경우에 속할 뿐이다.

공자는 '세상 사람들이 느끼는 온갖 고통을 온몸으로 직접 겪으면서도 그 고통의 나날을 학문과 사상으로 승화시켰기 때문에' 아직껏 세상 사람들의 존경을 받고 있다. 실망과 좌절 속에서도 제자 육성을 통해 참 스승의 모습을 보여주고, 혼란과 무질서 속에서도 법도와 수양을 강조하며 참 선비, 참 인간의 자세를 실천했기 때문에 현대인의 마음을 사로잡을 수 있는 것이다.

'아이들은 아프면서 큰다.'는 말이 있다. 대체 무슨 소리일까? '고통'을 통해 몸도 조금씩 단련되고, 마음도 알게 모르게 속이 차게 된다는 뜻일 것이다. '고통'이 매개가 되어 모르던 것도 알게 되고, '고통'이 촉매가 되어 뜻밖의 깨달음을 얻게 된다는 말일 것이다. 극진히 간호하는 손길을 통해 감사하는 마음도 생기고 '사랑받는다.'는 것이 얼마나 기분 좋은지도 알게 되는 것이다. 그리고 무엇보다도 '어느 정도 날짜가 지나야만 병을 물리치고 거뜬하게 일어설 수 있다.'는 사실에서 '기다림과 오래 참음의 참된 미덕'을 터득하게 될 것이다.

학자들의 발견과 연구에 의하면 '고통'을 느끼는 우리 몸의 구조가 참으로 복잡 미묘하다.

상처가 난 조직의 세포막의 터지면서 주위에 일종의 호르몬을 내보내기 시작하면, 이 물질이 근처의 '통각 전달 신경세포'에 신호를 보낸다고 한다.

호르몬의 일종인 '프로스타글란딘(prostaglandin)'이란 분비물이 신경세포의 반응을 예민하게 만들어, 평소에는 그냥 지나치던 것에 갑자기 예민하게 반응하게 만든다고 한다. 느슨하던 감각을 팽팽하게 조이고 높기만 하던 문턱을 대폭 낮춰 '낯선 느낌'을 '고통'으로 인식하게 하는 셈이다. 일종의 경고등이 켜지거나 비상 신호가 작동하기 시작한 셈이다.

따라서 경고음을 내게 만드는 '프로스타글란딘'(prostaglandin)이란 분비물의 기능을 약화시키거나 차단하면 '고통'을 모르게 되어 금방 진통 효과가 생긴다고 한다. 아스피린(Aspirin)을 비롯한 수많은 진통제의 역할이 바로 '프로스타글란딘'(prostaglandin)이란 분비물의 합성을 방해하는 데 있다고 한다.

지금까지 인류가 찾아낸 진통제 중에서 가장 효과가 뛰어나다는 양귀비는 누구나 알듯이 모르핀(morphine: 아편의 주성분)의 원료다. 모르핀(morphine)은 우리의 뇌(腦: brain)와 척수(脊髓: spinal cord) 속에 들어가 통증 전달의 신경 경로를 완전히 차단하여 우리 몸이 통증을 전혀 못 느끼게 할 뿐만 아니라, 우리의 뇌 속에 황홀감을 일으켜 쉽게 중독에 이르게 한다. 모르핀을 주원료로 한다는 헤로인(heroine)도 모르핀처럼 진통 효과와 황홀경을 동시에 가져다주기 때문에 모르핀 이상으로 중독 가능성이 크다고 한다.

신기한 일은 우리의 몸속에 이미 '천혜의 모르핀'(endogenous morphine)이 존재한다는 사실이다. 바로, '엔도르핀'(endorphin)으로 불리는 분비물인데, 우리 몸의 통증을 완화시키고 행복감을 느끼게 하는 등, 아편 속의 모르핀과 흡사한 역할을 하면서도 전혀 중독될 염려가 없다. 우리 몸속에서 자연 생성되어 일정 역할을 한 다음 스스로 분해되는 고마운 물질이다.

엔도르핀 분비는 우리의 몸속에서 일어나는 신비로운 현상 중 하나이기도 하지만, 의외로 심리적인 원인에 의해서도 얼마든지 분비될 수 있다고 한다. 종교를 통한 심리적이고 초월적인 체험을 통해 '엔도르핀'을 분비시킴으로써 고통을 줄여 질병을 낫게 하기도 한다니, 참으로 기적 같은 물질이 아닌가! 진통 효과와 행복감을 함께 선사하는 '엔도르핀'을 통해 새삼스럽게 창조의 신비로움에 감격하게 되니, 실로 금상첨화(錦上添花)요, 일석이조(一石二鳥)가 아닌가!

예수 그리스도 자신도 십자가 위에서 극심한 고통을 당할 때 로마 병정들로부터 '마약'의 유혹을 받은 적이 있다. 신약성경(마태복음 27장 34절)에 보면 '쓸개'란 말이 나오는데, 히브리어 'Rosh'에서 유래된 말로 '게세니우스'(Gesenius) 즉, '양귀비'를 뜻한다. 양귀비의 추출물인 모르핀(morphine)을 포도주에 타서 진통 효과를 냈던 것이다. 그 옛날에도 이처럼 '병 주고 약 주는 식'의 이율배반적인 일들이 비일비재했던 셈이다. 십자가 형틀 위에 매달아 놓고 양귀비에서 얻은 진통제로 그 고통을 잊게 하려 했던 것이다.

이제 <공부할 때의 고통은 잠깐이지만 못 배운 고통은 평생이다>라는 하버드대학 공부벌레들의 계명으로 되돌아가 '고통'의 의미를 되새겨 보자. 공부는 '고통'이 분명한데, '못 배운 고통은 평생 간다.'는 말이다. 즉, 공부하는 데 어느 정도의 고통이 따르지만, 공부 안 하고 편하게 지내다가는 자신이 원하든 원하지 않든 간에 '평생 이어지는 무서운 고통을 당하게 된다.'는 것이다.

정말 그럴까? 공부를 안 하면 대체 무슨 고통을 겪게 된다는 말인가? 출세 못 해 억울하게 되고 무식해서 천한 사람으로 취급받게 될 테니, 그 자체가 큰 고통이라는 말인가? 아니면 못 배우고 덜 배우면 기껏해야 몸으로 때우는 육체노동으로 생계를 유지해야 하니, 그 자체가 엄연한 '고통'이라는 말인가?

'공부할 때의 고통은 잠깐이지만 못 배운 고통은 평생'이라는 말은 이래저래 우리에게 아주 복잡 미묘한 신호음을 보낸다. 어쨌거나, 두 가지 속성의 '고통'을 제대로 계산하지 못하면 그 자체가 '평생 이어질 고통의 실마리가 될 수 있다.'는 것이다.

'공부하는 고통'과 '공부 못해 평생 당하게 될 고통'을 잘 견줘 보고 반드시 어느 하나를 택해 실제로 '고통스러운 나날'을 보내야 한다는 것이다. 미리 고통을 선택하면 훗날 편안하고, 일찍 고통을 피하면 훗날 더 큰 고통을 당하게 된다니, 해답은 너무도 당연하지 않은가?

문제는 '고통을 알아서 미리 선택하느냐?' 아니면 '고통을 잠시 피했다가 더 지독한 고통을 당하느냐?'의 양자택일이다. 그렇다면 한 가지 의문이 생기지 않을 수 없다. '고통'의 크기나 기간이 엄연히 다른데 어째서 둘 중 하나를 택해야 한다고 할까? 다들 알아서 훨씬 가벼운 '매'에 해당하는 공부를 택할 텐데 왜 굳이 두 가지 '회초리' 중 하나를 택하라고 할까? 아마도 사람들이 '더 큰 후회'를 떠안게 될 줄 뻔히 알면서도 나이가 어리거나 철이 덜 들어서 공부를 게

을리할 것이 당연하기 때문에, 경각심을 불러일으키고자 일부러 두 가지 고통을 비교하도록 했을 것이다.

<공부할 때의 고통은 잠깐이지만 못 배운 고통은 평생이다>라는 하버드대학 공부벌레들의 계명은 문제와 해답을 동시에 지니고 있다. '공부하는 것이 고통스럽지만 그 고통은 의외로 짧고 가볍다.'는 것이다. 반대로 '공부 안 하면 멀지 않은 날에 고통을 당하기 시작하여 불행하게도 죽어야 그 고통이 끝난다.'고 한다. 하지만, 사람들은 의외로 계산적이지 못하다. 사람들은 뜻밖에도 현명하지도 않고 과학적이지도 않다. 이성과 감성을 포함하여 여러 가지 비밀스러운 능력을 지니고 살면서도 이상하게 비이성적이고 비과학적으로 살아간다. 그래서 어린아이들에게나 들려줄 법한 이야기를 무슨 법칙이나 계명처럼 시시콜콜 들려줘야 한다.

<공부할 때의 고통은 잠깐이지만 못 배운 고통은 평생이다>라는 하버드대학 공부벌레들의 계명이 바로 그런 단적인 예다.

사람이 웬만하기만 해도 굳이 들려줄 필요가 없을 텐데, 생각보다 너무도 한심한 탓에 잔소리하듯 시시콜콜 되풀이해야 하는 것이다.

먹고사는 일이 워낙 급해 공사판을 전전하다 뒤늦게 공부에 눈을 뜬 한 고등학생은 세상을 향해 '공부가 가장 쉬웠다.'고 했다. 이

일 저 일을 닥치는 대로 하며 온몸으로 세상을 살았지만 되돌아보니 '공부가 그중에서 가장 쉬웠다.'는 것이다.

맞는 말이다. 이 책 저 책 읽는 '자유로운 공부'도 중요하지만, 그것보다는 아무래도 '정해진 일정한 과정을 거쳐 한 단계씩 올라가는 공부'를 마쳐야만 제대로 된 '소득과 보상'을 바랄 수 있다.

수료보다는 졸업이 낫고, 들쭉날쭉 멋대로 거쳐 가는 쉬운 과정보다는 우열 경쟁을 거치는 빡빡한 과정이 나은 이유도 바로 여기에 있다. '어려운' 공부일수록 보람이 큰 법이다. '힘든' 과정일수록 영광이 보장되는 법이다.

<공부할 때의 고통은 잠깐이지만 못 배운 고통은 평생이다>라는 하버드대학 공부벌레들의 계명을 좀 더 현대적으로 고치면 과연 어떻게 될까? 초등학교나 중학교 학생에게는 '우등생이 되는 것이 성공적인 내일을 여는 가장 손쉬운 길'이라고 가르칠 수 있을 것이다.

하지만, 고등학생만 되어도 벌써 세상을 보는 눈이 달라져 좀 더 현실적이고 전략적으로 말해야 들음직할 것이다. 즉, '좋은 대학교에 들어가 좋은 사람들을 많이 사귀는 것이 장차 큰 힘이 되고 큰 도움이 될 것'이라고 가르쳐야만 그나마 귀가 솔깃할 것이다. 대학생만 되어도 '결혼이나 직장이나 출세와 연결시켜야만' 그런대로 귀 기울일만하다고 여길 것이다. '어서 공부해라. 그렇지 않으면 훗날 크게 후회할 것이다.'라며 같은 공부를 이야기해도 나이에 따라, 학

년에 따라 그 방향과 암시가 확연히 달라질 수 있는 것이다.

그렇다면, 대체 몇 살 정도까지 <공부할 때의 고통은 잠깐이지만 못 배운 고통은 평생이다>라는 하버드대학 공부벌레들의 계명을 달달 외우며 살아야 할까? 한 마디로, '공부는 평생 해야 하는 것이지만 무엇보다도 학창 시절에 또래끼리 우열 다툼을 할 때 잘해야 한다.'고 정리할 수 있을 것이다.

따라서 공부와 연결하여 가장 중요한 시기인 학창 시절을 보내는 이들에게 귀에 못이 박히도록 <공부할 때의 고통은 잠깐이지만 못 배운 고통은 평생이다>라는 하버드대학 공부벌레들의 계명을 들려줘야 한다. '못 배운 고통'이 대체 무엇인지, 그리고 '어째서 평생 이어지는지' 제대로 알 리 없지만, 최소한 '공부할 때의 고통은 잠깐 지나가는 별것 아닌 고통'이라는 사실만은 분명히 알게 해야 한다.

그리고 할 수만 있다면 '공부가 세상에서 가장 쉽고 가장 빠른 길'임을 명심하게 해야 한다. 성공의 지름길이면서도 가장 손쉬운 일이 바로 '공부'라는 사실만 제대로 알고 살아도, 어리고 풋풋한 날들과 싱그럽고 힘찬 날들을 알차고 보람 있게 보내게 될 것이다.

<공부할 때의 고통은 잠깐이지만 못 배운 고통은 평생이다>라는 하버드대학 공부벌레들의 계명은 학창 시절을 '열심히' 보내는 사람들에게는 '명약(名藥)'이 될 테지만, 학창 시절을 덧없이 보낸 이들에게는 곱씹을수록 쓴맛이 우러나는 말린 '쓸개'와 같을 것이다.

누가 뭐래도 학생의 직업은 '공부'다. 아무리 시대가 변해도 학생의 할 일은 오로지 '공부'다. 부모나 집안을 위한 것이 아니라 바로 자기 자신의 앞날을 예비하기 위해 '공부'를 일처럼, 직업처럼, 운명처럼 여겨야 한다.

하찮은 풀벌레도 제 배는 제가 채운다. 손가락만 한 크기의 정말 아슬아슬한 새끼 동물들(캥거루 같은 유대 동물들이나 판다 등이 대표적인 예)도 태어나자마자 눈 감은 채 털북숭이 어미 배 위를 벌벌 기어 본능적으로, 감각적으로 어미의 젖을 물고 첫 젖을 달게 먹는다. 말 그대로 죽기 살기식의 안간힘이다.

보기에는 분명 어미의 털옷이고 알몸이지만, 손가락 크기의 새끼 동물 처지에서는 그렇게 힘겨운 장애물 경주일 수 없고 그렇게 겁나는 벼랑 타고 오르기가 아닐 수 없다. 제법 그럴듯한 모양을 갖춘 우람한 크기의 튼튼한 새끼동물로 자라기까지는 말 그대로 순간순간이 지옥이고 하나하나가 모두 가시밭길인 셈이다.

어디 그뿐인가? 아무리 돌보지 않는 산과 들의 풀포기도 제 스스로 물을 빨아올리고 제 스스로 기지개를 켜며 온종일 햇빛을 향해 알몸을 드러내고 있다. 모든 식물은 비록 썩은 시궁창에서 물을 빨아올릴망정 제 몸속은 늘 가장 깨끗한 물만을 채워 놓는다. 온갖 공해물질에 찌든 독한 공기만을 빨아들이고 매운 햇볕만을 쬘망정 제 몸속은 언제나 가장 맑은 공기로 채우고 가장 깨끗한 빛만을 통과시킨다. 길가의 돌멩이조차도 수레바퀴에 얼굴이 으깨지고 차 바퀴에 엉덩이를 차이며 밤이나 낮이나 그렇게 힘들게 보내야 한다.

수만 리 하늘 속의 별들도 해를 따라 열심히 돌아야 한다. 단 한 시도 게으름을 피울 겨를이 없다. 잠시 한눈팔다가는 언제 우주 속의 미아가 될지 모른다. 자칫 실수로 태양에 너무 가까이 다가가면 금방 증발하고 만다. 아차 실수로 궤도를 벗어나면 영영 되돌아가지 못한 채 영원한 떠돌이가 될 수도 있다. 아니면, 우주를 맴돌고 떠도는 그 많은 별들에 부딪혀 한순간에 우주 먼지, 우주 안개가 될 수도 있다.

수천, 수만 리 깊은 땅속의 불붙은 바위도 세월을 두고 조금씩 밀리고 흔들리며 셀 수 없는 시간들을 셈해야 한다. 언제 발밑이 갑자기 부풀어 올라 하늘 높이 치솟게 될지 몰라 항상 날개를 편 채 잠들어야 한다.

땅속을 흐르는 지하수는 그 암흑세계를 낯설어하지 않으려 잠시도 가만히 있지 않고 항상 온몸을 크게, 크게 뒤척인다. 빗물로 흐르던 날과 냇물에 합쳐지던 날과 강과 바다를 사모하던 날들을 가슴 속 깊이 묻어놓고 무슨 비밀암호라도 되는 양 쉽 없이 웅얼거린다.

세상 그 어디에도 놀고먹는 생명체는 없다. 수벌처럼 놀고먹다가 일벌에게 죽임을 당하는 그런 초라한 생명체는 의외로 그렇게 많지 않다. 오로지 사람들만 부모에게 기대고 사회에 기대며 빈둥거리기 좋아하는 편이다. 오로지 사람들만 남의 노력과 남의 피땀을 훔쳐 쓰고 빌려 쓰려 한다. 모든 생명체는 <공부할 때의 고통은 잠깐이지

만 못 배운 고통은 평생이다>라는 하버드대학 공부벌레들의 계명 이상으로 열심히 제 삶을 준비하고 제 생애를 열심히 이끌어가고 있다.

곤충의 세계를 가까이 들여다보며 왜들 바싹 긴장하는가? 동물의 세계를 몰래 훔쳐보며 왜들 정신이 번쩍 들게 되는가? 물속 생명들의 세계와 숲속 생명들의 세계를 보며 저절로 긴 한숨을 쉬게 되는 이유는 또 무엇인가? 나날이 발전하는 '카메라 과학'과 근면하고 집요한 과학자들의 추적 덕분에 우리는 뭇 생명들의 목숨을 건 나날을 마치 뉴스나 드라마를 보듯 생생하게 훔쳐볼 수 있게 되었다. 생로병사(生老病死)의 굴레에 갇혀 사람들 이상으로 고달프게 살아가는 뭇 생명들을 지켜보며, 자신도 모르게 전율(戰慄)하게 된다.

굶어 죽은 사자와 호랑이를 발견하고 '세상에서 가장 무섭다는 맹수가 저럴 수 있나?' 하며 싸늘한 이성의 눈으로 자신의 삶을 새삼스럽게 되돌아보게 된다. 수년 동안 축축하고 퀴퀴한 흙 속에서 기다린 후 세상 밖으로 기어 나와, 일주일 동안 허물을 벗고 마침내 날개를 달게 된 매미의 한 달여 생애를 통해 사람들은 '공연히 홀로 불평했다.'며 자신도 모르게 고개를 숙이게 된다.

사마귀의 당당한 모습을 보고 사람들은 '앞발을 든 채 떡 버티고 서서 무섭게 달려오는 수레바퀴를 멈추려 한다.'며 '제 분수도 모른 채 이길 수 없는 적에 덤벼든다.'고 조롱했지만, 장자(莊子)의 인간세편(人間世篇)의 주인공으로 등장하여 당랑거철(螳螂拒轍)이라는 고사성

어로 굳어지기도 했다. 중국 춘추전국시대(BC770~BC476, BC475~BC221) 제(齊)나라 장공(莊公)이 어느 날 사냥을 나갈 때 '사마귀가 앞발을 번쩍 들고는 수레바퀴를 멈추려 했다'는 이야기에서 '제 분수도 모르고 강적에 함부로 대항하는 어리석음'을 빗대려 했다.

따지려 보면 '모든 생명체는 고달프다.' 자세히 보면 '모든 생명체는 쉬지 않고 공부한다.' 속속들이 들여다볼수록 대자연의 생명 세계는 '비지땀과 피땀으로 온통 범벅이 되어 있다.' 해가 제 몸을 쉴 새 없이 터뜨리고 비틀어 수백만, 수십만 도의 뜨거운 빛을 발하지 않는다면 모든 생명체는 단 하루도 제 생명을 이어갈 수 없다. 해는 적도 부근에서는 25일 주기로 돌고 중간 지대에서는 30일을 주기로 돌고 극 지대에서는 35일을 주기로 돌며 제 몸을 고무줄처럼 사정없이 비틀고 꼬며 빛과 열을 만들어 태양계 전체로 쉴 새 없이 퍼뜨린다.

지구가 잠시 쉬느라, 잠시 조느라 해를 돌며 제 몸을 뒤트는 일을 그만두었다고 상상해 보라. 바람이 잠시 한눈을 파느라, 잠시 게으름을 피우느라 풀과 나무를 흔들어 깨우지 않고 가만히 있다고 상상해 보라. 구름이 잠시 딴전 피우느라, 잠시 갈 곳을 몰라 헷갈리느라 어느 한쪽에 옹기종기 모여 있다고 상상해 보라. 세상이 돌변하여 그 어떤 생명도 제대로 갈피를 잡지 못할 것이다. 세상 법칙이 뒤바뀌어 그 어떤 생명도 제대로 생명을 이어가지 못할 것이다.

공부는 그저 시침, 분침이 돌아 시간을 알려주는 것과 같다.

공부는 그저 꿀벌의 하루, 나비의 하루처럼 그렇게 열심히 인생의 꿀을 모으는 작업이다.

공부는 부모님의 부지런한 몸놀림이나 비지땀을 흘리며 가쁜 숨을 몰아쉬는 일꾼들의 재빠른 손놀림과 같다.

공부는 해와 달이 번갈아 뜨고 지는 이치와 같다.

공부는 풀벌레의 일생과 숲을 가득 채운 키 작은 나무나 키 큰 풀들의 한 계절 같다.

공부는 깨진 바위나 시냇물을 따라 제 몸을 열심히 굴리며 여러 개의 동그란 조약돌로 변해 가는 과정과 같다.

공부는 손안에 살포시 들어오는 조약돌이 사나운 여울물에 제 매끄러운 볼을 열심히 비비며 수많은 날들을 보낸 후, 마침내 반짝이는 한 줌의 모래알로 변하는 과정과 같다.

공부는 굼벵이가 매미로 변해 귀 따갑게 울어대는 것과 아주 많이 닮았다.

공부는 채송화, 봉숭아, 해바라기, 나팔꽃, 접시꽃, 맨드라미, 강아지풀, 유채꽃이 무더운 한여름을 보낸 후 새까맣고 앙증맞은 씨주머니를 터뜨리는 것과 많이 닮았다.

공부는 바닷물이 슬금슬금 구름으로 변했다가 마른땅을 흠뻑 적실 세차고 억세고 끈질긴 빗방울로 다시 내려오는 것과 많이 닮았다.

공부는 수만 년을 하늘 한가운데서 반짝이다가 다들 잠든 어느 날 밤 갑자기 별똥별로 제 몸을 송두리째 태우며 지구를 향해 불화살처럼 한순간에 내리 꽂히는 것과 많이 닮았다.

<공부할 때의 고통은 잠깐이지만 못 배운 고통은 평생이다>라는 하버드대학 공부벌레들의 계명 하나라도 잘 챙기고 있어야, 밤하늘을 수놓은 별들에게도 할 말이 있고 들과 산을 헤매는 벌레들과 짐승들 앞에서도 제법 의젓할 수 있을 것이다.

<공부할 때의 고통은 잠깐이지만 못 배운 고통은 평생이다>라는 하버드대학 공부벌레들의 계명만이라도 달달 외우고 있어야, 털 대신 옷을 주워 입고 네 발 대신 두 발로 반듯이 서서 걷는 사람만의 '아주 특별하고 신명 나고 멋진 축복'을 마음껏 노래할 수 있을 것이다.

공부는 시간이
부족해서가 아니라
노력이 부족해서
못하는 것이다

<공부는 시간이 부족해서가 아니라 노력이 부족해서 못하는 것이다>라는 하버드대학 공부벌레들의 계명 속에는 '시간'과 '노력'이라는 두 가지 핵심 용어가 들어있다. 한데, 두 가지 중 특별히 '노력'이 부족하기 쉽다고 한다. 누구에게나 '시간'은 넘칠 정도로 충분한데, 유독 '노력'만이 건기(乾期)의 하천처럼 잔뜩 말라붙어 있다는 것이다.

'시간'은 참으로 묘한 존재다. 화살처럼 빠르다는 표현과 강물처럼 줄기차게 흐른다는 표현에서 알 수 있듯이, 빠르면서도 끊이지 않고 이어 흐르는 '무서운' 속성을 지니고 있다. 끊임없이 움직이는 가공할 운동체이기도 하고 모든 걸 굴복시키는 무시무시한 올가미이기도 하다.

'시간'의 바퀴에 치이지 않고 무사히 빠져나간 생명체가 어디 있으며, '시간'의 그물을 벗어나 나비처럼 훨훨 날고 연기처럼 자유롭게 사라진 것들이 과연 어디 있는가?

신은 천지를 창조했지만, 인류는 신이 한눈파는 사이에 슬그머니 '시간'을 도적질 했다. 시간을 도둑질한 뒤 하루의 길이를 정해 달력을 만들어 놓고, 지루하지 않도록 세상 구석구석에 알록달록한 눈금을 새겨 놓았다. 한데, 얼마 지나지 않아 세상에 새겨 놓은 시간의 무늬가 사람의 머리와 가슴속으로 스며들어와 알지 못하는 사이에 무지갯빛 무늬를 빼곡히 새겨 놓았다. 어느새 시간은 몸속의 피처럼 짙고 고운 색깔을 지니게 되었다. 어느새 시간은 몸속 심장처럼 생명이 이어지는 그 신비로운 길을 따라 쿵덕쿵덕 쿵쾅쿵쾅 지치지 않고 소리를 내게 되었다.

사람들은 마치 시간의 노예라도 된 듯이 시간에 얽매여 산다. 똑딱거리고 철컥거리는 시계를 줄줄이 매달아 놓고도 또다시 해와 달과 별을 시계추 삼아 시간을 계산한다. 그리고 그것도 부족해서 잎이 돋고 꽃이 피는 것과 바람이 변하고 구름이 오가는 것으로 색다른 셈을 한다.

어디 그뿐인가? 몸이 아프고 배가 고픈 것과 졸리고 찌뿌드드한 것으로도 시간을 잰다. 어떤 이는 그리움이 더해가는 그 감정의 굴

곡으로도 시간을 잰다. 때로는 눈에 띄는 모든 것들을 기준 삼아 시간을 계산한다. 아이가 자라는 모습으로 시간을 재기도 하고, 열매가 여물어 가는 속도로 시간을 재기도 한다.

어디 그뿐인가? 너나없이 거울 속의 시간에 대해서는 하나같이 비밀스럽다. 어느 순간 걷어차고 싶을 정도로 밉다가도 하는 수 없이 못 이긴 척 다가가 어색하게 끌어안게 된다. 매일이 배반과 절교의 연속이다. 매 순간이 자칫 변덕스러운 등 돌림과 느닷없는 되돌아서기의 끝없는 반복이기 쉽다.

다들 그렇게 시간을 비밀스럽게 재고 변덕스럽게 다루며 산다. 영웅호걸, 남녀노소, 왕후장상(王侯將相), 갑남을녀가 모조리 시간 앞에서 어쩔 수 없이 발가벗게 되고 올가미를 뒤집어쓰게 되고 예리하고 흉측한 낚싯바늘을 덜커덕 물게 된다. 후다닥 물게 된다. 덥석 물게 된다.

사람들은 시간에 관한 여러 가지 말들을 지어낸 후 그 시간을 영영 잊지 않으려 부단히 애쓴다. 낮과 밤, 아침과 점심과 저녁, 오전과 오후, 초저녁과 한밤중, 새벽과 황혼, 봄과 여름, 가을과 겨울, 첫서리와 첫눈, 환절기와 계절풍, 보름날과 그믐밤……

어디 그뿐인가? 갓난아기, 핏덩이, 젖먹이, 백일, 돌날, 어린아이, 코흘리개, 울보, 오줌싸개, 단골 지각생, 청소년, 청년, 결혼 적령기, 장년, 노년, 환갑, 칠순, 팔순, 희수, 미수, 백수 등도 있고, 강아지, 망아지, 송아지, 달걀, 병아리 등도 있다.

초봄, 늦봄, 초여름, 늦여름, 초가을, 늦가을, 초겨울, 늦겨울도 있고, 새참, 야식, 초벌구이, 첫물, 끝물, 가을걷이, 겨울나기, 풋내기, 새내기 등도 있다.

이제 공부하는 학생이 지닌 두 가지 무기 중 '노력'을 살펴보자. '아이는 99% 엄마의 노력으로 만들어진다.'는 말이 있다. '천재는 1%의 영감(靈感:inspiration; 번득이는 착상)과 99%의 땀(perspiration: 노력)으로 이뤄진다.'는 말도 있다. 둘 다 결정적인 힘은 '노력'을 기울이는 쪽에 달려있다는 뜻이다.

둘 다 직접이든 간접이든 일단 어느 정도의 심각한 '노력'이 들어가야 한다는 뜻이다. 어느 정도의 수량적 '절대량'이 들어가고 웬만큼 보편적이고 일반적이고 객관적인 '질적 기준'에도 맞춰야 한다는 뜻이다. 둘 다 우연한 행운이나 타고난 재능보다 성실한 노력을 더 값지게 보고 있다. 둘 다 홀로 뛰는 잰걸음이 아니라, 모두가 함께 뛰며 같이 재는 경쟁적인 노력을 앞세우고 있다.

노력으로 채우지 않은 시간은 무용지물이다. 노력으로 채우지 않으면 한 타래박의 물도 제대로 퍼 올릴 수 없다. 누구나 어느 정도의 노력은 기울이지만 충분하지 못해서 탈이다.

<공부는 시간이 부족해서가 아니라 노력이 부족해서 못하는 것이다>라는 하버드대학 공부벌레들의 계명은 '충분하지 못한 노력은 결

코 성공을 낳지 못한다.'는 의미다. 누구나 어느 정도는 기울이기에 그 '누구나 하는 정도'를 훨씬 벗어나고 넘어서야 한다는 것이다. 즉, '성공' 하나로 종합점수를 내자는 것이다. 그리고 그 '성공'마저도 혼자만의 평가가 아니라 최소한의 객관성과 합의를 동반해야 한다는 것이다.

노력으로 채우지 않은 시간은 속 빈 대나무처럼 세월이 지나도 나이테가 없다. 평생을 두고 장거리 경주하듯이 뛰지 않으면 '시간의 공식', '시간의 법칙'을 적용해 달라고 우길 수 없다. 자신이 지배하고 활용한 시간만이 곧 '자기만의 시간이고 자신만의 노력'이기 때문이다.

'젊어서 놀아야 한다. 나이 들면 이래저래 고생을 바가지로 해야 할 테니 무슨 수가 있어도 젊은 날에 놀아야 한다. 놀지 못한 인생처럼 초라한 것은 없다. 공부하느라 젊은 날을 정신없이 보낸 사람은 인생의 진가를 알 리 없다.'며 공부는 아예 뒷전이고 놀기에 바쁜 철부지 학생들도 있다. '공부 병'이 아니라 '놀자 병'에 단단히 걸린 것이다.

'공부한다고 다 성공하는 줄 아느냐? 끼나 깡이 있어야 성공한다. 공부해서 성적 올리기보다도 먼저 깡과 끼를 키우는 데 주력해야 한다.'며 어릴 적부터 올곧은 정도보다 비뚤어진 뒷골목을 선호하는 사나운 학생들도 있다. 길거리에서나 통하는 폼 잡기, 으스대기를 평생 이어가려는 막가파식의 노란 싹수이고, 엉덩이에 뿔이 난 못난이, 얼뜨기식의 말도 안 되는 개똥 공식이다.

어디 그뿐인가? 제 고달픈 처지를 탓하고 제 불우한 환경을 한탄하며 되는대로 막사는 눈먼 학생들도 있다. 인당수가 아니라 아무 웅덩이에나 몸을 내던지는 정신 나간 가짜 심청이, 망나니 심청이 식이다.

도덕이나 윤리와 무관한 몇 줄의 좌우명을 붙들고 자신의 고귀한 시간과 젊음을 허접스런 쓰레기나 씹다 버릴 껌처럼 아무렇게나 굴리고 아무 데나 던지는 무서운 학생들도 있다. 변사또가 조르기도 전에 알몸으로 나서는 쓸개 빠진 가짜 춘향이 식이다. 변사또가 몽둥이찜질을 하기도 전에 알아서 겉옷, 속옷을 훌훌 벗은 채 촛불마저 얼른 끄고 서둘러 먼저 눕는 가짜 춘향이 식이다. 즐길 것에 너무 일찍 눈을 떠 공부 자체를 따분한 것으로 알고 있는 싹수가 노랗다 못해 아예 말라비틀어진 학생들도 있다.

문제는 '학교의 우등생이 사회의 열등생이 된다.'는 밑도 끝도 없는 말이 많은 사람들의 생각을 지배하고 있다는 사실이다. 물론, 밑도 끝도 없는 말이 힘을 얻게 된 데는 다 그 나름의 이유가 있다. 나이 들어 살아온 지난날들을 되돌아보면 결국 '학교의 모범생은 돈벌이나 출세에서 별 볼 일 없는 처지로 굴러떨어지지만, 막된 생활로 학교와 부모와 이웃의 속을 썩인 열등생이나 문제아는 오히려 돈벌이나 출세에서 의외의 인생 역전을 이뤄낸다.'는 사실을 발견하게 되는 것이다.

'인생은 마라톤이다. 길고 짧은 것은 대봐야 안다.'는 말도 마찬가지다. 학교 성적 정도로 점칠 수 있는 인생의 흥망성쇠(興亡盛衰)가 아니라는 것이다. 시작은 비록 초라하고 한심하더라도 끝은 놀라울 정도로 화려할지 모른다는 것이다. 인생은 필연보다도 우연이 더 많다는 것이다. 그러니 억지로 살지 말고 되는대로 내맡기고 살고 내팽개치듯이 살라는 식이다.

<공부는 시간이 부족해서가 아니라 노력이 부족해서 못하는 것이다> 라는 하버드대학 공부벌레들의 계명을 무슨 수로 공부하는 학생들의 머리와 가슴속에 깊이 새겨 넣을 수 있을까? 인터넷 시대, 스마트 시대, 컴퓨터 문명 시대를 맞아 별의별 재밋거리가 다 등장하여 공부할 시간과 정력을 단번에 움켜쥐고 있다.

TV, 라디오, 인터넷을 통해 세상의 온갖 재미들이 함박눈처럼 쏟아지고 장맛비처럼 줄기차게 내려 보통 단단한 마음이 아니면 학창시절을 송두리째 허비할 수 있다. 덩치가 커질수록 손바닥만도 못한 전자기기, 컴퓨터 기기에 놀아나는 식이다. 머리가 굵어질수록 깨알만도 못한 기호와 암호에 완전히 머슴이 되고 종이 되고 똘마니가 되고 그림자가 되는 꼴이다.

식물학자들은 땅속에 묻힌 죽은 나무의 거의 다 지워진 희미한 나이테만 보고도, 수백 년 전이나, 수천 년 전의 날씨와 자연조건을 정확하게 알아맞힌다. 대체 무엇을 기준으로 알아맞힌다는 것인가? 나이테의 모양을 보면 가뭄과 추위와 자연재해를 정확하게 알 수 있단다. 나이테가 두툼한 해는 비가 많이 내리고 날씨도 성장에 적절했다는 뜻이고, 반대로 나이테가 실반지처럼, 머리카락처럼 가느다라면 가뭄과 해충 등으로 성장이 지극히 어려웠다는 뜻이란다. 그리고 나이테만 보고도 물웅덩이 근처에 있었는지, 아니면 메마른 땅에 뿌리박고 근근이 살아냈는지 손쉽게 알 수 있단다.

마찬가지로, '학창 시절을 어떻게 보냈느냐?'에 따라 어른이 된 뒤의 말투와 인품, 성격 등에 큰 차이가 생기기 마련이다. 일평생 유식하게 사느냐, 아니면 무식하게 사느냐의 갈림길도 역시 학창 시절을 어떻게 보냈느냐에 달렸다. 일상 대화의 대부분이 중고등학교 교과서 범위 안에 있다. 일평생 '아는 척하는' 주요 대화 내용이 모두 중고등학교의 교과서나 참고서와 직·간접으로 관련되어 있다. 그리고 사람들이 추억 어린 시절로 상기하는 대부분도 중고등학교 시절의 선생님들이나 교우들과 연관되어 있다. 따라서 학창 시절을 엉터리로 보내면 엉터리 사람이 되기 쉽다.

중고등학교 시절을 엉터리로 얼렁 술렁 넘기고 나면 빈 깡통 같은 어른으로 살 수밖에 없다. '무식한 말투'와 '교양과는 담쌓은 생활'로 가족과 주위의 눈살을 찌푸리게 할 수밖에 없다. 영어 단어

하나에서부터 외국과 외국어에 대한 이러저러한 지식까지도 모두 중고등학교 시절에서 나온다.

이렇게 놓고 보면, 성공적인 인생의 열쇠는 바로 중고등학교 시절을 어떻게 보내느냐에 달려있는 셈이다. 화장기, 포장술로도 감히 바꿀 수 없다. 돈을 아무리 처들여도, 자격증과 표창장과 감사장을 아무리 많이 받아놓아도 십대의 건달 생활, 엉터리 생활을 고칠 수도 가릴 수도 없다.

<공부는 시간이 부족해서가 아니라 노력이 부족해서 못하는 것이다>

라는 하버드대학 공부벌레들의 계명은 단순한 권학(勸學)의 훈계가 아니다. 인생의 성패가 달린 중요한 말이다. 사람의 질, 삶의 질을 단번에 판가름하는 요지부동의 기준이다.

'노력하는 학창 시절을 통해 성공적인 인생을 열어 가라.'는 것은 모든 인생 경험자들의 공통된 충고다. 말 그대로 뼈아픈 충고다. '놀기 좋은 학창 시절을 공부로 가득 채워 먼 훗날 놀라운 보상을 받으라.'는 것은 모든 인생 선배들의 한결같은 훈계다. 후회스러운 충고다.

'놀 것 많은 학창 시절에 한눈팔지 말고 공부에 전념하여, 눈물 대신 웃음이 가득하고 한숨 대신 기쁨이 가득한 멋진 인생을 열어 가라.'는 것은 고금동서의 모든 인생 낙오자들이 서슴없이 읊어대는 뼈아픈 경고다.

행복은 성적순이 아닐지 몰라도 성공은 성적순이다

이상하게도 가난한 나라 사람들일수록 자신의 삶을 '행복하게' 느낀다고 한다. 반대로 부유한 나라 사람들일수록 자신의 처지를 비관적인 눈으로 바라본다고 한다. 세상에서 가장 '개인의 행복지수'가 높은 나라 사람들은 바로 1인당 국민소득(GDP)이 겨우 366달러(2003년)밖에 안 되는 최빈국 방글라데시(Bangladesh) 사람들이라고 한다.

그렇다면 먼저 '경제적으로 잘 산다.'는 것과 '행복해지고 싶다.'는 간절한 소망 사이에 어떤 관계가 있는지, 한 번 살펴보자. 우리 주위에는 복권에 당첨되거나 갑자기 엄청난 토지 보상을 받아 순식간에 벼락부자가 된 사람들이 많다. 이들은 누가 뭐래도 분명 '인생 역전을 이뤄낸 운이 좋은 사람들'이다. 이들을 눈여겨보면 아마도 '돈과 행복' 사이의 상관관계를 어느 정도 짐작할 수 있을 것이다.

'로또복권'이 생긴 이후 벼락부자에 대한 기대가 눈에 띄게 늘어난 것이 사실이다. 전국 곳곳의 로또복권판매소에는 '우리 점포에서 복권을 사면 횡재하기 쉽다.'는 투로 여러 가지 유혹적인 문구들이 붙어있고 걸려있다. 한 번 대박에 몇십억 떼부자가 되는 판이라, 너도나도 로또 열풍에 물들기 마련이다.

하지만, 당첨자들이 들려주는 당첨 후의 생활을 보면 예상을 빗나가는 경우가 훨씬 많다.

"비싼 차와 넓은 집이 생겼지만, 그 대가로 정상적인 생활을 포기해야 했습니다."

"우리 아이는 학교에서 (이름 대신) '로또야, 로또야!'라고 부르니까 굉장한 정신적 스트레스를 받고 있어요."

어느 부부는 170억 원짜리 복권에 당첨된 뒤 집안이 풍비박산 났다고 한다. 돈을 둘러싼 신경전으로 이혼까지 하게 됐고, 집안 사이에 소송까지 벌어졌다고 한다.

"처갓집은 항상 같이 다니고 뭐도 사주고 그러는데, 나도 부모님이 계신데……(처가만 챙기는 게) 눈에 보이니까, 막 스트레스가 쌓이는 거예요."

어느 가족에게는 토지 보상금 120억 원이 불행의 씨앗이 되고 말았다. 부자가 됐으니 시골을 떠나자는 식구들과의 갈등 끝에 아버지는 스스로 목숨을 끊고 말았다.

"동네 사람들이 다 떠나가고…… 나는 우리 아버님도 잃고…… 지금이 싫다니까요. 이전이 나아요."

갑자기 부자가 된 사람들의 경우를 살펴보면 부자가 됐다고 해서 반드시 좋은 일만 생긴 것은 아니었다. 한 가지 예로, 아버지가 40억짜리 로또복권에 당첨됐다는 한 사람은 복권 당첨 후의 변화를 다음과 같이 말했다.

"아버님은 택시 운전하시고 어머님께서는 이것저것 다 하셨는데 그때가 더 재미있게 살았던 것 같아요. 힘들었지만 그때가 더 좋았어요."

한국사회문제심리학회는 '월평균 수입별로 행복지수를 조사'했다. 그 결과 돈이 있으면 전반적으로 더 행복하긴 했지만, 돈의 많고 적음이 행복의 크기와 반드시 일치하지는 않았다. 돈의 많고 적음이 행복의 상대적 변수는 되지만, 절대적으로 유일무이한 변수는 아니라는 것이다. 더욱이나, '돈의 양이 결코 행복의 질과 정비례하지 않는다.'는 것이다.

한국사회심리연구소 박영심 박사는 이러한 사실을 다음과 같이 말했다.

"돈이 있으면 어느 정도 행복에 도움이 됩니다. 그러나 그것이 그렇게 높은 상관관계는 없기 때문에 꼭 비례하지는 않습니다."

문제는, 누구나 벼락부자의 꿈을 꾸고 있다는 사실이다. '돈만 된다면 뭐든 다 하겠다.'며 돈에 환장을 한 사람들도 셀 수 없이 많고, '돈이 되는 일이라면 살인이라도 할 자신이 있다.'며 소름 끼치는 이야기를 뉘 집 강아지 이름 부르듯이 쉽게 내뱉는 사람들도 의외로 많다. 하지만, 입 밖에 차마 내지 않은 이야기들까지 한데 모으면 실로 지옥을 방불케 하는 험악하고 암울한 이야기들이나 심보들이 즐비할 것이다. 직업이나 종교나 인품이나 학식 등에 아무 상관 없이 '돈에 욕심을 내고 재물에 한눈을 파는' 경우가 의외로 많을 것이다.

'돈과 행복의 함수관계'에 대해 누가 무슨 말을 하든 사람들은 이후로도 변함없이 '돈'을 행복의 중요한 척도로 보게 될 것이다. 그리고 '꿈'과 '뜻'에 대해 누가 무슨 훈계를 하든 사람들은 '돈을 더 많이 모으기 위해' 안간힘을 쓸 테고 '돈을 많이 모은 이를 우상화하게' 될 것이다.

돈 때문에 불행을 겪게 되었다는 이야기는 그저 하나의 이야깃거리로 떠돌아다닐 뿐이다. 눈에 보이는 모든 것들은 물론이고, 눈에 보이지 않는 사람의 마음과 꿈과 뜻마저도 모두 '돈'에 좌지우지되는 판인데, 어떻게 홀로 '돈은 흙보다 천하다.'며 맹물로 배를 채우고 연기로 목구멍, 콧구멍을 달랠 수 있는가?

'행복 함수, 행복지수'를 이야기하며 '돈'을 빼놓을 수 없는 것이 엄연한 사실이다. 우리가 자라나는 미래세대에 '공부와 행복', '성적과 행복'을 서로 연관 지어 입술이 닳도록 훈계하면서도 속으로는 '돈벌이에 좋고 돈 벌기 쉬운' 쪽에 은근히 초점을 맞춰놓고 있는 경우가 너무도 많다.

행복과 돈을 연관시키는 것을 금기시하면서도 실제로는 '돈 없으면 죽는다. 돈을 많이 벌지 않으면 사람 구실을 제대로 할 수 없다.'는 이야기를 한 자락 밑에 깔기 마련이다. '돈 없으면……'이라는 첫마디 대신 '돈 있으면……'이라는 첫마디를 덧붙이면 '돈과 행복' 사이의 관계가 더욱더 현실적이고, 실제적으로 다가오게 된다.

'돈 있으면 뭐든 다 할 수 있다.'는 그 흔한 말속에 실로 세상의 모든 것이 다 들어가 있다. 종교와 신앙의 바탕인 신과의 관계는 물론이고, 창조의 가장 멋지고 신비로운 열매인 사람의 영혼에 관한 문제까지도 모두 '돈의 많고 적음'으로 풀이되고 만다. 신마저도 '가난한 자의 비참한 모습'에 눈길을 주기보다 오히려 '부자의 풍요로움'에 더 눈길을 자주 준다는 것이다.

그리고 '돈 때문에 자신의 목숨을 바치고, 돈 때문에 자신의 영혼을 팔아먹는 자가 셀 수 없이 많다.'는 말도 곰곰이 되씹어 보면, 결국에는 '돈이면 안 될 게 없다. 돈이면 못 구할 게 없다. 돈 앞에서는 불가능한 일이 없다.'는 논리로 이어지게 된다.

<행복은 성적순이 아닐지 몰라도 성공은 성적순이다>라는 하버드 대학 공부벌레들의 계명은 우리에게 세 가지 주요한 변수를 말하고 있다. '행복'과 '성적'과 '성공' 사이에 뭔가 중요한 함수관계가 있다는 것이다. 즉, 행복과 성적 사이에는 그렇게 의미 있는 상관관계가 없지만, 성공과 성적 사이에는 생각했던 것보다 훨씬 더 긴밀한 상관관계가 있다는 것이다. 단순한 관계가 아니라 정비례한다는 것이다. 성적이 시원찮으면 사회에 나가 성공하기 힘들다는 아주 단정적인 이야기가 그 속에 배어있다.

정말 '성공은 성적순'일까? 그리고 그 '성공'은 대체 무엇으로 척도를 삼아야 할까? 앞에서 언급한 대로 '돈의 많고 적음'으로 '성공'의 척도를 삼아야 할까? 그렇다면, <행복은 성적순이 아닐지 몰라도 성공은 성적순이다>라는 하버드대학 공부벌레들의 계명은 '행복은 성적순이 아닐지 몰라도 부자가 되고 안 되고는 성적순이다.'라는 말로 고쳐 써야 옳다.

'공부하라. 그러면 부자가 되어 떵떵거리며 살 것이다!'라는 말이 하버드대학 공부벌레들의 계명에서 빠진 이유는 대체 무엇일까? '성공' 속에 '부자로 풍요롭게 사는 길'이 이미 포함되어 있다고 보기 때문일 것이다. <행복은 성적순이 아닐지 몰라도 성공은 성적순이다>라는 하버드대학 공부벌레들의 계명 속에는 이미 '부자가 되는 길을 포함하여 온갖 성공은 모두 학교에서의 성적순이다.'라는 의미가 들어있는 셈이다. 하지만, '결과가 좋다는 것을 모르기 때문에' 사람들이 학창 시절을 가볍게 여기고 있는 것일까?

아닐 것이다. 모두가 그 '장밋빛 결과를 잘 알지만' 이런저런 이유로 하루하루를 알차게 채우지 못해 똑같은 생명, 똑같은 영혼을 지닌 엇비슷한 부류의 사람들이지만, 어쩔 수 없이 성적순으로 나뉘게 될 것이다.

어릴 때는 '하기 싫은 일' 중 가장 대표적인 일이 바로 '공부'일 것이다. 아무리 모범생, 우등생이라도 노는 날을 기다리기 마련이다. 어릴 때는 '알고 싶지 않은 일' 중 가장 대표적인 것이 곧 '성적'에 관한 이야기일 것이다. 최대 관심사일 텐데도 가장 예민해질 수밖에 없는 것이다. 성적이 좋건 나쁘건 숨김없는 제 자화상인지라 다들 똑바로 보지 못하고 그저 한쪽 눈을 질끈 감고 대충 보거나 아니면 곁눈질로 슬쩍 보고 마는 것이다. 영영 지울 수 없는 제 과거 기록이 될 텐데도, 그리고 세상 전체가 그 한 가지를 놓고 모든 걸 재고 저울질할 텐데도, 상상외로 야릇한 반응, 어색한 반응을 보이기 일쑤다.

등과 배, 팔과 다리, 얼굴과 뒤통수, 손바닥과 발바닥, 손가락과 발가락, 입과 항문, 귓구멍과 콧구멍, 머리카락과 눈썹, 속눈썹과 코털, 배꼽 아래와 위에 대한 우리의 생각이 의외로 판이하듯이 그렇게 제 성적, 제 기록, 제 자취, 제 과거에 대한 느낌이나 태도가 희한할 정도로 얄궂다.

아마도, 사람이기 때문일 것이다. 에덴동산에서의 선악과 도둑질 이후 생긴 그 '까닭 없이' 부끄러워하는 체질 때문일 것이다. 그러나 어린 새싹이 몇십 년, 몇백 년 후의 아름드리나무로 자라나듯 어린 학창 시절의 시간 보내기가 후일의 어른 모습을 결정짓고 마는 것이다. 놀이에 열중한 어린이는 후일 부끄러운 성적을 들고 세상에 나가 일평생 고개를 숙인 채 살게 되는 것이다,

반대로, '공부하라!'는 부모님과 선생님의 말씀을 고분고분 잘 따른 어린이는 자랑스러운 학창 시절을 보내며 멋진 인생을 꿈꾸다가, 어른이 되어 그 꿈의 일부분만이라도 확실하게 이루게 되는 것이다.

누구도 자신이 그리던 이상향을 백 퍼센트 이루는 '대박'을 체험하지는 못한다. 대개는 자신이 그리던 이상향의 절반 정도를 이룬 채 그 절반의 성공을 지키고 가꾸려 끊임없이 애쓰게 된다. 가끔은 자신이 그리던 이상향을 이루고 그 성공을 발판으로 점점 더 자신의 영역을 넓혀 나중에는 세상의 으뜸이 되고 사람들의 우두머리가 되는 이도 있다. 모두가 어린 시절의 습관을 어떤 식으로 쌓아 가느냐에 달려있다.

우리 몸속의 유전인자에 그려지고 새겨진 알 수 없는 성질이 우리의 모든 것을 결정하듯이, 어린 시절의 습관은 마치 우리 몸속의 유전인자처럼 우리의 일생을 결정짓는 신비로운 성질로 굳어지고 마는 것이다.

<행복은 성적순이 아닐지 몰라도 성공은 성적순이다>라는 하버드

대학 공부벌레들의 계명을 자신의 유전인자 속에 새겨두고 어리고 여리지만 꿋꿋하게 뜻을 펴나가는 어린이와 청소년은 후일 자랑스럽고 떳떳한 일생을 보내게 될 것이다.

<행복은 성적순이 아닐지 몰라도 성공은 성적순이다>라는 하버드대학 공부벌레들의 계명 속에 든 '비밀 코드'를 굳게 믿고 시간과 정력과 재물을 '성공과 보람'이라는 자신의 목표를 향해 아낌없이 쏟아붓는 청년은 후일 영광스러운 삶을 살게 될 것이다.

민족과 나라에 따라 언어와 풍습이 다르듯이 모든 사람은 자신의 어린 시절을 어떻게 보냈느냐에 따라 일평생 다른 길을 걷게 된다. 외모와 언어와 풍습으로 차이가 나는 것은 당연시하면서 어린 시절의 시간 보내기로 완전히 달라지는 인생살이를 제대로 모른다면 그 얼마나 무지한 일인가?

사람의 외모를 보라. 뭇 생명의 모습을 보라. 창조주의 손길이 아니고서야 어떻게 그렇게 색다를 수 있는가? 창조주의 오묘한 기술이 아니라면 어떻게 그 많은 사람들과 뭇 생명들이 서로 다른 모습으로 서로 다른 삶을 이어갈 수 있는가? 수십억 인류가 옹기종기 모여 살지만 먼 우주에서 온 외계인의 눈에는 너무도 비슷하여 누가 누구인지를 제대로 분별하지 못할 것이다. 백인은 흑인을 제대로 구별하지 못하고, 황인종은 백인이나 흑인을 보면 엇비슷해서 제대로 분별하지 못할 것이다. 경험이 부족하기 때문이다. 자주 부딪치지 않아 분별할 자료가 빈약하기 때문이다. 하지만, 비록 늘 만나는 사람이 아닐지라도 인종이 비슷하면 비슷한 가운데서도 크고 작은 차이를 쉽게 찾아낼 수 있을 것이다.

마찬가지로, 창조주는 아무리 우리의 삶이 비슷하게 보여도 분명하게 크고 작은 차이를 가려낼 수 있을 것이다. 우리는 창조주를 볼 수 없지만, 창조주는 자신이 직접 만든 피조물에 대해 시시각각 점검하고 분석하기 때문이다.

만일, 우리 스스로 어떤 '차이'를 만들어낼 수 있다면 그 얼마나 신비롭겠는가? 만일, 우리가 비록 창조주의 피조물이지만 우리 자신의 인생에 대해 나름대로 설계하고 수정, 보완할 수 있다면 그 얼마나 신나겠는가?

<행복은 성적순이 아닐지 몰라도 성공은 순이다>라는 하버드대학 공부벌레들의 계명 속에는 우리가 미처 깨닫지 못한 어마어마한 '비밀'이 들어있다. '공부만 제대로 해도' 우리 자신의 인생을 뒤바꿔 놓을 수 있다는 것이다. '학교 다닐 때 자신의 성적을 제대로 관리해도' 미래의 제 모습을 충분히 뜯어고칠 수 있다는 것이다. '공부가 바로 창조로 이어질 수 있다.'는 뜻이다. '학창 시절의 성적순'에서 제대로만 제 순서를 지켜도 미래의 제 모습을 요술 거울 속에 미리 비쳐 볼 수 있다는 뜻이다. "성적순으로 성공의 정도"가 정해진다면 학창 시절에 이미 어른의 모습이 결정되고 마는 것이다. 노예의

처지처럼 미리 굴레를 뒤집어쓴다는 말이 아니다. 창조주의 아량과 방관하에 누구나 자신의 인생을 어느 정도 바꿔가고 고쳐볼 수 있다는 놀라운 메시지다.

<행복은 성적순이 아닐지 몰라도 성공은 성적순이다>라는 하버드대학 공부벌레들의 계명 속에는 창조주가 숨겨 놓은 '창조의 주문(呪文:spell)'이 새겨져 있다. <행복은 성적순이 아닐지 몰라도 성공은 성적순이다>라는 하버드대학 공부벌레들의 계명 속에는 창조주가 사람에게 맡겨 놓은 '비밀의 열쇠'가 들어있다. 사람은 누구나 그 '비밀의 열쇠'를 손에 들고 놀랍고 멋진 '비밀의 문'으로 들어가 자신의 삶을 이리저리 재단하고 조각할 수 있다. 공부만 잘해도 창조주의 '솜씨'를 흉내 내 성공의 금자탑을 스스로 설계하고 건축할 수 있다는 뜻이다. 학창 시절의 성적만 잘 받아도 창조주의 '비밀'을 엿보며 자신의 인생을 멋지게 설계할 수 있다는 뜻이다.

공부가 인생의 전부는 아니다
그러나 인생의 전부도 아닌
공부 하나도 정복하지 못한다면
과연 무슨 일을 할 수 있겠는가?

모험가는 위험하고 무모하게 보이는 모험을 위해 자신의 모든 것을 바친다. 탐험가는 '첫 번째의 발자국을 남기기 위해' 하나뿐인 자신의 목숨마저도 헌신짝처럼 여긴다. 널리 알려진 세계의 최고봉을 차례로 정복한 한 유명 산악인은 '유서'를 써놓고서야 험준한 산길을 올랐다고 한다. 한 산악인은 나라 밖의 큰 산을 오르기 위해 떠날 때마다 노모의 통곡을 들어야 했단다. '어째서 자꾸만 죽으러 나가느냐?'는 것이 노모의 눈물 어린 꾸중이요 애끓는 간청이었단다.

탐험가는, 산악인은 어째서 그 위험한 길을 자청해서 걸으며 하나뿐인 목숨마저 함부로 버리려 하는가? 하나뿐인 몸뚱이인데, 어째서 그 혹한의 열악한 모험 길에서 손가락, 발가락을 잃고 평생 불구로 살아가는가? 하나뿐인 목숨이고 한 번뿐인 생애인데, 어떻게 그렇게 간단히, 가볍게 차디찬 외진 곳에 뼈를 묻고 마는가?

세상에서 부르듯이 정말 '정복자(征服者:conqueror)'로 이름을 남기기 위해서인가? '정복'이란 '상대를 무찔러 무릎을 꿇리는 일'이다. 그래서 우리는 '정복자'라고 하면 신대륙을 탐험했던 16세기, 17세기의 몇몇 유럽인들을 떠올리게 마련이다. 북미대륙과 중남미대륙을 비롯하여 아프리카, 아시아의 오지들은 대부분 그 몇몇 용맹스러운 모험과 탐험으로 세상에 드러나게 되었다.

하지만, 유명한 탐험가들의 일생을 되돌아보면 그 '정복'이란 것이 그렇게 낭만적이지만은 않았다는 사실을 쉽게 알 수 있다. 예를 들어, 선원 180명과 말 37마리로 3만 명에 이르는 정예 군대를 거느린 페루 잉카제국의 황제 '아타우알파'를 붙잡아 교수형에 처한 스페인 탐험가(explorer) '프란시스코 피사로'(Francisco Pizarro: 1475~1541.6.26.)를 보자.

황제를 생포하여 빈방에 감금한 후 '이 방을 금과 은으로 가득 채우면 황제를 살려주겠다고.' 약속했지만 엄청난 금과 은이 쌓였음에도 불구하고 황제는 결국 교수형에 처해지고 말았다. 50을 내다보는 지긋한 나이에 자신의 형제 4명과 동갑내기 동료 '알마그로'(Almagro, Diego de:1475~1538)를 앞세우고 말 그대로 미지의 세계를 '정복하는' 데는 성공했지만, 자신의 인생 정복에는 실패했다. 동료이자 전우인 '알마그로'와의 불화로 환갑의 나이에 동료이자 전우를 붙잡아 처형하게 되었던 것이다. 그리고 자신은 60 중반을 넘긴 나이에 이역만리 타지에서 자신이 죽인 동료 '알마그로'의 부하들에게 비참하게 피살되고 말았다.

고향에서 돼지를 키우며 소년 시절을 보낸 한 과묵한 청년이 '정복자'로 변신하기까지에는 참으로 많은 이야기가 숨겨져 있었을 것이다. 파나마를 다스리던 스페인 총독이 '인명피해가 커 더 이상의 탐험은 곤란하다.'며 탐험을 반대하자, 칼로 땅에 줄을 긋고 '부와 명예를 바라는 이는 내가 그은 선을 넘어오라!'고 외쳤다. 그때 선을 넘어온 '유명한 13인'은 '프란시스코 피사로'의 정복에 합류하여 말 그대로 '부와 명예'를 단숨에 차지하게 되었다.

그리고 '프란시스코 피사로'에게 배 두 척을 빌려주었다가 그것이 인연이 되어 그의 수석부관으로 페루 잉카제국의 정복에 가담했던 '페르난도 소토'(Fernando Soto:1496~1542.5.21.)의 일생을 되돌아보아도 '정복'의 의미가 그렇게 낭만적이지만은 않다는 사실을 알 수 있다.

프란시스코 피사로와 달리 유복한 가문에서 호강하며 보낸 그였지만 모험을 좋아했던 탓에 캐나다 2개 주와 미국 31개 주를 관통하는 미시시피강을 발견하고 결국 열병에 걸려 그곳에서 객사하고 말았다. 플로리다를 시작으로 북미대륙의 대부분을 탐험하며 원주민 인디언들과 숱하게 혈전을 벌였지만 끝내 풍토병에 걸려 죽고 말았다. 쿠바 총독이 그가 공식적으로 맡았던 가장 의미 있는 자리였다.

탐험과 모험의 경계가 애매하듯이 탐험과 정복의 사이에도 그렇게 뚜렷한 경계가 있는 것 같지는 않다. 바다와 대륙을 무대로 세계의 중심을 이뤘던 고대 그리스의 문물을 찬양하다 보니, 자연히 시야가 오대양 육대주로 넓어졌겠지만 16, 17세기 모험가들에게는 미지의 세계 전체가 엄청난 노다지로 여겨졌을 것이다.

정복하는 즉시 말 그대로 부와 명예가 송두리째 보장되는 것으로 여겨졌을 것이다. 정복자는 바로 대박을 터뜨려 인생 역전을 이룬 주인공인 셈이었다.

이제 <공부가 인생의 전부는 아니다. 그러나 인생의 전부도 아닌 공부 하나도 정복하지 못한다면 과연 무슨 일을 할 수 있겠는가?>라는 하버드대학 공부벌레들의 계명으로 돌아가 다시 한번 그 '정복'의 의미를 곰곰이 되새겨 보자.

'공부가 인생의 전부는 아니지만 그깟 공부 하나 제대로 정복하지 못한다면 무슨 놈의 성공을 꿈꾸겠는가?'라는 비아냥 섞인 훈계처럼 들린다. '공부는 가장 정복하기 쉬운 것 중 하나'라는 주장이다. '만일 공부를 정복하지 못한다면 다른 야심은 아예 일찌감치 접어라.'는 것이다.

공부는 누구나 한 번쯤은 달려들어 덥석 물어뜯어야 할 '뜨거운 감자'다. 공부는 밥벌이에 본격적으로 매달리기 전에 누구나 반드시 거쳐 가야 할 기나긴 통로와 같다. 골목을 헤매며 청소년기를 보내지 않으려면 누구나 반드시 교육의 장에서 공부에 매달려 비지땀을 흘려야 한다. 그 속에는 듣기 싫은 잔소리도 있고 지겨운 참견도 있고 따가운 매질도 있다. 그 속에는 칭찬과 꾸중도 뒤섞여 있고 상과 벌도 함께 들어있다.

한데, 대체 어떻게 '정복'한다는 것인가? 총칼 대신 무엇으로 '정복'에 성공한다는 말인가? '공부'라는 그 간단한 말속에는 참으로 많은 것들이 들어있다. '공부'는 여느 정복할 대상과 너무도 다르다. 단숨에 해치울 수 있는 대상이 절대로 아니다. 유치원, 초등학교, 중고등학교만 거치려 해도 자그마치 10여 년을 훌쩍 넘기기 마련이다. 대학과 대학원을 포함하면 청년기의 대부분을 '공부'에 매달려 있어야 한다. 대체, 그 '공부'란 무엇이란 말인가? 무엇 때문에 풋풋한 청소년기와 꿈 많은 청년기를 '공부'에 붙들려 살아야 하는가? '공부를 정복한다 해도' 인생 자체를 정복하려면 더 많은 고비를 넘겨야 할 텐데, 무엇 때문에 '공부를 정복하면 최소한 정복자의 반열에는 들 수 있다.'고 했을까?

첫째는 누구에게나 '공부를 정복할 기회'가 주어지기 때문이고, 둘째는 '공부를 정복하고 안 하고는' 아주 쉽게 세상에 드러나기 때문일 것이다. 성적표니, 성적 증명서니 하는 것이 전 세계 어디서나 보편적으로 통용되기 때문에 '공부를 정복한 사람'은 어디서나 같은 대우를 받게 된다. 뿐만 아니라, 교육제도가 엇비슷해서 '얼마만큼 공부를 정복했는지, 몇 해나 걸려 공부를 정복했는지'를 손쉽게 짐작할 수 있다.

공부가 인생의 전부는 아니다. 그러나 인생의 전부도 아닌 '공부 하나도 정복하지 못한다면 과연 무슨 일을 더 한다는 말이냐?'고 이죽거린다. '공부를 잘 못했으면 아예 다른 것은 겨냥조차 하지 말라.'는 말이다.

전형적인 '공부 제일주의'가 아닐 수 없다. 전형적인 '공부 지상주의, 성적 제일주의'가 아닐 수 없다. 하지만, 공부가 본업인 학창 시절에는 그처럼 절실하게 다가오는 계명이 없을 것이다. 공부 잘하는 사람들이 모여 우열을 가리며 아까운 시간과 돈을 쏟아부어야 하는 소위 일류학교라면 <공부가 인생의 전부는 아니다. 그러나 인생의 전부도 아닌 공부 하나도 정복하지 못한다면 과연 무슨 일을 할 수 있겠는가?>라는 하버드대학 공부벌레들의 계명은 마치 신의 음성이라도 되는 듯이 우렁차고 위엄 있게 들릴 것이다. 그처럼 현실을 잘 반영하는 말이 어디 있는가? 그처럼 학창 시절의 경쟁, 학창 시절의 고민, 학창 시절의 과업, 학창 시절의 특질을 족집게처럼 정확하게 핵심만 꼭 짚어서 한 말이 대체 어디 있는가?

굳이 학교에서의 성적만을 '공부 정복'으로 여길 필요는 없을 것이다. 자신이 하고자 하는 공부 종류를 택해 온 힘을 기울이면 언젠가는 반드시 '공부 정복'에 성공하게 될 것이다. 우리는 제도권 교육을 제대로 못 받은 채 엉뚱한 길에서 특이한 방법으로 '공부를 정복한 사람들' 때문에 엄청난 문명의 이기를 손에 거머쥐게 된 것을 잘 안다.

발명가 토마스 에디슨(Thomas Alva Edison: 1847.2.11. 미국 오하이오주 밀런 ~1931.10.18. 뉴저지주 웨스트오렌지) 덕분에 인류의 눈과 귀가 얼마나 신이 나게 되었는가?

16세부터 '전기시대'를 열기 위해 피땀을 흘린 결과 84세에 죽을 때쯤에는 자그마치 1천 93개의 특허가 그의 이름으로 세상에 태어날 수 있었다. 제재소 주인 겸 목수 생활로 생계를 꾸려 나가는가 하면, 한때는 등대지기로 일하기도 했던 아버지(새뮤얼 에디슨 2세)와 어머니(낸시 엘리엇 에디슨)의 7남매 중 셋째로 태어나 그런대로 유족한 어린 시절을 보낼 수 있었다. 하지만, 고향인 오하이오주 밀란을 떠나 미시간주 포트휴런으로 이주하여 초등학교에 들어가고부터 큰 문제가 생겼다. 주의가 산만하여 다른 아이들의 공부에 방해가 된다는 이유로 학교에 다닐 수 없게 되었던 것이다. 초등학교 과정은 자상한 어머니 덕분에 학교 대신 집에서 익힐 수 있었지만, 남들 같았으면 청소년기를 학교에서 보냈어야 할 어른 나이에 알몸으로 세상에 뛰어들어야 했다. 기차를 무대로 신문이나 과자를 팔면서도 끊임없이 독서에 매달려 '공부 정복'에 매진했다.

덕분에, 스스로 전기 분야 지식을 이해할 수 있게 되어, 전기투표기록기(21세), 주식상장표시기(22세), 인자전신기(24세), 이중전신기(25세), 탄소전화기(29세), 축음기(30세), 백열전등(32세), 촬영기와 영사기(44세), 자기선광법(44세-53세), 축전기(53세-63세) 등을 연이어 발명했다. 이로써 토마스 에디슨은 '스스로 공부를 정복한 몇 안 되는 천재 발명가'

로 기억되게 되었다. “학교 교육은 독창성을 해친다.”며 천편일률적인 교육을 비판해도 그 누구도 이의를 제기할 수 없었다. ‘공부 정복자’에 대한 무언의 존경심이 그의 이름 뒤에 늘 따라붙기 때문이다.

‘공부 정복’이 개인의 일생과 인류의 미래에 얼마나 지대한 영향을 미치는가는 발명가나 과학자, 의학자 등의 발자취를 더듬어 보면 금방 알 수 있다. 여러 분야의 발명가와 과학자들에 의해 개척되고 발굴된 새로운 세계 덕분에 인류는 눈부신 문명과 문화를 누리며 여느 생명들과 전혀 다른 독특한 영역을 넓혀 놓게 되었다. 심지어는 의학과 과학의 발달로 창조주의 영역에 속하는 건강과 수명, 그리고 생명의 신비한 구조와 공식까지도 넘보게 되었다.

<공부가 인생의 전부는 아니다. 그러나 인생의 전부도 아닌 공부 하나도 정복하지 못한다면 과연 무슨 일을 할 수 있겠는가?>라는 하버드대학 공부벌레들의 계명은 세상을 여는 비밀의 열쇠이자 사람을 사람답게 변화시킨 기적의 주문이다. “공부에 매달려 기어이 그 공부를 정복한 사람들” 덕분에 인류는 털이 없는 알몸으로도 세상의 온갖 거친 바람을 끄떡없이 이겨내게 되었다.

“공부 정도야 식은 죽 먹기가 아니냐? 공부 하나도 제대로 마치지 못한다면 인생의 어느 길에서 허리를 펴고 고개를 반듯이 들겠느냐?”라며 공부 앞에서 기죽지 않고 늠름하게 행군했던 그 많은 ‘공부벌레, 공부 십자군, 공부 정복자, 공부 중독자’ 덕택에 하늘을

핥는 고층 건축물과 우주를 오가는 과학 탐사선과 사람의 몸속을 누비는 수많은 약물을 완성하게 되었다.

어디 그뿐인가? 공부 정복자들, 공부벌레들, 공부 중독자들 덕분에 인류가 얻어낸 선물들이 어디 그뿐인가? 그 많은 지식 정보는 인류의 두뇌를 석기시대에서 현대와 미래로 옮겨놓기 위해 끊임없이 활약했다. 지식을 통해 선조의 체험과 지혜를 익히게 되었다. 쉼 없는 지식 암기와 지식 이해를 통해 과거의 발자취 속에 숨겨진 비밀의 통로를 찾아내 어둠을 빛으로 바꾸고 막다른 길을 끝없이 이어진 큰길로 고쳐 놓았다.

<공부가 인생의 전부는 아니다. 그러나 인생의 전부도 아닌 공부 하나도 정복하지 못한다면 과연 무슨 일을 할 수 있겠는가?>라는 하버드대학 공부벌레들의 계명에 눈을 뜬 공부벌레들 덕분이었다. <공부가 인생의 전부는 아니다. 그러나 인생의 전부도 아닌 공부 하나도 정복하지 못한다면 과연 무슨 일을 할 수 있겠는가?>라는 하버드대학 공부벌레들의 계명에 귀 기울여 준 고마운 정복자들 덕택이었다.

피할 수 없는 고통은 즐겨라

젊은 나이로 미국에 이주하여 온갖 고생을 하며 가정을 반듯하게 세운 뒤 이제 70 중반의 백발노인이 되었는데, 아직도 포기를 모른 채 변호사 시험에 도전하고 있다는 이야기를 읽은 적이 있다. 자녀들은 모두 장성하여 변호사나 의사나 과학자가 되었지만, 노인은 '도전할 줄 모르는 인생은 이미 죽은 것'이라는 신조로 시험 준비에 여념이 없다고 했다. '남들이 모두 피하려고만 드는 고통'을 노인은 오히려 스스로 짊어지고 즐기며 산다고 했다.

'고통을 즐긴다.'는 말이 대체 무슨 뜻인가? 자신의 처지를 지겹게 여겨 피하려고 들지 말고 오히려 와락 달려들어 반갑게 맞이하여 평생의 반려자 정도로 여기라는 뜻인가? 아니면, '고통'을 일상의 동행자로 삼은 채 시시각각 확인하며 지내라는 말인가? 만일 '고통'

이 부스럭거리며 제 몸을 움직이면 혹시라도 떠날까 하여 안절부절못하라는 말인가? 행여 불면 꺼질세라 조바심하며 대하고 혹시라도 삐칠까 하여 늘 다정다감하게 대하라는 말인가?

'피할 수 없는 고통'이란 대체 무엇인가? 반드시 겪어야 하는 고통이다. 누구나 겪어야 하는 고통이다. 빈부격차, 남녀노소를 막론하고 누구나 겪어야 하는 생로병사(生老病死)의 굴레가 그 좋은 예일 것이다. 누구나 다녀야 하는 의무교육 기간이 바로 그런 '피할 수 없는 짐'일 것이다. 사회에 뛰어들어 생존경쟁의 고달픈 여정을 시작하기 전에도 그런 '피할 수 없는 고통'이 있고, 사회에 본격적으로 뛰어들어 먹이사슬의 한 부분을 떠맡아야 하는 그 뻔한 일생에도 그런 '피할 수 없는 고통'이 있을 것이다.

이제 <피할 수 없는 고통은 즐겨라>라는 하버드대학 공부벌레들의 계명을 중심에 놓고 다시 생각해 보자. '고통을 즐기라'는 말이 대체 무슨 의미인가? 입에 쓴 약을 꾹 참고 입 속에 털어 넣듯이 그렇게 아무 말 말고 꾹꾹 참으라는 말인가? 이왕 함께 가야 할 길동무라면 눈 질끈 감고 잠자코 견디라는 말인가? 너나없이 겪어야 하는 일이고 모두가 건너야 할 다리라면 겁내지 말라는 말인가? 아니다. 그런 소극적인 처방이 아니다. 두 눈을 감고 묵묵히 견디라는 말이 아니라, 아예 킥킥거리며 실컷 즐기라는 명령이다.

총 12권(45세 이후 10년간 10권 저술, 11권은 '역사지도'이고 마지막 12권은 10권에 대한 비판을 논박하며 '재고찰'한 것이다.)으로 된 『역사의 연구(Study of History)』를 통해 생명체나 유기체처럼 '역사의 기초'인 '문명' 또한 생멸(生滅)을 뒤풀이한다고 본 영국의 역사학자 아놀드 토인비(Arnold Joseph Toynbee:1889.4.14.~1975.10.22.)는 역사 발전의 속성을 '도전과 응전(Challenge & Response)'의 끝없는 상호 작용 속에서 찾으려 했다.

높은 차원의 문명이 낮은 차원의 문명을 향해 '도전하면' 낮은 차원의 문명은 어떤 식으로든 '응전하고 대응하게 되어 있는데' 바로 그 상호작용 속에 문명 발전의 원동력이 숨겨져 있다는 것이다. 26개의 문명권이 역사 속에서 '발생, 성장, 쇠망(혹은 해체)의 공통된 경로를 주기적으로 되풀이하며' 오늘의 인류문명을 낳았다고 보았다.

그는 비록 '종교에 의한 통일을 가장 바람직한 것'(서유럽의 경우)으로 보았지만, '인류의 문명사를 새로운 각도에서 조명하려 했다.'는 점에서 오늘날까지도 큰 반향을 불러일으키고 있다.

<피할 수 없는 고통은 즐겨라>는 하버드대학 공부벌레들의 계명을 아놀드 토인비의 주장에 맞춰 살짝 바꿔 보면, 아마도 다음과 같을 것이다. 즉, '어차피 들이닥칠 도전, 언젠가는 반드시 맞닥뜨려야 할 도전이라면 피하지 말고 당당하게 응전하라!'는 말이 될 것이다.

바닷속에 집을 짓고 사는 게가 만일 출렁거리는 파도를 원망하

여 자꾸만 피하려고만 든다면, 그 게는 건강하게 오래 살기는 고사하고 아마도 지독한 속병을 얻어 지레 죽게 되고 말 것이다. 산꼭대기에 서 있는 어린 소나무가 오가는 바람을 피하려 자꾸만 제 몸을 숙이고 굽히려 든다면, 그 나무는 낙락장송(落落長松)으로 성장하기 전에 가지가 부러지고 뿌리가 뽑혀 일찌감치 죽고 말 것이다.

파도를 두려워하지 않고 제 몸을 출렁거리는 성난 물결에 내맡겨야 바다를 주름잡으며 여러 주인공 중의 하나로 살 수 있다. 바람을 겁내지 않고 꿋꿋하게 맞설 줄 알아야 추위와 더위를 견디며 늠름한 자태를 뽐내는 아름드리나무로 자라날 수 있다. 사막의 돌이나 흙이 뜨거운 햇살을 피해 제 몸을 굴리며 돌아누울 수 없듯이, 어차피 짐 진 고통이라면 기꺼이 참아내야 한다.

흘러내리는 용암을 피해 허공 높이 날아오를 수 없는 나무나 풀이 부싯돌처럼 번뜩이며 한 줌 재로 변해 하늘을 시커멓게 뒤덮듯이, 이래저래 통과해야 할 어두운 터널이라면 두 눈을 부릅뜨고 뚜벅뚜벅 걸어가야 한다.

혹한(酷寒)과 혹서(酷暑)가 일상적인 극한의 기후 속에서 뿌리를 내리고 잎을 돋우며 줄기를 뻗는 식물들은 수십 년 동안 겨우 몇 뼘의 키로 만족하고, 수백 년 동안 기껏 같은 길이의 그림자만 거느린다.

인도의 시성(詩聖)으로 불리는 '라빈드라 나트 타고르'(Rabindranath Tagore:1861.5.7.~1941.8.7.)는 자신의 시에서 '고통을 벗어나게 하지 마옵시고 고통을 이겨내게 해 주시옵소서.'라고 기도했다. 인도 벵골(Bengal:

인도 동쪽 갠지스강, 브라마푸트라강 하류의 삼각주를 중심으로 하는 지방으로, 동쪽의 방글라데시에서 서쪽의 서벵골주까지 포함; 서쪽은 인도령, 동쪽은 방글라데시령)의 명문가 후손인 아버지 '데벤 드라나트'의 15명 아들 중 열네 번째 아들로 태어나 남부럽지 않게 살던 타고르가 왜 '고통을 이겨내게 도와주소서!'라는 기도형식의 시를 남기게 되었을까?

그의 가문은 벵골 문예부흥의 중심이었다. 마치, 피렌체를 이탈리아 르네상스의 중심지로 발전시켰던 메디치 가문(14세기~1737년 7대째 대공 '잔 가스토네'의 죽음으로 가계 단절)처럼 타고르 가문도 벵골을 인도 르네상스의 중심지로 변모시켜 놓았었다. 14세기 이후 피렌체의 명문가로 자리를 굳힌 메디치 가문은 자그마치 4세기에 걸쳐 막강한 영향력을 행사하며 이탈리아 르네상스 운동을 뒷받침했다. 그리고 그러한 영향력을 바탕으로 교황(예: 레오 10세, 클레멘스 7세)과 왕비(예: 프랑스 왕 앙리 4세의 왕비)를 배출하기도 했다.

하여튼, 명문 가문의 아들로 태어나 16세 때 처녀시집 『들꽃』을 세상에 내놓은 덕에 일찍부터 '벵골의 P.B. 셸리'(타고르 탄생 39년 전에 죽은 영국의 낭만파 시인 Percy Busshe Shelley를 지칭; 작품 '프로메테우스의 해방', '종달새에게', '구름' 등을 남긴 뒤 선박사고로 30세에 익사)로 불리며 영국을 무대로 학문과 문학 활동을 병행했던 타고르가 무엇 때문에 '고통을 이겨낼 힘을 주소서!'라고 기도했을까?

세상에 예외란 그렇게 많지 않은 법이다. 누구나 생로병사(生老病

死)의 굴레 속에 갇혀 살아야 한다는 그 엄연한 철칙 하나만 해도 그렇다. 그 누구도 생로병사의 굴레를 벗어나 진정한 자유, 진정한 생명을 누릴 수 없다.

타고르도 아내와 딸의 죽음을 애통하며 종교적으로 변해 갔다. 30세 이후 아버지의 명에 의해 농장을 관리하며 현실 세계에 눈을 뜨기 시작했지만, 가족의 죽음을 겪기 이전에는 그렇게 종교적이지 않았다. 그러나 가족의 죽음을 겪고 난 후 사색의 세계가 더 깊어져 48세 때 세상에 내놓은 시집 『기탄잘리(Gi tan jali)』(1909)는 그에게 '아시아인 최초의 노벨 문학상 수상'의 영예를 안겨 주었다. 그가 작시(作詩), 작곡한 <자나 가나 마나(Jana Gana Mana)>는 인도의 국가(國歌)가 되었다.

마하트마 간디와 더불어 인도의 국부(國父)로 추앙을 받는 그가, 특별히 '고통으로 얼룩진 삶'을 시어(詩語)로 읊조리며 '고통을 벗어나게 하지 마시옵고, 다만 고통을 이겨낼 힘을 주옵소서!'라고 기도했다는 사실에서, 우리는 그 '고통'의 의미를 다시 한번 새롭게 음미하게 된다.

타고르가 시어로 읊은 '고통'과 <피할 수 없는 고통은 즐겨라>는 하버드대학 공부벌레들의 계명을 비교하면 하버드대학 공부벌레들의 계명은 너무도 직설적이고 세속적이다. 하지만, 보통 사람들을 위한 잠언(箴言: proverb)으로서의 하버드대학 공부벌레들의 계명은 차라리 그 직설적이고 세속적인 속성 때문에라도 대단히 전략적이고 전술적이다. 마치, 싸움터를 향한 무사의 계명 같다.

문제는 '어떻게 그 고통을 즐기느냐?'는 것이다. 사람들은 '입에 쓴 약'을 '달다'고 생각하고 견디는 것이 아니다. '결국에는 내 병을 치료할 고마운 약'이라는 사실을 잘 알기에 입에 쓴 약을 잘 참아내는 것이다. 물론, 어릴 때는 한 손에 들린 사탕이나 과자를 생각하며 입에 쓴 약을 억지로 참아내기도 하고, 회초리만큼이나 무섭게 다가왔던 어른들의 매서운 눈초리를 의식하여 헛구역질을 가까스로 참아내기도 했다.

마찬가지로, 인생의 고통도 먼 후일의 달콤한 보상 때문에 잘 참아내야 한다는 것인가? 아니면, 천천히 자라는 나무가 단단한 속을 지니듯이, 고통을 참아내다 보면 자연히 단련이 되어 더 큰 고통도 거뜬히 이겨낼 수 있기 때문인가?

'고통을 즐기라!'는 말은 너무도 역설적이다. 마치, 약을 바싹 올리기 위해 일부러 이죽거리는 것처럼 들릴 정도다. 즐길 대상이 아닌 것을 놓고 즐기라니, 대체 무슨 말인가? '피할 수 없다면 선뜻 받아들여 차라리 반가운 동반자쯤으로 여기라!'는 뜻일 것이다. '고통을 평생의 동반자로 여기라!'는 말이니 그 얼마나 잔인한 계명인가? 하지만, 하버드대학 공부벌레들의 계명이 말하는 '고통'은 그저 '열심히 공부해서 좋은 성적을 받아 놓으라.'는 당부 정도일 것이다.

'놀고 싶어도 책상머리에 앉아 공부하라! 세상의 유혹이 아무리 심해도 공부를 포기해서는 안 된다! 공부 대신 돈벌이가 아무리 쉬워 보여도 꾹 참고 학창 시절을 충실하고 성실하게 보내라!'

만일, 이 정도의 당부가 하버드대학 공부벌레들의 계명이 말하는 '고통'의 전부라면 '즐기라!'는 말을 얼마든지 수용할 수 있을 것이다. <피할 수 없는 고통은 즐겨라>는 하버드대학 공부벌레들의 계명은 공부에 관한 한 차라리 '애교 섞인 충고'에 가깝다. '공부' 정도를 '고통'에 견주었다는 점도 왠지 호들갑에 가깝지만, '즐기라!'는 뒷말 자체도 어찌 보면 차라리 요란스러운 표현이다.

학생의 본분이 공부이고 이왕 공부를 통해 또래끼리 경쟁해야 한다면 당연히 앞서가야 하는데, 왜 굳이 '고통'에 견주며 '즐기라!'고 했을까? 적당히 해서는 안 된다는 암시가 들어있다. '뼈 빠지게 해야 먼 후일 제대로 된 보상과 대접을 받는다.'는 암시가 들어있다.

그리고 무엇보다도 '공부 자체를 쾌락이나 유희가 아니라, 고통으로 받아들여야 제대로 감을 잡은 것'이라는 뜻이다. 놀이 대신 공부를 해야 한다는 그 선택 자체가 놀이를 포기하도록 하기 때문에 '고통'이라는 것이다.

더욱이나, 적당히 함께만 가면 되는 것이 아니라 반드시 앞장서서 가야 하기 때문에 그 자체가 엄청난 '고통'이라는 것이다. '앞서 가는 이'는 곧 '쫓기는 이'일 수밖에 없다. 경쟁이고 시합인데 어떻게 느린 거북이만 헐떡거리며 비지땀을 흘리겠는가! 앞서가는 토끼는 더 죽을 맛일 수 있다.

어디 그뿐인가? '즐기라!'는 말은 한술 더 떠 더더욱 감을 잡기 힘들다. 벙글벙글 웃으며 공부하고, 놀이 이상으로 재미를 느끼며 공부하라는 것이다. 쓰디쓴 약, 구역질이 나는 음식을 세상에서 가장 달고 맛있는 것으로 받아들이라는 것이다. 세상에 '공부'를 '재미'로 알고 '놀이'로 아는 이가 과연 몇이나 될까? '놀러 나갈래, 공부할래?'라고 물으면 선뜻 '공부가 더 좋으니 차라리 공부하는 쪽을 택하겠다.'고 말하는 학생이 과연 몇이나 될까? 결국 <피할 수 없는 고통을 즐기라>는 하버드대학 공부벌레들의 계명은 '소수의 독종'이나 '소수의 타고난 엘리트'를 위한 계명이라는 말인가?

모든 계명이 마찬가지이듯이 평범한 사람들에게는 그렇게 '묘약'처럼 여겨지지 않을 것이다. 하지만, '공부를 통해 자신의 미래를 활짝 열고자 하는 어린 야심가와 젊은 학구파'에게는 별것 아닌 계명이라도 날이 선 비수로 꽂히게 될 것이다. 단순한 한 마디라도 촌철살인(寸鐵殺人)의 명구(名句)로 다가올 것이다.

누가 뭐래도, <피할 수 없는 고통은 즐겨라>는 하버드대학 공부벌레들의 계명은 '소수의 학구파'를 위한 충고이자, '소수의 학구파에 끼어 자신의 미래를 일찌감치 개척하고자 하는 철든 미래세대'를 위한 훈계일 것이다. 물론, 나이 들어서도 뭔가를 열심히 공부해 보려는 늦깎이 학구파에게도 아주 적절한 충고일 것이다. 지긋한 나이 때문에 더욱 힘들어진 공부에 매달리며 날마다 <피할 수 없는 고통은 즐겨라>는 하버드대학 공부벌레들의 계명을 암송한다면, 아무래도 큰 위로가 되고 알게 모르게 큰 힘이 될 것이다.

단순한 공부가 어디 있는가? 소설책이나 만화책을 읽듯이 적당히 쉬엄쉬엄 할 수 있는 공부가 어디 있는가? 시험성적을 목표로 해야 하고, 학위나 졸업장을 따내야 하는 공부인 다음에야, 어떻게 적당히 우물우물 구렁이 담 넘어가듯이 할 수 있는가? 그리고 열 개를 외우면 하루도 지나기 전에 절반 이상이 기억의 곳간에서 슬금슬금 뒷걸음쳐 도망치는데, 어떻게 놀 듯이 건성으로 외우고 익힐 수 있는가?

머리를 쥐어짜며 기억의 논밭을 갈아엎는 과정 자체가 '고통의 연속'이다. 망각의 늪 속으로 빠져드는 것들의 가녀린 꼬리를 붙들고 억지로 그 늪의 먼 바깥으로 끌어내는 일 자체가 '끝 모를 고통의 늪'일 것이다. 시험을 준비하느라 어두운 터널 속에서 더듬거리며 통로를 찾는 그 어림짐작의 과정 자체가 곧 '고통의 시간들'이다. 등수와 점수를 놓고 또래끼리 무한경쟁을 벌이는 그 중압감 자체가 '고통스러운 굴레'다.

유치원, 초등학교, 중고등학교를 지나 대학, 대학원 등에서 경쟁하는 것도 너무 벅찬 일이지만, 사회에 나가 이런저런 시험을 치며 앞서거니 뒤서거니 하는 것도 따지고 보면 스트레스의 원천이다. 무슨 시험이든 일단 시험을 앞두면 누구나 숨결부터 가빠지고 정신부터 혼란스러워지기 마련이다. 더욱이나, 점수를 놓고 우열을 경쟁하거나 당락을 판가름하게 될 때는, 그야말로 인생의 성패가 좌우되는 기분이 들기 마련이다.

긴장이 곧 '고통'이다. 부담을 느끼는 마음 자체가 바로 '고통'이다. 긴장은 온몸의 감각을 얼어붙게 만들고 심장을 두근거리게 하여 알게 모르게 우리에게 '고통'을 안겨 준다. 중압감은 몸과 마음의 스트레스로 연결되어 우리의 이성을 마비시키고 평소의 침착성을 잃게 한다. 초조하고 당황한 모습은 마치 똥오줌을 참는 애완견의 허둥거림처럼 누가 보아도 참으로 꼴불견이다. '공부'가 성적과 점수로 연결되고 성패와 당락으로 이어지는 한, 결코 평상심으로 견뎌낼 수 없다. 누가 되었던 반드시 초조하고 당황하게 마련이다.

<피할 수 없는 고통은 즐겨라>는 하버드대학 공부벌레들의 계명은 그런 점에서 참으로 현실적이고 실제적이다. '공부'를 '피할 수 없는 고통'으로 여겨 '차라리 실컷 즐기기나 하라!'고 하니, 그 얼마나 실제적인가? 장애를 이기고 주옥같은 작품을 남긴 수많은 창작의 거장들을 생각하면, '고통을 즐기라!'는 말이 무슨 뜻인지 더욱 분명해진다. 벗어날 수 없는 장애를 '평생 이어질 운명이나 팔자'로 여기고 창작의 혼을 아낌없이 불태운 그 창작의 거인들처럼, '고통 자체

를 숙명으로 받아들이면' 뜻밖의 기적을 이뤄낼 수 있다는 것이다.

이제 '피할 수 없는 고통은 철저하게 즐기자!' 지겹다고 느끼기 쉬운 '공부'를 세상에서 가장 쉽고 즐거운 일로 받아들이자! 성공을 보장하는 유일한 길이 그 속에 있고, 후회 없는 삶을 약속하는 안내자 또한 그 속에 있다고 확신하자! 학창 시절을 온통 '공부'로 채우고 자랑스러운 등수와 점수로 기록해 놓아야만, 본격적인 사회생활에서 두 어깨를 보란 듯이 펼 수 있다. 책과의 씨름에서 이기고 성적과 등수를 다투는 그 일류, 이류, 삼류의 결전장에서 당당하게 챔피언이 돼야만, 장거리 경주에 비유되는 인생살이에서 승리의 월계관(月桂冠; laurel crown, crown of laurel)을 쓸 수 있다.

승자만이 승리의 쾌감을 안다. 챔피언만이 챔피언이 되는 길을 올바로 안다. '공부'의 중요성을 열등생으로 보낸 이에게 묻지 말라. '공부가 왜 피할 수 없는 고통'인가는, 그 고통을 이기고 성공의 금자탑을 멋들어지게 쌓아 올린 몇 안 되는 성공자들의 입을 통해 들어라. '피할 수 없는 고통이라면 마땅히 실컷 즐기도록 하라!'는 하버드대학 공부벌레들의 계명이 옳은지 그른지를 알려면 먼저 그 계명을 실천한 몇 안 되는 선배들에게 물어보라.

세상에 즐길 것이 너무 많지만 <피할 수 없는 고통은 즐겨라>는 하버드대학 공부벌레들의 계명을 먼저 즐기도록 하라. <피할 수 없는 고통은 즐겨라>는 하버드대학 공부벌레들의 계명을 먼저 즐기면 먼 후일 흐드러지게 크게 웃을 수 있을 것이다. <피할 수 없는 고통

은 즐겨라>는 하버드대학 공부벌레들의 계명대로 학창 시절을 '우등성적 사냥'으로 보내면 사회생활에서도 쉽게 쓰러뜨릴 수 없는 만 만찮은 상대가 될 것이다.

깊은 숲속으로 한 발, 한 발 들어가 보라. 풀 한 포기, 나무 한 그루, 풀벌레 한 마리마저도 보이지 않는 '경쟁의 굴레'를 쓰고 각각의 '고통'을 잘도 참아내고 있다. 아니, 단순히 참아내는 것이 아니라 비명에 가까운 노래를 부르며 차라리 그 '생존의 고통, 경쟁의 굴레'를 한없이 즐기고 있다. 세상에서 유일하게 '피할 수 없는 고통을 피하려 애쓰는 생명체'는 바로 사람이다. 사람만이 숙명을 벗어나려 점을 치고 기도를 드린다. 사람만이 '당연히 져야 할 짐'을 회피하여 오만 가지 구실을 댄다.

<피할 수 없는 고통은 즐겨라>는 하버드대학 공부벌레들의 계명은 그런 사람의 약점을 벗어나 '색다른 사람이 되어라!'고 한다. 그리고 그렇게 하면 반드시 좋은 결과가 있게 될 것이라고 굳게 약속한다.

10

남보다 더 일찍
더 부지런히 노력해야
성공을 맛볼 수 있다

'일찍 일어난 새가 벌레를 잡는다.'는 말이 있다. 무엇을 하든 부지런해야 한다는 말을 '일찍 일어난 새'와 '벌레'로 설명한 것이다. '늦게 일어난 벌레가 새한테 잡아먹힌다.'며 앞의 말을 뒤집어 우스갯소리를 하기도 한다. 비록 우스갯소리지만 그런대로 곱씹을 맛이 있다. 부지런하면 반드시 보상이 있지만, 게으르면 반대로 치명적인 피해를 보게 된다는 뜻이니, 두 개의 서로 다른 말이 제각각 비수를 품고 있는 셈이다.

일인다역(一人多役)을 하며 몸이 부서져라 일하는 사람이 의외로 많다. 숨 막힐 정도로 바쁘게 사는 이들을 두고 혹자는 '일 중독자'(workaholic)라며 아예 중환자로 보기도 한다. 하지만, 인류에게 뭔가 그럴듯한 선물을 주는 이들은 거의 예외 없이 '일 중독자'였다. '천재는 99%의 땀(perspirarion:노력)과 1%의 영감(inspiration:번득이는 착상)으로 만들어진다.'는 토마스 에디슨의 말처럼, 모든 천재들은 하나같이 비지땀, 피땀으로 그 나름의 결실을 거두었다.

레오나르도 다 빈치(Leonardo da Vinci:1452.4.15.~1519.5.2.)는 전형적인 일인다역 체질이었다. 그의 부지런한 메모 습관과 경계를 넘나드는 탐구열로 인해 우리는 아직도 그의 이름을 떠올리며 미래 시대의 누군가를 생각하게 된다. 분명히 까마득한 과거에 살던 사람인데도 전혀 낯설지 않다. 전혀 알 수 없는 먼 나라의 낯선 사람인데도 그가 생각했던 대상들을 상상하면 저절로 미래의 한 지점에 다가가게 된다. 그의 천재성을 그의 지능지수로 아는 것이 아니라, 그가 생각했던 대상들을 떠올리며 저절로 알게 되는 것이다.

그가 남긴 '최후의 만찬(Last Supper:Lord's Supper)' (1492년부터 7년에 걸쳐 완성)이나 '모나리자(Mona Lisa)' (1503~1506년경)를 통해 사람들은 단순히 과거의 그림을 감상하는 것이 아니라, 시공간을 뛰어넘어 그의 사색의 세계를 함께 바라보게 된다. 그가 남긴 온갖 스케치를 통해 5백여 년의 긴 세월을 건너뛰어 자연스럽게 그의 시대로 옮겨가게 된다. 완벽한 '시간여행'이다. 혼자서만 조용히 떠나고 싶은 신비로운 사색이 긴 여로다.

비록 피렌체의 한 중산층 가장의 서자로 태어났지만 그래도 젊은 어머니가 공예가로 정식으로 혼인했기 때문에, 자연스럽게 조형의 세계와 회화의 세계에 젖어들게 되었다. 그의 호기심과 탐구열이 경계를 넓혀갈수록 인류의 볼거리, 생각할 거리, 느낄 거리가 점점 더 늘어났다. 그가 힘차게 붓을 놀려 벽과 천장을 채워나갈수록 인류는 두 눈을 비비며 그 신비로운 솜씨를 따라가기에 정신이 없었다. 그가 미래의 과학 세계를 침입하여 먼 후일의 전유물들을 훔쳐 갈 때도 인류는 그저 넋을 잃고 그의 신기한 도둑질을 지켜볼 뿐이었다.

볼프강 아마데우스 모차르트(Wolfgang Amadeus Mozart: 1756.1.27. 오스트리아 잘츠부르크~1791.12.5. 오스트리아 빈)는 5세 이후 작곡을 시작하여 35세에 죽을 때까지 자그마치 626곡을 남겼다. 잘츠부르크 대주교 악단의 부악장이자 작곡가였던 아버지 '레오폴트 모차르트'와 공무원의 딸이었던 어머니 '아나 마리아' 사이에서 태어났는데, 7명의 남매 중 그와 누이 '마리아 아나'만이 용케 살아남았다. 아버지는 바이올린 연주자나 작곡가로는 큰 명성을 얻지 못했지만, 음악이론서인 『기본 바이올린 교습법 서론』만은 세계 각 국어로 출판되었다. 모차르트가 22세 되던 해에 아버지는 편지 한 통을 아들에게 보냈는데, 그 편지에는 작곡의 귀재로 알려진 모차르트의 어린 시절이 생생하게 묘사되어 있다.

"어린 시절, 너는 어린아이라기보다는 차라리 너무도 어른스러웠다. 네가 클라비어(clavier; 17세기 후반 이후 현이 장착되어 있는 모든 건반악기를 일

컬었음; 하프시코드, 클라비코드, 후대의 피아노가 여기에 속함)에 앉아 있거나 음악에 몰두하고 있을 때면 아무도 감히 너에게 농담조차 걸 수 없었다. 너무나 엄숙한 너의 연주와 일찍 꽃핀 너의 재능, 그리고 생각에 잠긴 진지한 네 작은 얼굴을 지켜보았던 각국의 많은 사람들은 네가 오래 살 수 있을지 걱정했다."

그의 생애가 어떠했든, 그리고 그가 무슨 병으로 죽었든, 그가 남긴 주옥같은 선율은 앞으로도 영원히 인류의 가슴을 두근거리게 하고 두 눈을 샛별처럼 반짝이게 할 것이다. '낭만'은 생명을 일으켜 세우는 굉장한 힘을 지니고 있다. 그가 음악을 통해 우리에게 전해주는 그 놀라운 '낭만의 세계'는 생활이 아무리 고달프고 답답하더라도 벌떡 일어나 큰 걸음으로 활보하게 만든다. 그리고 아주 작은 몸짓이나 눈짓이나 손짓 정도로도, 언제든 축 처진 두 어깨를 펴게 해주고 꽉꽉 닫힌 오그라든 가슴을 활짝 열게 해 준다.

우리는 부지런한 누군가에 의해 헤아릴 수 없이 많은 축복을 누리며 살고 있다. 우리는 눈코 뜰 새 없이 살았던 몇 안 되는 천재들의 발자취를 따라가며 게으르기 쉬운 일상에서 소스라치게 놀라 일어서곤 한다. 부지런하기만 해도 인류의 스승이 되기에 충분하다. 세종대왕은 첫닭이 울면 일어나 독서했다. 충무공 이순신 또한 첫닭이 울면 어김없이 일어나 촌음을 아꼈다. 우리는 세종대왕의 그 부지런함 덕분에 고유한 말과 글을 갖고 있다. 우리는 충무공 이순신의 그 부지런함 덕택에 조국의 산하를 지켜내고 있다.

남들이 모두 잠들어 있을 때 홀로 일어나 창조주와 비밀의 대화를 나누는 소수의 '눈 뜬 사람들' 덕분에 인류는 아주 자연스럽게 진보하고 진화하는 것이다. 육체가 진화하는 것이 아니라, 그보다 몇 곱절 더 중요한 영혼의 세계가 눈부시게 진화하는 것이다.

'레오나르도 다 빈치'의 걸음걸이와 '볼프강 아마데우스 모차르트'의 숨바꼭질을 통해, 인류는 자연스럽게 영혼이 성장하는 신비로운 체험을 하게 되는 것이다. 그림을 그리거나 조각을 하지 못해도 괜히 자랑스럽고, 작곡을 할 줄 몰라도 왠지 자꾸만 콧노래가 흘러나오는 것이다. 두 사람의 미래 모험을 통해 가보지 않은 미지의 세계를 바라보게 되기 때문이다. 두 사람의 신기한 '시간여행'을 통해 알 수 없는 시간과 공간을 자유로이 넘나들 수 있기 때문이다.

발명가, 과학자, 외교관, 정치가로 다양한 인생을 산 미국의 벤자민 프랭클린(Franklin, Benjamin Franklin:1706.1.17.~1790.4.17.; 필명은 Richard Saunders)의 생애는 전형적인 '부지런함 그 자체'였다.

비누와 양초를 만드는 집안의 17명 자녀 중 열 번째로 태어나, 10세까지만 교육다운 교육을 받을 수 있었다. 초등학교 1년과 가정교사에게 배운 1년이 그가 받은 교육의 전부였지만 '부지런함' 하나로 미국의 초대 대통령이자 건국의 아버지인 조지 워싱턴(George Washington:1732.2.22. 버지니아 웨스트모얼랜드~1799.12.14. 버지니아 마운트버넌; 23세부터 51세까지 미 독립 전쟁의 혁명군 총사령관: 57세부터 65세까지 미 초대 대통령: 별칭은 'Father of His Country') 이상으로 미국을 대표하는 위인이 되었다.

12세에 인쇄공인 형의 도제가 되어 5년 만에 인쇄술을 완전히 익혔다. 독학으로 읽고 쓰는 법을 익힌 후에는 시를 즐겨 썼지만, '시인으로 살면 평생 거지 노릇 하게 된다.'는 아버지의 말을 듣고 관심을 산문으로 돌려 이후 평론 잡지 『The Spectator』를 평생 애독했다.

이후 그 잡지는 그가 세상을 바라보는 창문이 되고 글솜씨와 의견정리를 키워나가는 도구가 되어 주었다. 잡지의 평론을 모델로 자신의 글을 견줘 보기도 하고 운문으로 옮겨 쓰기도 하며 모방과 창작 사이를 수없이 넘나들었다. 그즈음 그를 숙련인쇄공으로 키워준 형(제임스 프랭클린)이 주간지 『New England Courant』를 창간하자, 자연스럽게 16세 어린 작가의 길을 걸을 수 있게 되었다. '조용한 공산적 사회 개량가'라고 서명한 14편의 연작 평론(뉴잉글랜드의 장례식 때 부르는 만가와 하버드대에서 유식한 말에 대해 입으로만 공치사하는 것을 풍자한 글들)을 쓸 정도로 그의 글솜씨는 장족의 발전을 보이고 있었다. 형이 식민지 당국과 갈등을 빚어 잡지 발행이 금지되자 그는 형을 대신하여 잡지의 명목상 발행인이 되었다. 하지만, 얼마 되지 않아 그는 형과의 관계가 원만하지 못해 잡지사를 그만두었다.

형의 도움 없이 자립하기 위해 보스턴과 뉴욕을 거쳐 필라델피아에 도착했지만, 몰골은 그야말로 거지꼴이었다. 그때 우연히 만난 부유한 소녀 '데버라'는 결국 그의 동반자가 되었다. 천성적으로 부지런하고 영리한 그는 2년여가 채 지나기도 전에 자리를 잡아 또래 젊은이들 사이에서 인기를 얻어가고 있었다. 그를 눈여겨본 펜실베이니아 총독('윌리엄 키스' 경)은 '그럴듯한 사업을 시작하라.'며 은근히 부추겼다. 총독의 자금지원 약속을 무기로 그는 출판업자와 서적상들을 만나기 위해 런던행 기선에 올랐다. 하지만, 총독의 굳은 약속은 모두 공수표에 지나지 않았다. 배신감에 잠시 좌절하기도 했지만 곧 자신의 인쇄 기술을 인정받아 런던 생활에 재미를 느끼기 시작했다.

애인과의 은밀한 언약과 문학가가 되기 위해 애쓰는 친구('제임스 랠프') 덕분에 그런대로 희망과 기대에 부푼 나날을 보낼 수 있었다. 하지만, 20세가 되자 런던 생활에 싫증을 느끼고 필라델피아로 되돌아와, 2년 후에는 친구와 동업으로 인쇄소를 차렸다. 그리고 다시 2년 후에는 돈을 빌려 단독 경영자가 되었다. 하지만, 누구에게든 생기기 마련인 풍파가 닥쳐 그 또한 방탕한 젊은 시절을 보내지 않을 수 없었다. 애인('데버라 리드')은 다른 남자와 결혼했다가 버림을 받았고 그 자신은 빚에 쪼들리는 통에 그럴듯한 혼담조차 제대로 성사시킬 수 없었다. 방탕한 나날을 보내는 사이에 생모를 알 수 없는 아들('윌리엄 프랭클린')이 태어났지만, 옛 애인('데버라 리드': 1774년, 그가 68세 되던 해에 사망)과의 애정을 되살려 24세 되던 해에 결혼했다.

23세 되던 해에 『지폐의 본질과 필요성에 관한 연구(A Modest Enquiry into the Nature and Necessity of a Paper Currency)』를 발표한 덕분에 그는 펜실베이니아 식민지의 지폐 인쇄권을 따낼 수 있었다. 그는 곧이어 뉴저지 델라웨어, 메릴랜드의 공인 인쇄업자가 될 수 있었다.

23세에 창간한 『Pennsylvania Gazette』는 식민지의 대표지로 통하며 그에게 명예와 부를 안겨 주었다. 그리고 26세 이후 51세까지 'Richard Saunders'라는 필명으로 해마다 출판한 『가난한 리처드 연감(Poor Richard Almanac)』 (1732-1757) 또한 점점 더 인기를 얻어가며 처세술의 교본으로 통하게 되었다. 독일어 신문이나 월간지 창간은 실패로 끝났지만 그래도 돈벌이는 그런대로 순조로웠다. 42세에는 대형 인쇄소에 출자하여 이후 환갑이 될 때까지 해마다 거금을 손에 쥘 수 있었다.

필라델피아를 중심으로 돈벌이 이외에 그는 도덕과 교양을 바탕으로 한 사회개량 운동을 전개했다. 우선 자신이 21세에 만들었던 '가죽앞치마클럽'(Leather Apron Club)을 활동무대 삼아 도서 클럽과 의용소방대를 조직했다. 37세에는 과학에 관심 있는 사람들을 모아 '끊임없는 서신 교환 운동'을 전개했다. 그 결과 이듬해에 '아메리카 철학협회'가 결성되었다. 43세에는 '펜실베이니아 청소년 교육에 관한 제안(Proposals Relating to the Education of Youth in Pennsylvania)'을 발표했다. 45세 때는 후에 펜실베이니아대학교로 발전한 '필라델피아 아카데미'가 세워졌다.

모두가 그의 놀라운 추진력에 힘 얻은 바 컸다. 30세 이후 40대 중반까지는 펜실베이니아 의회의 서기로 일하며 필라델피아 우체국장을 겸직했다. 47세에는 북부 식민지 전체의 우편물을 담당하는 체신 장관 대리가 되었다. 40대 초반에는 델라웨어강에서 약탈을 일삼는 프랑스와 스페인 해적에 맞서기 위해 민병대 조직에 참여했다. 다양한 집단과 접촉하며 그는 자신의 생각을 '명백한 진리 또는 필라델피아시와 펜실베이니아 식민지의 현재 상황에 관한 진지한 고찰(Plain Truth or Serious Consideration on the Present State of the City of Philadelphia and Province of Pennsylvania)' 속에서 토로했다.

당시 크게 유행하던 전기학에 관심이 많아 그는 최초로 필라델피아 시민들에게 전기를 소개하기도 했다. 45세에는 그동안의 논문들을 모아 『전기에 관한 실험과 관찰 기록(Experiments and Observations on Electricity)』이라는 책을 펴냈는데, 이 책은 후에 프랑스어, 독일어로 출판되기도 했다.

전기에 관한 그의 탐구심은 결국 피뢰침 발명으로 이어졌다. 프랑스에서 했던 실험과 달리 그는 남들이 모두 위험하게 보는 방식으로 전기의 속성을 밝혀냈다. 즉, 천둥과 번개가 요란한 속에서 연을 날려 전기의 실체를 이론적으로 입증했다. '물과 금속 같은 물질 사이에서 확산되고 그런 물질에 끌리는 요소'라는 사실을 알아채고 '전기를 많이 가진 물체가 전기를 적게 가진 물체에 접근하면 방전현상이 일어나 두 물체의 전기량이 같아진다.'는 사실을 증명했다.

전기는 '하나의 유체'라는 사실에 착안하여 그는 친구들과 함께 '건물에 뾰족한 쇠막대를 세우면 벼락으로부터 건물을 보호할 수 있다.'고 주장했다. 벽난로보다 열량이 월등히 많은 난로와 복초점 안경을 발명하여 일상의 편익을 크게 증진시키기도 했다.

정치에 입문한 이후 식민지의 대변인 역할을 하며 독립선언서 작성에 참여하고, 독립전쟁 발발 이후에는 프랑스의 경제적, 군사적 원조를 이끌어냈다. 13개 식민지를 하나의 주권국가로 승인하도록 영국과의 협상에 앞장선 뒤에는, 미국 헌법의 기초를 닦기도 했다.

48세 때(1754)에 그가 제시한 '연방안'은 불법 침입하는 프랑스인에 대해 공동 수비대를 조직하고 새로운 정착촌과 인디언의 관계를 감독하기 위한 식민지 대표들의 전체 회의를 창설하자는 것이었다. 그러나 식민지 의회는 그의 연방구상을 전혀 이해하지 못했다.

81세의 노구를 이끌고 제헌의회에 참여하여 '집행위원회를 국가원수로 삼고 단원제 의회를 채택해야 한다.'고 역설했지만 동료들조차 제대로 설득할 수 없었다. 하지만, 그는 자신의 주장을 접고 '초대미연방헌법을 만장일치로 지지하자.'는 호소문을 적어 한 동료에게 대신 읽도록 했다. 그의 '만장일치 통과' 동의는 당장 통과되었다. 84세 되던 해 봄(1790.4.17.)에 세상을 떠나자 미대륙은 물론이고 유럽의 중심에서조차 그를 찬양하는 목소리가 천지를 진동했다.

그러나 영국의 소설가 D.H. 로렌스는 그를 '미국민의 국민성 가운데 가장 나쁜 특징들을 한데 모아놓은 인물'이라며 혹평했다. 독일의 사회학자 막스베버는 그를 '근대 자본주의의 부정적 측면을 조장하는 데 크게 기여한 프로테스탄트 윤리의 본보기'로 여겼다. 하지만, 그를 잘 아는 이들은 한결같이 '오해에서 비롯된 험담이고 비난'이라고 일축했다.

위에서 잠시 살펴본 위인(偉人)들의 일생은 한 마디로 "쉼 없이 부지런하게 움직인 나날들"로 압축될 수 있을 것이다. <남보다 더 일찍 더 부지런히 노력해야 성공을 맛볼 수 있다>는 하버드대학 공부벌레들의 계명을 온몸으로 실천한 덕분에 남들보다 몇 배 더 길고 알찬 일생을 기록할 수 있었다.

67세를 산 '레오나르도 다 빈치'는 자기 수명의 몇 배를 살다 간 셈이다. 35세로 요절한 '볼프강 아마데우스 모차르트'는 주옥같은 626곡의 선율을 통해 인류의 가슴속에 영원히 살아있게 되었다. 84세를 일기로 격동의 세월을 마친 '벤자민 프랭클린'은 유일 초강대국으로 자리를 굳힌 21세기 미대륙의 기초를 다진 전형적인 '일인다역형(一人多役型) 일생'으로 인류의 찬사를 모으고 있다.

<남보다 더 일찍 더 부지런히 노력해야 성공을 맛볼 수 있다>는 하버드대학 공부벌레들의 계명은 만고불변(萬古不變)의 진리다. 과거의 무수한 위인(偉人)들이 그 계명을 온몸으로 실천하여 시대와 역사의 엔진이 되고 횃불이 되었다. <남보다 더 일찍 더 부지런히 노력해야 성

공을 맛볼 수 있다>는 하버드대학 공부벌레들의 계명은 앞으로도 불변의 진리가 되어 무수한 위인들을 낳게 될 것이다. 그들로 하여금 인류의 역사를 앞으로 이끌게 하는 것이 신의 불변의 의지이기 때문이다.

<남보다 더 일찍 더 부지런히 노력해야 성공을 맛볼 수 있다>는 하버드대학 공부벌레들의 계명은 '성공을 맛볼 수 있다.'는 말로 끝난다. '성공'의 참된 의미와 가치를 안다면 누구나 '남보다 일찍' 서두를 것이다. '성공'이 얼마나 소중한 것인지를 안다면 누구나 '남보다 더 부지런히' 노력할 것이다.

누구나 여러 갈래의 길 위에서 온종일 부대끼며 살고 있다. 모두가 각자의 터전에서 비지땀을 흘리며 하루를 보내고 있다. 문제는 '남들보다 더 빨리 뛰고, 남들보다 더 진한 비지땀을 흘려야 한다.'는 사실이다. 그 '남들'은 나의 적수가 아니다. 그 '남들'은 나의 원수가 아니다. 가족일 수도 있고 친구일 수도 있다. 형제자매일 수도 있고 죽마고우(竹馬故友)일 수도 있다. 이를 갈며 앞서거니 뒤서거니 경쟁할 대상이 아니다. 눈을 부릅뜨고 앞서나가지 못하게 가로막아야 할 상대가 아니다.

해도 되고 안 해도 되는 '미적지근한 경쟁이고 상징적인 경쟁'이라 쉽게 적응하기 어렵지만, 그런 미지근한 나날들이 합쳐져서 나중에는 산과 언덕으로 나뉘고 나무와 풀로 갈라진다. 형제자매 중 누군가는 큰 산이 되고 나머지는 그저 염소나 노니는 작은 언덕이 된다. 동창들, 친구들 중 누군가는 아름드리나무가 되고 나머지는 한 해살이 들풀이나 몇 해 살이 잡초가 되고 만다.

<남보다 더 일찍 더 부지런히 노력해야 성공을 맛볼 수 있다>는 하버드대학 공부벌레들의 계명은 사람을 갈라놓는 요술의 칼날이다. <남보다 더 일찍 더 부지런히 노력해야 성공을 맛볼 수 있다>는 하버드대학 공부벌레들의 계명은 평범한 사람들을 '이름 있는' 비범한 소수와 '이름 없는' 무수한 범인(凡人)들로 나눠놓는 무서운 주문(呪文:spell)이다.

'남보다 더 일찍' 일어난 이들은 승리의 월계관을 쓰고, '남들과 같은 시간에' 눈 비비며 일어난 이들은 그저 '먹고살다 죽는' 그 뻔한 수레바퀴를 굴리게 될 것이다. '남보다 더 부지런히' 달리는 이들은 '신비로운' 영광의 빛을 보고 '남들과 같은 속도로' 달리는 이들은 날마다 뜨고 지는 햇빛만을 보게 될 것이다.

자기만의 태양이 필요하다. 개나 소나, 풀이나 나무나, 벌레나 새나, 흙이나 돌이나, 물이나 바람이나, 먼지나 연기나 아무렇지 않게 바라보는 그런 태양이 아니라 자기만 바라보는 특별한 태양을 지녀야 한다. 그 자기만의 태양을 따라 잠을 깨고 잠자리에 들고 밥을 먹고 일을 하다 보면, 자연히 폭포처럼 내리 꽂히고 소나기처럼 줄기차게 쏟아지는 영광의 빛을 흠씬 뒤집어쓰게 될 것이다.

자기만의 시계를 보고 일어나는 이는 그 어디에도 없다. 자기가

정한 '약속의 시간'을 보고 일어나고 그 '약속의 시간'을 따라 사는 이가 있을 뿐이다. 제 마음속에 새겨놓은 시간이다. 제 머릿속에 꼭꼭 저장해 둔 시간이다. 제 의식과 무의식 속에 빼곡히 채워놓은 '비밀의 시간'이다.

시간이 생명이다. 신은 생명보다 먼저 시간을 창조했다. 단 일 초, 일 분이라도 단 한 번의 숨결, 단 한 차례의 들숨 날숨보다 값지다. 그 생명보다 값진 시간을 함부로 쓰는 이는 반드시 암흑의 세계에 속하게 될 것이다. 그 생명보다 귀한 '신의 시간, 신이 맨 먼저 창조한 시간'을 멋대로 버리고 흩는 이는 반드시 어두운 동굴에 갇혀 끝도 없는 비명을 지르게 될 것이다.

<남보다 더 일찍 더 부지런히 노력해야 성공을 맛볼 수 있다>는 하버드대학 공부벌레들의 계명은 '시간과의 싸움'을 말한다. <남보다 더 일찍 더 부지런히 노력해야 성공을 맛볼 수 있다>는 하버드대학 공부벌레들의 계명은 '신이 창조한 생명보다 더 값진 시간을 어떻게 쓰느냐에 관한 진지하고 엄숙한 이야기'다. <남보다 더 일찍 더 부지런히 노력해야 성공을 맛볼 수 있다>는 하버드대학 공부벌레들의 계명은 개나 소나 바라보는 그런 태양 대신, 각자의 고유한 태양을 찾아 그 태양이 쏘아대는 '비밀의 빛'을 따라가라는 마지막 호소다.

<남보다 더 일찍 더 부지런히 노력해야 성공을 맛볼 수 있다>는 하

버드대학 공부벌레들의 계명은 '모두가 바라는 그 성공이 그렇게 손쉬운 것이 아님'을 목청껏 알리고 있다. 누구나 '일찍 서두르고 더 부지런히 뛸 수는 있지만' '남들보다 먼저 일어나고 남들보다 더 부지런히 달리기'가 그렇게 쉽지 않음을 분명하게 가르쳐주고 있다.

송곳니(犬齒: cuspid)를 감추고 환하게 웃는 모습 앞에서 '남들보다 먼저 서둘러야 한다.'는 '성공의 제1원칙'을 까맣게 잊게 된다. 짐승의 경우에는 뿔이 없을 경우 거의 예외 없이 날카로운 송곳니가 있다. 사람의 경우에는 겉으로 드러난 송곳니보다 마음속 송곳니가 더 무섭다. 그래서 자칫 남의 심보 속에 감춰진 송곳니에 속살이 찢기면, 제 날 선 송곳니가 맷돌 닮은 방석니가 되도록 분을 못 이긴 채 이를 갈 수밖에 없다.

비수(匕首: dagger, drink)를 등 뒤에 감춘 채 따스한 손을 내미는 탓에 누구나 '남들보다 더 부지런히 달려야 한다.'는 '성공의 제2원칙'을 순간순간 잊고 마는 것이다. 사람의 등은 아무리 여위고 좁아도 한두 개 정도의 비수는 충분히 숨길 수 있다. 그래서 약아빠졌다는 무수한 이들이 그 몇 뼘 안 되는 등 뒤의 비수에 난데없이 찔려 평생 쌓아 올린 공든 탑을 와르르 무너뜨리고 만다. 그래서 난다 뛴다 하는 머리 좋은 이들이 그 세 치 혀 길이만 한 하잘것없는 비수에 급소를 찔린 채 여생을 핏줄 선 고함과 가녀린 한숨으로 지새우는 것이다.

그래서 더욱 공부해야 한다. 공부가 단순히 성적 올리기나 입시 뛰어넘기를 넘어서서 목숨을 구하게 되고 삶을 이어가게 하고 평균 건강 이상의 건강, 평균 수명 이상의 수명, 평균 행복 이상의 행복까지 쥐락펴락하는 것이다. 특히, 책을 통한 공부 이외에 심성 맑히고 밝히는 공부에도 깊이 빠져들어야 한다. 책 속의 진리 찾기 이외에 하늘과 땅 사이의 진리 찾기에도 어김없이, 예외 없이 나서야 한다. 그 두 개의 '길 찾기, 빛 찾기, 문 찾기'는 꼭 사람들 사이의 진리 찾기, 세상 속의 길 찾기로 이어지기 때문이다.

진짜 중요한 무기는 그런 곁가지 공부에서 자주 나타난다. 진짜 고마운 혜택은 그런 곁길 학습에서 더 많이 누리게 된다. 무엇보다도, 사람 공부에 열중해야 한다. 한데, 안타깝게도 그 두 번째 단계의 공부들은 모두 학창 시절의 첫 번째 공부에 달려 있다.

그 첫 번째의 공통 과정, 공동 학습을 잘 이겨내고 잘 해내지 못하면 두 번째 공부에 포함되는 '사람에 대한 것, 세상에 대한 것, 영혼에 대한 것, 정신에 대한 것, 신에 대한 것'조차도 완전히 까막눈, 애꾸눈, 청맹과니(청맹:흑내장; amaurosis, bat-blind; 겉으로는 멀쩡해 보이나 실제로는 앞을 보지 못하는)로 대들기 십상이다.

2장

승리를 위한 10가지 계명

11

성공은 아무나 하는 것이 아니라 철저한 자기 관리와 노력에서 비롯된다

성경(창세기 3장)을 보면 인류의 조상 아담은 아내의 유혹에 넘어가 신의 명령을 어기고 금단의 열매를 훔쳐 먹는다. 그리고 아담의 갈비뼈(a rib)로부터 인류 최초의 여인으로 변형된 '여자'('남자'를 뜻하는 'Man'으로부터 분리되었다고 해서 아담이 '여자'를 뜻하는 'Woman'으로 부르기 시작: 창세기 2장 23절)는 '뱀'(serpent)으로 변신한 악마에게 유혹을 받아 신과 남편 몰래 금단의 열매인 선악과(the tree of the knowledge of good and evil)를 따먹는다.

유혹이 유혹으로 이어져 인류 최초의 이상적 가정이 신의 노여움으로 낙원(the Garden of Eden) 밖으로 쫓겨나고 말았다. 결국 내 '여자'가 낙원에서 쫓겨난 후에는 '긴 임신기간과 엄청난 출산의 고통'(창세기 3장 16절)을 예외 없이 겪어야 하는 '인류의 어머니'라는 의미의

'Eve'로 변하게 되었다. 내 '여자'라는 이름이나 '이브'라는 이름 모두 최초의 남자인 '아담'(Adam)이 직접 지어준 것이다.

종교적으로는 신의 명령을 어긴 불복종의 시작이고 유혹에 넘어간 타락의 시초이지만 <성공은 아무나 하는 것이 아니다. 철저한 자기 관리와 노력에서 비롯된다>는 하버드대학 공부벌레들의 계명에 의하면 영락없는 '자기 관리 실패'다. 좀 더 '철저하게 자기를 관리했더라면' 먼저 악마로 변신한 뱀의 거짓말에 '여자'가 속아 넘어가지 않았을 것이다.

신은 분명히 말했다. 금단의 열매인 선악과를 둘러싼 남자와 여자, 그리고 뱀의 가운데에 '자신'(God)을 놓고 '내 명령에 주의를 기울이는 대신 네 여자의 말에 귀를 기울인 죗값을 받아야 한다.'(창세기 3장 17절)고 딱 부러지게 말했다.(Because you have heeded the voice of your wife and have eaten from the tree of which I commanded you, saying 'You shall not eat of it.').

먼저 뱀을 향해 '모든 동물들 중 가장 추한 꼴이 되어 배로 기어 다니되 영원히 여자의 후손들과 원수가 될 것'이라고 저주했다. 다음으로 여자를 향해 '임신과 출산의 고통 속에서 남편의 뜻과 욕구에 좌우되어 살아야 할 것'이라고 예언했다. 끝으로 남자를 향해 '이마에 땀을 흘리며 먹고사는 나날의 고통에서 절대로 헤어나지 못할 것'과 '죽어서 즉시 흙으로 돌아갈 것'을 예언했다.

뱀에게는 '네가 이 일을 했으므로'(Because you have done this)라고 했

다. 여자에게는 그저 단순하게 '선언'만 했다(To the woman He said), 하지만 남자에게는 '네 아내의 말만 믿고 내가 먹지 말라고 명령한 선악과를 먹었으므로'(Because you have heeded the voice of your wife and have eaten from the tree of which I commanded you saying, 'You shall not eat of it.') 저주를 내린다고 분명하게 말했다.

최초의 남자가 신 앞에서 지은 첫 죄('원죄')는 대체 무엇 때문에 생긴 것인가? '신의 명령을 먼저 떠올리지 않고 아내의 재해석과 편법적 해석에 속아 넘어갔기 때문에' 낙원을 쫓겨나, 남자는 '땀 흘려야 먹고사는 밥벌이의 고통'을 짐 지게 되고 여자는 '산고(産苦)'를 짐 지게 된 것이다. 바로 '주의를 기울여야 할 것에는 기울이지 않고 주의를 기울이지 말아야 할 것에 주의를 기울였기 때문'이다. 주의, 즉 'heed'(pay attention to)의 방향이 그릇되어 그만 신의 명령을 저버리게 된 것이다.

왜 엉뚱한 곳에 주의를 기울인 채 신의 명령을 거스른 것일까? '자기 관리'에 '철저하지 못했기 때문'이다. 보다 중요한 것을 보다 덜 중요한 것과 혼동한 탓이다. 신의 '무서운' 명령과 아내의 '달콤한' 거짓말을 같은 무게로 보아도 문제인데, 오히려 아내의 말을 더 소중하게 여긴 탓이다. 주의를 기울여야 할 것에 주의를 기울이지 않은 남녀는 결국 '신 앞에서 자신들을 숨기는'(hid themselves from the presence of the Lord God among the tree of the garden) 데까지 이르렀다.

땅바닥의 흙먼지를 뭉쳐 형상을 만든 후 그 콧구멍에 생명의 기운을 불어넣은 신(The Lord God formed man of the dust of the ground and breathed into his nostrils the breath of life.)을 '남자'가 외면했다. 무생명체를 '생명체로 만든'(man became a living being) 신 앞에서 보란 듯이 등을 돌린 것이다.

남자를 재운 뒤 그 갈비뼈 하나를 뽑아 여자의 몸속에 집어넣은 뒤 잠에서 깬 남자 앞에 데리고 가자(The Lord God caused a deep sleep to fall on Adam and he slept. He took one of his ribs and closed up the flesh in its place. Then the rib which the Lord God had taken from man, He made into a woman. He brought her to the man.) 남자는 '내 뼈 중의 뼈요, 내 살 중의 살'(This is now bone of my bones and flesh of my flesh: 창세기 2장 23절)이라며 '사랑'을 거창하게 고백했다.

인류의 조상이 왜 낙원을 쫓겨나 오늘의 물질문명을 만들게 되었는가를 설명하다 보면 반드시 '주의력 결핍'을 거론하게 된다. 자기관리에 불철저하다 결국 금단의 열매를 훔쳐 먹게 되었지만, 인류의 조상이 얻은 것은 기껏해야 '제가 알몸인 것을 부끄럽게 여겨 무화과 나뭇잎으로 치부를 가리게' 된 것이 전부다. 얻은 것은 '어설픈 현실감각'이지만 잃은 것은 '낙원과 그 낙원에서의 삶이 뜻하는 모든 것들'이었다. 가장 중요한 '신과의 동행'이 송두리째 사라진 것이다. 벌거벗은 몸을 수치스럽게 여길 줄 아는 것을 무슨 굉장한 '지식정보'로 착각한 인류의 조상은 기껏 신이 직접 지어준 가죽옷을 걸

치고 '낙원의 관리인'에서 낙원 밖으로 추방된 '낙원의 이방인'이 되었다.

<성공은 아무나 하는 것이 아니다. 철저한 자기 관리와 노력에서 비롯된다>는 하버드대학 공부벌레들의 계명은 우리에게 무엇을 가르쳐주고 있는가? '철저한 자기 관리'와 '노력'이 얼마 안 되는 '성공자'를 만든다는 것이다. 그리고 앞에서 성경 구절을 갖고 이런저런 이야기를 펼쳐 보았듯이 '철저한 자기 관리'는 결국 낙원 안팎의 경계선과도 직결된다는 것이다. 만일, 인류의 조상이 '신의 명령에 좀 더 철저하게 주의를 기울였다면' 지금쯤 인류는 과연 어떤 모습으로 변해 있을까? 낙원의 관리자로 낙원 안에서 살았더라면 오늘의 우리 모습은 과연 어떤 식으로 변해 있을까?

세계적인 기업들의 저명한 CEO(Chief Executive Officer)들은 하나같이 '독종'이거나 '별종'인 경우가 많다. 세계적인 규모의 부를 축적했으면서도 단돈 몇 푼 때문에 싸구려 잠자리를 찾아 헤매는 이도 있고, 자가용 비행기와 요트 등 별의별 것을 다 소유하고 있음에도 불구하고 '일하는 것이 유일한 휴식'이라는 식으로 강행군하는 이들도 제법 흔하다. 좋게 보면 초심에 충실한 모습이지만, 나쁘게 보면 '정신병동 밖의 정신병자들' 같다는 말이다. 남부럽지 않은 성공의 금자탑을 쌓았기 때문에 인구(人口)에 회자될 뿐이지 속속들이 들여다보면 완전히 정신이 나간 '괴짜 중의 괴짜'라는 것이다.

도대체, 왜 몇 안 되는 성공자들은 하나같이 독종이고 별종일까? 도대체, 왜 몇 안 되는 '대중의 영웅들'은 거의 정신병자에 가까울 정도로 온통 기벽(奇癖)으로 똘똘 뭉쳐 있는 괴짜들뿐일까? 연습 벌레가 아니고는 결코 대중의 스타로 부상할 수 없다. 스포츠가 되었든 공연예술이 되었든, 죽을 각오로 연습에 또 연습을 더하는 이만이 비로소 대중의 주목을 받게 된다.

일그러지고 문드러진 발가락을 꼭꼭 감춘 채 비지땀을 흘려야만 스포츠와 공연 예술의 영웅으로 떠오를 수 있다. 장인(匠人)의 손가락은 마치 뒤틀린 나뭇가지나 단단한 나무옹이 같다. 요리사의 손은 끓는 기름에 데고 더운물에 부풀어 올라 차라리 흉측하기까지 하다. 고기를 썰고 저미는 손은 언제나 날 선 칼날과 우악스러운 뼈마디에 노출되어 베고 잘리고 찔리기 쉽다. 손바닥의 손금이 닳아 없어지는 것으로 자신의 구슬땀을 재기도 했다.

'철저한 자기 관리'로 자신만의 성공을 쌓아가는 이들은 하나같이 헐고 다치고 깎인 모습을 지니고 있다. '철저한 자기 관리'로 남과 다른 길을 걷고자 하는 이들은 하나같이 세상의 재미와 남들의 눈길로부터 너무 멀리 벗어나 있다. 게으름 피우며 남들과 엇비슷하게 빈들거리고 노닥거려야만 세상 사는 재미를 솔솔 느끼고 맛볼 텐데, 남들과 너무 멀리 떨어져 있는 탓에 자연히 그 남들이 속한 진정한 세상으로부터도 너무 멀리 쫓겨나게 되는 것이다.

<성공은 아무나 하는 것이 아니다. 철저한 자기 관리와 노력에서 비롯된다>는 하버드대학 공부벌레들의 계명은 우리에게 '아무나 덤벼대는 것들을 되도록 멀리하라!'고 명령한다. <성공은 아무나 하는 것이 아니다, 철저한 자기 관리와 노력에서 비롯된다>는 하버드대학 공부벌레들의 계명은 우리에게 '남들이 하는 대로 하고 남들이 노는 대로 놀면 절대로 성공자가 될 수 없다.'고 경고한다.

제발 일부러라도 세상 밖으로 쫓겨나라고 부추긴다. 아무나 하는 일 대신 아무도 못 하는 일에 매달려야 빛을 보게 된다고 귀띔한다. '철저한 자기 관리와 노력'을 성공으로 가는 유일한 길이라고 속삭인다. '철저한 자기 관리는 바로 철저한 세상 인연 외면, 세상 재미 외면, 세상 잣대 외면'이라고 속삭인다. '철저하게 자신을 관리하지 않으면 결코 제대로 된 노력을 쌓아갈 수 없다.'고 으름장을 놓는다.

대체, '성공'이 뭐기에 그토록 혹독하게 자신을 희생시켜야 한다는 것인가? 대체, '성공'이 무엇이기에 한 번뿐인 인생을 금욕과 자기 희생으로 철저히 비우고, 그 속에 '피와 땀으로 뒤범벅이 된 나날들'로 가득가득 채우라고 하는가?

'성공'이 바로 한 번뿐인 그 짧은 인생의 진정한 목적일 것이다.

'성공'이 바로 눈 깜짝할 사이에 지나가는 아슬아슬한 인생의 진정한 목표일 것이다.

'성공'이 바로 손뼉 소리, 메아리 소리, 재채기 소리, 한숨 소리만큼이나 헛되기 쉬운 인생의 가장 진기한 열매일 것이다.

'노력(努力)'은 '힘들여 일하는 모습'이다. '힘'을 꼭 써야 할 곳에 쓰는 것이 바로 '노력'이다. 남보다 더 일찍 일어나 무엇을 하든 부지런히 하는 그 성실하고 근면한 모습이 바로 '노력'이다. 신과 겨루는 것이 아니다. 악마와 씨름하는 것도 아니다. 하늘의 달과 별을 따오는 경쟁이 아니다. 굿을 하고 제물을 바쳐 알 수도 없고 알 필요도 없는 것을 알려는 일이 아니다. 그저 흔하디 흔한 이웃과 선의의 경쟁을 하고, 친구들과 공개적인 겨루기에 힘쓰는 것을 뜻한다. 사람들끼리 정해진 목표와 정해진 도구로 선의의 경쟁을 벌이는 정도가 바로 '노력'이다.

그 평범한 '노력'을 통해 성공의 꽃을 피우느냐, 못 피우느냐는 바로 '자기 관리'에 있다. 목표를 잊지 않으려는 노력, 길을 잃지 않으려는 노력이 바로 '자기 관리'다. 남들이 잘 때 눈을 뜨고 있고 남들이 쉴 때 쉼 없이 움직이는 모습이 바로 '철저한 자기 관리'다. '철저하다'는 것은 바로 자신의 약점과 한계를 이겨내는 노력을 말한다.

누구나 잠이 오면 온몸이 축 늘어지게 마련이다. 누구나 신기한 것을 보면 한눈팔기 십상이다. 누구나 욕심을 다스리기 어렵고 유혹을 물리치기 어렵다. 누구나 보고 싶은 것과 먹고 싶은 것을 참아내기 어렵다. 누구나 온몸을 화끈하게 불태우기 바란다. 누구나 짧고 굵게 살고 싶어 한다. 누구나 고통을 피하고 싶어 한다. 누구나 쾌락에 눈이 멀기를 바란다. 망하더라도 한순간의 즐거움을 독차지하고 싶어 한다. 목숨을 걸더라도 모든 걸 잊은 채 한때의 기쁨에 푹 빠져들고 싶어 한다. 기적이 있다면 직접 겪어 보기를 바라고 이변이 있다면 몸소 지켜보기를 바란다.

무엇보다도, 남들과 똑같이 뻥 뚫린 곳은 신작로를 신나게 달리며, 그 속에서 추억도 같이 만들고 기억도 함께 지니려 한다. 뭐든 누군가가 지켜봐 줘야 기분 좋고 뭐든 공유해야 그 쾌감이 늘기 때문에, 홀로 머물거나 혼자서 애쓰기를 겁낸다.

'철저한 자기 관리'란 바로 이런 인간의 약점과 한계를 벗어나려는 피나는 노력을 말한다. '철저한 자기 관리'란 바로 본능을 죽인 채 오로지 목표만을 끝끝내 바라보려는 쉼 없는 '자기 채찍질'을 말한다.

무엇보다도, 인생의 목표를 '성공'에 두어야 한다. 스스로 세워놓은 고집을 말하는 것이 아니다. 모두가 바람직하게 여기는 목표를 향해 모두가 인정할만한 길을 걸어야 한다. '성공'은 아주 평범한 보통 명사다. 몇 사람만의 즐거움이나 자랑을 위한 것이 결코 아니다. 모두가 가고 싶어 하는 길에 서서 모두가 어렵다고 보는 일에 매달리는 것이 바로 '성공을 위한 첫 단추 꿰기'이다.

<성공은 아무나 하는 것이 아니다. 철저한 자기 관리와 노력에서 비롯된다>는 하버드대학 공부벌레들의 계명은 다수의 대중을 위한 계명이 아니다. 다수의 대중을 이끌어 갈 소수의 성공자를 바라는

희망의 메시지다. 신은 항상 소수의 앞선 자를 향해 '대중을 위해 뭔가 보람된 일을 하라!'고 명령한다. 신은 늘 소수의 '철저한 자기 관리자'를 향해 '너 자신보다 네 이웃의 행복을 먼저 챙기라!'고 호령한다. 신은 오늘도 '제 몸을 태워 어둠을 밝히려는 몇 안 되는 노력가들'을 향해 '부지런히 앞서가라!'며 매섭게 채찍질하고 있다.

'책을 펼쳐 놓고 세상을 향해 달려 나가는 눈길을 거듭거듭 책장 속으로 떼밀어 넣는 고사리 손길'에 인류의 소망이 있다. '공부를 통해 성공의 길을 닦으려는 어린 학생들의 초롱초롱한 눈망울' 속에 신의 축복이 들어있다. '평생 동안 뭔가에 매달려 속 빈 시간을 속 찬 시간으로 만들려는 수많은 노력가들' 어깨 위에 신이 인류를 위해 마련한 '가볍되 절대 함부로 여길 수 없는' 짐 꾸러미가 얹혀 있다.

<성공은 아무나 하는 것이 아니다. 철저한 자기 관리와 노력에서 비롯된다>는 하버드대학 공부벌레들의 계명은 바로 '성공'을 바라는 무수한 노력가들을 향한 신의 목소리다. <성공은 아무나 하는 것이 아니다. 철저한 자기 관리와 노력에서 비롯된다>는 하버드대학 공부벌레들의 계명은 남들이 모두 쉴 때 일하고 남들이 모두 즐길 때 홀로 비지땀을 흘리는 '철저한 자기 관리자들'을 위한 '신비롭고 아름다운' 신의 메아리다.

12

시간은 간다

사람의 수명을 늘리는 의사의 손길은 과연 신의 축복인가? 애완동물의 질병을 낫게 하려 사람에게 쏟아부어야 할 정성과 물질을 동물에게 쏟아붓는 이들은 과연 신의 허락을 받은 것일까? 신이 건네준 '시간'을 함부로 늘리고 줄이는 인간의 재주를 놓고 신은 과연 어떤 반응을 보일까? '생명을 불어넣는 신'의 손에 '생명의 시간'이 놓여 있는데, 어떻게 인간 마음대로 그 생명의 시간을 늘리고 있는 것일까?

누가 뭐래도 '생명은 시간'이다. 생로병사(生老病死)의 수레바퀴에 올려져 있는 흙덩어리 같은 '생명'보다, 허공을 가득 채운 바람 같고 모든 것을 비추는 빛 같고 어디든 스며드는 물 같은 '시간'이 바로 모든 것의 알맹이다.

<시간은 간다>는 하버드대학 공부벌레들의 계명은 자칫 처절하게 들리기 쉽다. '기다려 주지 않는다.'는 뜻이기 때문이다. 어떤 사정이 있든, 어떤 핑계를 대든, 어떤 통사정을 하든 절대로 기다려 주지 않는다는 뜻이기 때문이다. 마치, '생명은 모두 주검으로 돌아간다'는 그 불변의 철칙을 전하는 암울한 메시지만 같다.

정말 '시간은 가는' 것일까? 혹시, 시간은 가만히 제 자리에 있고 우리 사람들만이 뭇 생명들과 함께 휙휙 지나가고 있는 것은 아닐까? 큰일이다. 만일 뭇 생명들에게만 시간이 지나가고 정작 그 시간 자체는 가만히 한 자리에 머물러 있는 붙박이라면 정말 큰 일이다. 움직이지 않는 시간을 상대로 뭔가를 꾸미고 쓰고 새긴다는 것은 너무도 허무맹랑한 짓이기 때문이다. 흐르지 않는 시간을 베고 누워 홀로 흘러가고 만다면 정말 슬픈 일이기 때문이다.

<시간은 간다>는 말은 '시간이 움직이듯 늘 움직이라!'는 말과 같다. <시간은 간다>는 하버드대학 공부벌레들의 계명은 '시간이 바람 같고 물결 같고 연기 같음'을 은연중 가르쳐주고 있다. 문제는 그 '가는 시간'을 어떻게 붙잡느냐는 것이다. 핵심은 그 '가는 시간'과 무슨 수로 보조를 맞춰 함께 가느냐는 것이다.

홀로 머물 수 있을까? '흐르는 시간'을 모른 체하며 정말 홀로 한 곳에 가만히 멈춰 있을 수 있을까? 아니면, 물리학의 수수께끼처럼

'시간과 함께 시간과 같은 속도로' 레일처럼, 평행선처럼, 전깃줄처럼 그렇게 나란히 사이좋게 달릴 수 있을까? 그렇게 앞서거니 뒤서거니 하며 어깨를 나란히 한 채 달릴 수 있을까?

아니면, 그 시간보다 좀 더 앞서나가서 '가는 시간'을 향해 느림보라고 놀릴 수는 없을까? 물리학의 천재들은 말한다. 이론적으로는 '시간을 앞서나가 뒤따라오는 시간을 힐끔 뒤돌아볼 수 있다.'는 것이다. 미래를 미리 바라보는 능력을 지닐 수 있다는 말이다. 미래의 어떤 시간을 현재의 시간처럼 아무렇지 않게 물끄러미 바라볼 수 있다는 말이다.

따지고 보면, 우리는 언제나 '우리가 걸어갈 앞길과 우리가 거쳐 갈 미래의 어떤 시간'을 훔쳐보며 살고 있다. 생로병사(生老病死)의 그 변함없는 굴레를 생각해 보자. 태어나는 모습에는 너무도 익숙해 있다. 늙어가는 모습에 대해서도 다들 전문가 이상이다. 병들어 가는 일상의 외롭고 초라한 모습도 아주 흔하게 바라보며 살고 있다. 그리고 무엇보다도 뭇 생명의 마침표가 어디에 찍히게 되는지도 훤히 다 엿보고 있다.

장례식장의 모습에서 주검을 바라보고 있다. 영구차와 무덤과 장례에 딸린 이런저런 절차들을 보며 뭇 생명의 끝이 어디인가를 너무도 빤히 알고 있다. 다만, 그 '끝'이라는 말과 '마지막'이라는 말을 너무 아무렇지 않게 받아들이고 있는 것이 문제다. 다만, 그 '끝'과 '마지막'이 남들에게 다가가는 것은 한없이 무섭게 다루면서도 정작 자기 자신에게 다가오는 것은 너무 하찮고 가볍게 여기는 것이 문제다.

물론, '가는 시간'에 대한 느낌은 나이나 환경에 따라 서로 다를 수 있다. 바라는 것들이 다르고 바라보는 곳이 다르기 때문이다. 죽어가는 이에게는 단 며칠의 시간이 '생명 그 자체'로 다가올 것이다. 병이 들어 신음으로 지새우는 이는 '고통이 섞이지 않은 쾌적한 시간을 진정한 생명의 시간'으로 셈할 것이다. 좋은 일을 기다리는 이에게는 '너무 답답하게 벌벌 기어가는 시간'일 것이고, 나쁜 일을 기다리는 이에게는 '너무도 빠르게 지나가는 무서운 시간'일 것이다.

아이는 '왜 이리 시간이 더디 가느냐?'고 투정할 것이다. 소년은 '몇 해 정도는 아예 쏜살같이 달려가도 괜찮다.'고 여길 것이다. 소녀는 '더디 가며 천천히 늙어가는 것보다는 차라리 펄쩍펄쩍 건너뛰며 나이를 서둘러 먹더라도' 항상 젊고 예쁘게 살기를 바랄 것이다.

'나이라는 시간'은 젊을 때는 되게 더디 먹다가도, 일단 어느 정도 나이 들어 늙어가기 시작하면 상상외로 너무 빨리 먹게 된다고 한다. 예를 들어 20대에는 20마일로 가던 나이가 40대, 50대, 60대, 70대가 되면 각각 40마일, 50마일, 60마일, 70마일로 바람같이 빨리 달려간단다. 80대, 90대에 속한 노인에게는 그야말로 순찰차의 맹추격을 너끈히 따돌릴 만큼 세월이 쏜살같이 빨리 지나간다는 말이다.

<시간은 간다>는 하버드대학 공부벌레들의 계명은 '물은 흐른다'는 말이나 '바람은 분다'는 말과 흡사하다. 세상에 변하지 않는 것은 없다. 그 어떤 것이든 변하게 마련이다. 강줄기가 변하며 들과 길의 모습도 달라진다. 바람의 세고 여림에 따라 나무나 풀의 휘어지고 누운 모습도 다양하기만 하다.

<시간은 간다>는 그 애매한 계명 속에는 과연 어떤 메아리가 숨겨져 있는 것일까? '함께 가라!'는 메시지가 담겨 있다. '같은 방향으로 재빨리 달려가라!'는 메시지가 들어있다. '시간이 쉬지 않고 잰걸음으로 앞서가거든 잔말 말고 얼른 일어나 함께 달려가라!'고 가르친다. '더 늦어 영영 돌이킬 수 없게 되기 전에 어서 서둘러 시간과의 달리기 시합에서 반드시 이겨야 한다.'고 외친다.

<시간은 간다> 쉬지 말고 가야만 시간의 그림자에 갇히지 않는다. 시간의 긴 그림자에 갇히면 꼼짝없이 얼어 죽게 된다>며 저린 무릎을 잊고 속히 달려 나가라고 아우성친다.

시간은 가는데 홀로 머물러 있으면 어떻게 되는가? 시간은 쉬지 않고 흘러가는데 이 핑계 저 핑계로 제자리 뛰기만을 고집한다면 그 끝은 과연 어떤 모습일까? 제 자리를 맴도는 이들은 항상 '지난 이야기'에 취해 있다. '시간 여행에 뒤처진 이들은 지겨울 정도로 예전 이야기'에만 매달려 있다.

새로운 해가 떠올라 처음 대하는 새 빛을 비춰도 과거에 사는 이들은 입만 열면 '어제와 그제에 대한 이야기'만 줄기차게 읊어댄다.

새 술을 새 부대에 담듯이 새 빛은 새 마음에 담아야 제격이다. 무수한 세월 동안 우주를 달려온 낯선 빛으로 온누리가 보석처럼 반짝여도, <시간은 간다>는 그 단순한 사실마저 까맣게 잊고 사는 불쌍한 사람들은 자꾸만 뒷걸음치며 '이제는 사라지고 없는 과거의 빛'만을 애타게 기다린다.

'시간'에 대한 경고다. 생명을 태우고 달리는 '시간이라는 고속열차'에 대한 간단명료한 소개다. 진정으로 움직이는 것은 '가는 시간'뿐임을 비밀스럽게 귀띔해 주고 있다. 생명이 제아무리 고귀해도 '가는 시간' 위에 무임 승차한 '가난한 손님'이고 '낯선 나그네'에 불과하다는 사실을 무슨 오묘한 주문이라도 되는 듯이 쉴 새 없이 지껄여대고 있다.

<시간은 간다>는 하버드대학 공부벌레들의 계명이 실감 나게 다가오면, 이미 시간과의 여행에서 한참 뒤처진 것이다. <시간은 간다>는 하버드대학 공부벌레들의 계명을 듣자마자 소스라치게 놀라 일어섰다면, 생명을 태운 시간이라는 이름의 고속열차는 이미 저 멀리 사라지고 없을 것이다.

왜, 우리는 '생명=시간'이라는 그 간단한 등식을 까맣게 모르고 있을까? 왜, 우리는 생명 연장을 위한 갖가지 등식은 잘도 외우면서, 어째서 생명과 시간이 같은 무게이고 같은 밝기임을 전혀 모르고 있었을까?

<시간은 간다>는 하버드대학 공부벌레들의 계명은 공부하는 학생만을 위한 경고장이 아니다.

<시간은 간다>는 하버드대학 공부벌레들의 계명은 모든 연령층을 위한 지독한 독설이다.

<시간은 간다>는 하버드대학 공부벌레들의 계명은 나름대로 잘 살아가고 있다고 주장하는 그 많은 성공자들을 위한 매서운 매질이다.

<시간은 간다>는 하버드대학 공부벌레들의 계명은 '모든 것을 소유하고 싶어 하는' 욕심 많은 사람들에게 '그 무엇보다도 먼저 시간을 소유하라!'고 외친다.

<시간은 간다>는 하버드대학 공부벌레들의 계명은 무덤에 누운 그 많은 주검들을 향해 '가는 시간을 이긴 자가 누구냐?'고 되묻는다.

<시간은 간다>는 하버드대학 공부벌레들의 계명은 남녀노소(男女老少)를 한데 모아놓고 '가는 시간을 붙든 자가 진정한 승리자'라고 말한다.

<시간은 간다>는 하버드대학 공부벌레들의 계명은 그렇고 그런 삶의 쳇바퀴 돌리기 속에서 헉헉대는 이들을 향해 '시간을 사로잡은 손이 가장 아름다운 손'이라고 말한다. 한쪽에는 '생명'이란 글자가 새겨져 있고 다른 한쪽에는 '시간'이라는 글자가 새겨진 동전을 허공에 냅다 던지며, 제 가녀린 숨결과 허둥거리는 맥박을 덩달아 높이 쏘아 올리는 이가 바로 '최후의 승자'가 될 것이다.

13

지금 흘린 침은 내일 흘릴 눈물이 된다

누구에게나 학창 시절의 추억이 있게 마련이다. 집에서 재롱이나 피우며 어린 시절을 보내다 처음으로 낯선 또래 아이들과 온갖 우열 다툼을 하게 되는 것이 바로 학창 시절이다. 마음에 맞는 아이들이 있는가 하면 지긋지긋하게 짜증나는 아이들도 있기 마련이다. 앞서가는 아이가 있고 반드시 뒤처지는 아이가 있다. 칭찬받는 아이와 꾸중 듣는 아이가 나란히 앉아 의외로 다정한 사이로 발전되는 경우는 너무도 흔하다. 순진한 아이들이기 때문에 잇속 위주로 친구를 사귀지 않기 때문이다. 어른들은 오로지 공부 성적 하나만을 바라보지만, 아이들은 숨겨진 각자의 매력을 찾아내는 특별한 재주를 지니고 있기 때문이다.

하지만, 성적은 언제나 무거운 바윗돌처럼 모두의 어깨를 짓눌렀다. 시험을 앞둔 때면 모두들 무슨 대단한 도(道)라도 닦는 듯이 갑자기 신중해지곤 했다. 만나던 친구가 '잠재적인 적수'로 다가와 공연히 서로 서먹서먹해지기도 했다. 머리를 감으면 공부한 것이 도망간다며 굳이 꾀죄죄한 모습으로 시험을 보는 아이도 있었다. 수다 떨면 기억이 흐트러진다며 갑자기 침묵시위, 침묵 수행을 시작하는 아이도 있었다.

누구나 학창 시절을 생각하면 얼굴이 붉어지는 부분이 있을 것이다. 속이려다 들킨 일이나 하지 말아야 할 일을 해 놓고 당황하던 일을 떠올리면 자신도 모르게 얼굴이 발개지게 마련이다. 특히, 책장마다에 그려진 '누런 지도'를 생각하면 갑자기 눈꺼풀이 무거워지며 가슴이 답답해지게 되어 있다. 책을 펴놓고 깜박 잠이 들어 그만 새하얀 책장에 침을 흘려놓았던 일은 누구에게나 창피스럽고 은밀한 기억으로 남아 있을 것이다.

왜 그렇게 졸음이 쏟아졌는지…… 그때는 다들 '실컷 잠자는 것'이 유일한 소원이었다. 입시 공부에 매달려 눈코 뜰 새 없이 지내던 시절이라 누구에게나 그렇게 선명하게 떠오르지는 않지만, '잠을 쫓으려 안간힘을 쓰던 일이나 쏟아지는 졸음을 못 이긴 채 책장에 볼을 대고 깜박 잠이 들었던 일'은 세월이 아무리 지나도 그렇게 상쾌하게 다가오지 않는다. 침을 질질 흘리며 깜박 졸았던 일이 뭐 그리 기분 좋은 추억이겠는가! 더욱이나 새하얀 책장에 누렇게 그 자국이 남아 매끄럽던 책장의 그 고운 얼굴마저 온통 우둘투둘하게 변해 있지 않은가!

<지금 흘린 침은 내일 흘릴 눈물이 된다>는 하버드대학 공부벌레들의 계명이 만일 그때 그 시절의 우리에게 있었다면 얼마나 좋았을까! 침 흘리며 조는 일이 '얼마나 위험천만한 일인가!'를 알았더라면 아마도 졸음 쫓는 일을 보다 심각하고 엄중하게 여겼을 것이다. '지금 흘린 침이 내일 흘릴 눈물'이라는데, 누가 감히 잠의 유혹에 빠져 침을 질질 흘리며 책장을 더럽혀 놓겠는가? 경쟁을 부추기는 계명치고는 참으로 교묘하다. 학창 시절을 충실하게 보내라는 충고치고는 참으로 지독스럽기까지 하다. 그깟 침 한번 흘리며 졸았다고 먼 후일 피눈물을 흘리게 된다니…… 충고나 계명이라기보다는 차라리 협박이나 저주 같게만 느껴진다.

<지금 흘린 침은 내일 흘릴 눈물이 된다>는 하버드대학 공부벌레들의 계명은 의외로 사람의 한계를 꿰뚫어 보는 예리한 면이 있다. 적당히 우물우물 구렁이 담 넘어가듯이 말하면 한 귀로 듣고 한 귀로 흘리기 때문에 그렇게 독하게 말했을 것이다. 어째서, 사람들은 중요한 말, 유익한 훈계마저도 건성으로 듣고 얼마 안 지나 쉽게 잊어버리고 마는 것일까?

아마도, 사람의 속성 때문일 것이다. 구약성경의 첫머리를 장식하

는 인류의 조상 아담(Adam)의 경우에도 온갖 재주를 지니고 창조주의 충직한 동행자로 자리 잡았었지만, '모든 과일을 다 차지하되 동산 한가운데에 있는 선악과(the tree of the knowledge of good and evil)와 생명수(the tree of life)만은 절대로 넘보지 말라.'고 했는데도 창조주의 명령을 어기고 선악과를 슬쩍 훔쳐 먹고 만다. 아담과 창조주의 동행자 관계는 창조주가 흙으로 빚어놓은 온갖 짐승들과 새들을 아담이 일일이 이름을 지어주는 장면(창세기 2장 19~20절)에서 잘 나타난다.

그리고 아담이 홀로 있는 것이 안쓰러워(The Lord God said, "It is not good that man should be alone. I will make him a helper comparable to him.":창세기 2장 18절) 최초의 여자인 아담의 반려자('a helper comparable to him':창세기 2장 18절, 20절)를 만들어주는 장면(창세기 2장 20~22절)에서 창조주와 최초의 인간 '아담'이 얼마나 밀착되어 있었는가를 잘 알 수 있었다.

최초의 남자 아담(Adam)과 최초의 여자 이브(Eve)에서 보듯이 사람의 근본 속성 속에 '대단히 바람직하지 않은' 그 뭔가가 감춰져 있다. 그리고 '바람직하지 않은 그 속성'은 곧잘 '대단히 위험한 속성으로 변하여' 사람으로 하여금 목숨을 잃게 하기도 한다.

아담은 창조주의 명령을 어기고 아내의 꼬드김에 쉽게 속아 넘어가고 말았다. 이브는 창조주와 남편의 경고를 망각하고 뱀의 유혹에 빠져 자신과 남편을 낙원 밖으로 추방당하게 했다. 사람의 속성 속에 '신과의 맹세마저도 쉽게 잊게 하는 결정적인 단점'이 들어있는 것이다. 사람의 속성 속에 생애의 가장 중요한 반려자마저도 얼마든지 배신할 수 있는 결정적인 약점이 들어있는 것이다.

단순한 약점이나 한계가 아니다. 신 앞에서 굳게 서약한 것들마저도 얼마든지 거역할 수 있는 무서운 약점이고 위험천만한 한계다. 창조주와의 관계, 사람들과의 관계마저도 얼마든지 엉망진창으로 만들어 놓을 수 있는 그런 한심한 약점이고 안타까운 한계다. 사람의 속성 속에 '모든 걸 파괴하여 원점으로 돌려놓는 무서운 폭탄'이 들어있는 것이다. 사람의 근본 속성 속에 세상 자체를 파괴하고 생명 자체를 부인하는 무서운 독소(毒素)가 들어있는 것이다.

낙원에서 쫓겨날 정도로 사람의 약점은 지독하다. 창조주의 '천벌'을 자초할 정도로 사람의 한계는 너무도 분명하다. <지금 흘린 침은 내일 흘릴 눈물이 된다>는 하버드대학 공부벌레들의 계명은 마치 '동산의 모든 과일을 자유로이 차지하되, 선악과만은 안 된다. 만일 선악과를 먹게 되면 반드시 죽게 될 것이다.'(창세기 2장 16~17절)라는 창조주의 최후통첩처럼 들린다.

최초의 인간이 창조주의 경고를 우습게 여기고 저 좋을 대로 한 결과, 얻은 것은 오로지 한 가지뿐이었다. '벌거벗고 지내도 전혀 부끄럽게 여기지 않다가'(They were both naked, the man and his wife, and were not ashamed: 창세기 2장 25절), 선악과를 훔쳐 먹고는 갑자기 눈이 밝아져 자신들이 창피스럽게도 발가벗고 있다는 걸 알게 되었다.(Then the eyes of both og them were opened, and they knew that they were naked: 창세기 3장 7절). '발가벗은 게 창피스러워' 부랴부랴 무화과 나뭇잎을 엮어 '치부'라고 여긴 부분을 얼른 가린 것(They sewed fig leaves together and made themselves coverings: 창세기 3장 7절)이 최초의 인간이 터득한 지식 정보의 전부요, 선악 판단의 전부였다.

<지금 흘린 침은 내일 흘릴 눈물이 된다>는 하버드대학 공부벌레들의 계명은 '당장의 휴식과 쾌락에 한눈을 팔면 먼 후일 반드시 비참한 지경에 이른다.'는 사실을 하찮게 여겨지기 쉬운 '침'과 '눈물'로 빗댄 것이다.

<지금 흘린 침은 내일 흘릴 눈물이 된다>는 하버드대학 공부벌레들의 계명은 '놀고 싶다고 놀고, 쉬고 싶다고 쉬면 반드시 그 대가를 지독스럽게 치르게 된다.'는 무서운 사실을 가장 알아듣기 쉽게 말하고 있다. <지금 흘린 침은 내일 흘릴 눈물이 된다>는 하버드대학 공부벌레들의 계명은 '손과 발을 어디로 향하게 하고, 눈과 귀와 입을 어떻게 사용했느냐에 따라 180°로 다른 미래를 만든다.'는 무서운 이치를 쉬운 말로 힘주어 말하고 있다.

고사리 손길이 넘기는 책장마다에 신의 은총이 함께 하지 않는다면, 분명 큰 문제가 있는 것이다. 가장 싱그러운 생명 에너지를 자신의 미래를 준비하는 데 사용하는 십 대의 어린 사람들에게 신의

축복이 함께 하지 않는다면, 분명 큰 모순이 있는 것이다.

왁자지껄 어울려 다니며 즐기고 싶은 마음이 굴뚝같아도 오로지 '공부로 승부한다.'며 좁은 골방에서 책과 씨름하는 젊은 투혼들에게 기적을 선사하지 않는 신이라면, 분명 큰 하자가 있는 것이다.

<지금 흘린 침은 내일 흘릴 눈물이 된다>는 하버드대학 공부벌레들의 계명은 신의 은총과 기적을 부르는 비밀의 주문이다.

<지금 흘린 침은 내일 흘릴 눈물이 된다>는 하버드대학 공부벌레들의 계명은 신의 축복과 사랑을 보증하는 신의 보증수표다.

<지금 흘린 침은 내일 흘릴 눈물이 된다>는 하버드대학 공부벌레들의 계명은 인류가 푼 수수께끼의 해답이고, 인류가 발견한 성공으로 안내하는 유일한 정밀지도다.

14

개같이 공부해서 정승같이 놀자

1950년대와 1960년대 한국 영화의 대표적인 간판스타였던 김승호(金勝鎬: 1919.7.13. 강원 철원~1968 서울)는 그가 출연했던 250여 편의 영화로도 유명하지만, 그가 남겼다는 한마디 말 또한 오랫동안 사람들의 입에서 입으로 옮겨지며 뭇사람들의 고개를 끄덕이게 한 적이 있다.

일설에 의하면 한때 종로를 중심으로 한 주먹계의 보스로 통하던 김두한(金斗漢: 1918.5.15.~1972.11.21.: 백야 김좌진 장군이 29세 때 낳은 아들)의 소개로 18세 젊은 나이에 배우의 길에 들어섰지만, 워낙 지닌 게 없어 무척 빈한하게 지내야 했단다.

그러다 보니, 벌기는 벌어도 쓰는 데 인색했는지 주위에서 '구두쇠'라고 빈정거리면 예외 없이 '나는 개처럼 벌어서 정승처럼 쓸 테다.'라며 너털웃음을 웃었단다. 영화 대사의 하나였는지 아니면 그가 직접 한 말인지는 알 수 없지만, 한동안 그가 내뱉은 '쓰디쓴 독백'으로 뭇사람들의 대화 중에 끼어들곤 했었다.

한 마디로, '비록 더럽고 치사한 짓이나 부끄럽고 죄스러운 짓으로 돈을 벌더라도 먼 후일 보란 듯이 떵떵거리며 한번 멋지게 살아보겠다.'는 서민의 애환을 듬뿍 담아낸 말이었다. 자연히 어렵게 살아가는 무수한 서민들이 그 말을 이미 유명 배우가 된 그의 말로 둔갑시켜 마음대로 온 세상을 떠돌아다니게 했는지도 모를 일이다. '개'와 '정승'을 연결시켜 놓고 '수단이야 어떠하든 목적만 괜찮으면 다 좋은 게 좋은 거 아니냐?'는 식으로 손쉽게 응용해 버린 것이었다.

<개같이 공부해서 정승같이 놀자>는 하버드대학 공부벌레들의 계명은 '개같이 벌어서 정승처럼 쓰자!'는 말과 너무도 흡사하다. '돈벌이'를 '공부'로 바꾸고, '쓰자!'나 '살자!'를 '놀자!'로 고쳐 놓은 것뿐이다. 공부하는 사람들에게는 항상 '실컷 놀았으면!' 하는 소망이 있는 모양이다. 힘들게 벌어먹는 서민들이 늘 '돈 한번 실컷 써봤으면 좋겠다!'고 혼잣말로 중얼거리는 것처럼, 공부하는 학생들은 입만 열면 '놀고 싶다!'고 말하게 되는 모양이다.

하지만, <개같이 공부해서 정승같이 놀자>는 하버드대학 공부벌레들의 계명은 '개같이 벌어 정승처럼 쓰자.'는 말보다 조금은 더 쾌락 지향적인 것처럼 들린다. <개같이 공부해서 정승같이 놀자>는 하

버드대학 공부벌레들의 계명은 공부하는 사람들을 위한 말이고, '개같이 벌어서 정승처럼 쓰자.'는 말은 고생하며 보다 나은 내일을 향해 한 걸음씩 앞으로 나아가는 서민들을 향한 말이기 때문일 것이다.

하나는 '지겨운 공부로부터의 해방'을 암시하고, 다른 하나는 '돈 고생으로부터의 완전한 해방'을 귀띔하고 있다. 비록, 약간의 차이는 나도 '개'를 '고생스러운 한때'에 견주고, '정승'을 뒷날의 '멋지고 좋은 때'에 빗댔다는 점에서는 일란성 쌍둥이만큼이나 닮아있다.

공부란 그처럼 고된 것일까? 공부란 정말 그처럼 지겹고 힘든 것일까? 공부는 결국 먼 후일 '정승처럼 놀기 위해' 하는 것이어야 할까? 어째서, 인생의 가장 아름답고 싱그러운 때를 학교와 공부와 책과 성적과 시험에 얽매여 지내야 할까?

가정이 부모의 부호와 간섭으로 이뤄져 있듯이 학교 또한 교사들의 지도와 간섭으로 이뤄져 있다. 보호자의 지도는 당연히 유익한 것이고 필요한 것이지만, 간섭은 어떤 경우든 귀찮고 부담스럽게 여겨지기 쉽다.

쾌락주의자(Hedonist; Cyrenaic)들에 의하면 행복은 곧 쾌락에서 오는 법인데, 어째서 인류는 경쟁이라는 함정을 파놓고 모두를 그 함정 속으로 밀어 넣는 것일까? 북아프리카 리비아의 키레네 지방을 중심으로 일어났던 '키레네학파'를 이끈 소크라테스의 제자 '아리스티포스'(Aristippus: BC435 리비아 키레네~BC366 아테네)는 '소유하되 소유 당하지 말자!'는 좌우명을 강조했다. '고통은 피해야 할 대상이고 쾌락은 찾고 즐길 대상이라는 믿음을 가져야 현명한 삶을 살 수 있다.'고 가르치며, '욕망을 조절하기 위해 자신을 잘 통제하여 선한 판단을 내려야 한다.'고 강조했다.

쾌락이라는 말이 많이 변질되어 마치 '본능이 바라는 대로 사는 금수(禽獸: beast, brute) 같은 모습' 정도로 알지만, 사실은 '감각적이고 육체적인 쾌락을 마음껏 즐기되 지혜로써 그 쾌락을 지배하는 상태'를 진정한 쾌락적 삶으로 파악했다. '쾌락을 즐길 줄 아는 사람이 바로 철학을 아는 사람이듯이 그 쾌락을 지배할 줄 아는 사람이 바로 진정한 쾌락주의자'라는 것이다.

하지만, 무신론자들이 쾌락주의운동을 지배하게 되면서 '이기적이고 감각적인 쾌락 향유' 쪽으로 그 지향이 달라졌다. 그리고 뒤이어 염세주의가 지배하게 되면서 '현실에서는 절대로 쾌락을 즐길 수 없으니 고통을 피하기 위해 최종적으로는 죽음을 택해야 한다.'고 가르치게 되었다. '가장 행복한 사람은 고통이 없는 상태에 이른 사람, 즉 죽은 사람'이라는 식이었다. 결국, 전제의 미덕을 정점에 둔 도덕적인 쾌락 지향은 죽음을 찬양하는 염세적 단계를 지나 세상만사를 멀리하려는 소극적이고 은둔적인 단계로 변질되었다.

북아프리카에서 잉태한 키레네학파의 쾌락 지상주의와 쌍벽을 이루며 등장한 것이 바로 '에피쿠로스'(Epicurus: BC341 그리스 사모스~BC270 아테네)가 창시한 '에피쿠로스학파'였다. 키레네학파의 육체적이고 감각적인 쾌락 대신 정신적인 쾌락을 추구했다. 즉, 마음의 안식과 쾌락을 결합하여, 고통을 피하고 육체적인 건강과 정신적인 평정을 동시에 누리는 것을 이상적인 쾌락으로 설정했다. 정신적인 안정을 방해하는 공포, 특히 그중에서도 죽음에 대한 공포를 쾌락의 가장 큰 적으로 설정했다. 죽음에 대한 공포만 제거하면 누구나 정신적 행복을 누리며 '신처럼 자유로울 수 있다.'고 보았다.

'우리가 신처럼 자유롭기 위해서는 먼저 행복이 우리의 의식 속에 자리 잡아야 한다. 그리고 우리의 의식 속에 자리 잡은 그 행복은 덕으로 구현되어야 한다.'는 것이 그의 가르침의 핵심이었다. 그는 '평정' 혹은 '쾌적하고 단순하며 온화한 상태'를 덕으로 보았다. 자연히, '고상한 쾌락이나 정신적 가치는 육체적 만족보다 우월하다.'는 말로 요약될 수 있었다.

고대의 쾌락주의는 2천여 년의 공백을 지나 18세기 영국에 와서야 공리주의(功利主義: Utilitarianism; utility는 '유용성, 효용성, 실용성, 공익성')로 되살아났다. 즉, '도덕적으로 올바른 행위는 고통을 극소화하고 쾌락 혹은 행복을 극대화하는 행위'라는 공리주의의 주장은 바로 고대의 쾌락주의를 현대로 옮겨 놓은 것이다.

<개같이 공부해서 정승같이 놀자>는 하버드대학 공부벌레들의 계명은 앞에서 잠시 설명한 쾌락주의의 주장과 충돌하기 쉽다. '고통을 참아내야만 진정한 쾌락이 온다.'는 하버드대학 공부벌레들의

계명은 '고통은 최대한 피하고 쾌락은 최대한 즐겨야 행복한 삶'이라는 쾌락주의의 주장과 모순될 수밖에 없기 때문이다.

<개같이 공부해서 정승같이 놀자>는 하버드대학 공부벌레들의 계명은 '공부하는 고통을 참고 견디면 반드시 쾌락으로 가득 찬 정승 같은 나날이 이어진다.'는 말로 바꿔놓을 수 있을 것이다. 우리는 '정승'을 재물과 권력을 단번에 거머쥐게 되는 출세의 상징어로 보았지만, 하버드대학 공부벌레들의 계명 속의 '정승'은 '고생이 끝난 즐겁고 여유로운 나날' 정도로 보았을 것이다.

한데, 어째서 우리나 하버드대학 공부벌레들의 계명이나 '개'를 대단히 고생스러운 시기로 상징하게 되었을까? 귀여움을 독차지하는 애완견이 아니라 들과 산을 헤매야 하는 버려진 유기견이나 들개쯤으로 보고 '개 같다.'고 한 것일까?

<개같이 공부해서 정승같이 놀자>는 하버드대학 공부벌레들의 계명은 '들숨(inhalation, breathing in)이 먼저 있어야 시원한 날숨(exhalation, breathing out)이 있게 된다.'는 단순하면서도 대단히 의미심장한 이치를 지니고 있다. <개같이 공부해서 정승같이 놀자>는 하버드대학 공부벌레들의 계명은 '비지땀을 먼저 흘려야만 정상에 올라 시원한 산바람을 쐴 수 있다.'는 등산의 원리를 간직하고 있다.

<개같이 공부해서 정승같이 놀자>는 하버드대학 공부벌레들의 계명은 '곱셈, 나눗셈을 먼저 풀고 더하기, 빼기를 나중에 풀어야 정

답을 얻을 수 있다.'는 수학 문제 풀이의 바른 순서를 암시하고 있다. <개같이 공부해서 정승같이 놀자>는 하버드대학 공부벌레들의 계명은 '정승처럼 편한 학창 시절을 보내면 멀지 않은 장래에 반드시 개같은 사회생활을 하게 된다.'는 웃지 못할 원리를 지니고 있다.

문제는 '학창 시절은 짧고 사회생활은 지겹도록 길다.'는 점이다. 그리고 더 기가 막힌 사실은 '공부로 하루를 채우기는 어려워도 놀며 하루를 보내기는 아주 쉽다.'는 점이다. 마치, 선선한 가을철을 '놀지 않고 책 읽는 철'로 가르치는 식이다. 무더운 여름 내내 힘겹고 지겨웠으니 선선한 가을바람을 실컷 들이마시며 펑펑 놀아야 맞는 것일 텐데도, 굳이 '책 읽을 만한 기분 좋은 날씨'라며 '책과 공부'를 갖다 붙인다.

어디 그뿐인가? 생애 중 생명력이 가장 왕성한 때가 바로 청소년기라고 하고, 생리적 여러 마디 중 특별히 청년기가 전성기라고 하면서도, 꽁생원처럼 퍼질러 앉아서 공부벌레가 되어야 한단다. 놀기 좋은 때가 신체 리듬도 가장 좋고 그에 따라 만족도, 쾌감도 또한 가장 높을 것이 아닌가? 그리고 다행인지 불행인지 모르지만, 생명력이 가장 왕성할 때가 바로 모든 일의 절정기가 아닌가? 축복인지 저주인지 모르지만, 그래서 청소년기의 공부는 근본적으로 거리가 멀고, 청년기와 학구열은 필연적으로 낯선 법이다.

어디 그뿐인가? 생뚱맞게 공부를 앞세우고 얼토당토않게 '공부

=모든 문을 다 열 수 있는 만능열쇠(master key)' 등식을 강조하는 것 자체가 어쩌면 순리와 상식과 자연과 생명에 어긋나는 것인지 누가 아는가?

공부하며 성적을 다투다 보면 짜증도 나고 불안하기도 하지만, 놀며 하루를 적당히 보내다 보면 친구도 많이 생기고 세상에 대한 이해도 놀랍도록 커진다. 우등생은 불안한 마음 때문에 곧잘 친한 친구를 미워하게 되지만, 열등생이나 문제아는 상상외로 많은 친구를 몰고 다니며 학창 시절에 이미 자신의 잠재력을 충분히 발휘하게 된다.

더욱이나, <개같이 공부해서 정승같이 놀자>는 하버드대학 공부벌레들의 계명을 우습게 보는 온갖 잡담들이 하루가 멀다고 기승을 부리는 통에, '공부하는 고통의 나날이 이어지다 보면 언젠가는 반드시 웃음꽃을 피우게 된다.'는 식의 잠언이 더 이상 귀에 달갑게 들리지 않게 된 것이다. '학교의 열등생은 사회의 우등생이 되고 반대로 학교의 우등생은 사회의 열등생이 된다.'는 식의 엉터리 논리, 억지 논리가 사회인들의 체험 고백을 타고 널리 퍼지면서, 우등성적은 곧 '공부 이외는 별 재주가 없는 평범한 아이들이나 매달려야 할 목표'로 여겨지게 되었다.

사회생활에 뛰어든 사람들이 곧바로 '돈벌이'에 목숨을 걸면서 공부의 목적이 바로 '지혜 키우기'임을 까맣게 잊게 된 것이다. 돈의 많고 적음으로 모든 걸 평가하는 '천박한' 속물근성이 사회를 지배하면서, 공부의 참된 목표가 바로 '사람답게 사는 지혜를 터득하는 데' 있음을 의도적으로 무시하게 된 것이다.

<개같이 공부해서 정승같이 놀자>는 하버드대학 공부벌레들의 계명을 망각하면 '세상 사는 큰 지혜'를 망각한 채 그저 '세상 사는 잔기술'만을 좇게 되어 있다. <개같이 공부해서 정승같이 놀자>는 하버드대학 공부벌레들의 계명을 무시하면 '무식한 학창 시절을 자신의 몸속 어딘가에 꼭꼭 숨긴 채' 억지 논리와 엉터리 술수로 세상을 살 수밖에 없다.

<개같이 공부해서 정승같이 놀자>는 하버드대학 공부벌레들의 계명을 외면하면 '개도 놓치고 정승도 놓친 채 이름 없는 들풀처럼 오가는 바람에 멋대로 휩쓸리다 사라지게 될 것'이다. <개같이 공부해서 정승같이 놀자>는 하버드대학 공부벌레들의 계명을 소중하게 여기지 않으면, '준비 없이 인생을 사는 경박하고 비천한 어른'이 되어 헛웃음과 헛걸음과 헛손질로 나날을 채우며, 하나뿐인 목숨을 가시덤불과 돌투성이의 길바닥에 함부로 흩어버리게 될 것이다.

'개같이 공부할 준비가 된 어린 사람'은 반드시 '정승보다 나은 멋진 인생을 꽃피우게 될 것'이다. '저급한 개같이 노력한' 사람에게는 반드시 '정승보다 나은 고급스러운' 인생이 주어지게 마련이다. '개가 되면 정승도 될 수 있지만, 개를 피하면 정승도 당연히 놓치게

될 것'이다.

봄에 때맞춰 씨를 뿌리지 않은 농부가 어떻게 가을의 풍성한 추수를 기대할 수 있는가! 건기(乾期)에 말라죽은 씨앗이 어떻게 우기(雨期)의 폭우 속에서 장대 같은 키로 자라날 수 있는가! '개처럼 고생하며 공부에 매달린' 학창 시절은 반드시 현명하고 떳떳한 삶을 낳게 되어 있다.

'개같이 공부하면' 반드시 모두가 부러워하는 인생 목표에 이를 수 있다. 굳이 세상을 호령하는 정승의 위치에 올라서지는 못한다 해도, 반드시 정승이 될 지혜와 정승에 버금가는 자랑거리를 차지할 수는 있을 것이다.

15

오늘 걷지 않으면
내일은 뛰어야 한다

한 소년이 있었다. 소년은 커다란 벽시계와 자그마한 손목시계가 어떻게 같은 시간을 알려 주는지에 대해 무척 궁금하게 여겼다. 소리만 들어도 큰 시계는 천천히 가는 듯하고, 작은 시계는 잰걸음으로 가는 듯한데 어떻게 같은 속도로 돌아가 같은 시간을 가르쳐주는지, 정말 궁금하기만 했다.

그러던 어느 날 소년은 동네 어른과 함께 길을 가게 되었다. 어른은 긴 다리로 천천히 걷는데 소년은 다리가 짧아 거의 뛰다시피 해야 했다. 하지만, 소년은 가까스로 어른과 나란히 걸어갈 수 있었다. 그때 소년은 환한 미소를 지었다. 큰 시계와 작은 시계의 소리가 왜 다른지도 알게 되었고, 두 시계가 어떻게 같은 시간을 가리키는지도 속 시원하게 알게 되었다.

소년은 그 후 웬만하면 모든 질문을 스스로 푸는 버릇을 갖게 되었다. 낯선 길을 가다가 헷갈리게 되어도 동네 사람에게 묻는 대신 되도록 스스로 찾아내려 애쓴다. 그러면서, 소년은 '스스로 알아낸 것만이 오래 기억되는 값진 지식'이라는 신념을 갖게 되었다.

아무리 그럴듯한 훈계의 말이라도 스스로 중요하다고 여기지 않으면 제대로 실천할 수 없다. 마찬가지로, 아무리 폐부(肺腑: inmost heart, bottom of heart)를 찌르는 지혜의 말이라도 그 진정한 의미를 모르면 쉽게 가슴에 새겨지지 않는 법이다.

<오늘 걷지 않으면 내일은 뛰어야 한다>는 하버드대학 공부벌레들의 계명은 '스스로 뭔가를 할 굳은 의지'를 필요로 한다.

<오늘 걷지 않으면 내일은 뛰어야 한다>는 하버드대학 공부벌레들의 계명은 너무도 평범하기 때문에 그 말이 성공으로 안내하는 주문임을 쉽게 알아차리기 어렵다.

오늘 걷지 않는 이가 과연 몇이나 될까? 오늘 걷지 않고 푹 쉬다가, 내일이 되어서야 헉헉거리며 달리고 싶은 이가 과연 몇이나 될까? <오늘 걷지 않으면 내일은 뛰어야 한다>는 하버드대학 공부벌레들의 계명은 우리에게 '오늘 당장 걸어야 내일도 같은 속도로 걸을 수 있다.'고 가르친다.

'오늘 할 일을 내일로 미루면 더 큰 어려움을 겪을 수 있다.'는 말과 흡사하다. '오늘 할 일을 내일로 미루지 마라. 그것은 마실 물에 개숫물을 섞어 놓는 것과 같다. 마실 수 있는 물을 마실 수 없는 물로 만드는 짓이다. 사람을 살릴 물을 사람을 씻기지도 못할 더러운 물로 만드는 것이다.'

마찬가지로, '오늘 걷지 않고 내일 두 배로 서둘러 걷고자 하겠지만' 결국에는 숨이 턱에 닿을 정도로 정신없이 달려야 할 것이다. '걷는 것'과 '뛰는 것'의 차이를 제대로 알아야 한다. 시간상으로는 그저 '오늘'과 '내일'의 차이 정도이지만, 살아가는 모습으로 보면 실로 천당과 지옥의 차이에 견줘질 정도일 것이다. 걷는 일은 누구든 할 수 있다. 온종일이라도 걸을 수 있다. 아니, 며칠씩 강제로 걷게 할 수도 있다. 하지만 온종일은 고사하고 단 몇 시간이라도 쉬지 않고 뛸 수 있는 이는 거의 초인(超人)에 가까울 것이다. 벌을 준다고 뛸 수 있는 일이 절대로 아니다. 보통 사람의 수준을 훨씬 넘어서는 지극히 예외적인 사람만이 그런 형벌을 감당해 낼 수 있을 것이다.

<오늘 걷지 않으면 내일은 뛰어야 한다>는 하버드대학 공부벌레들의 계명은 단순히 '길 위의 경쟁'을 말하는 것이 아니다. '어떻게 사느냐?'가 바로 '학창 시절의 모습에서 결판난다.'는 것이다.

하지만, 잘못하면 '결판난다.'는 말과 '결딴난다.'는 말을 헷갈리기 쉽다. 하나는 '어떤 식으로든 결과가 드러나게 된다.'는 뜻이고 다른 하나는 '기우뚱거리고 흔들리다가 끝내 완전히 망가지고 망쳐지게 된다.'는 뜻이다. 두 낱말이 뜻하듯이, '오늘'과 '내일' 사이에서 제대

로 못 하면 꼼짝없이 '결판' 대신 '결딴'을 맞게 될 것이다.

인생을 요람에서 무덤까지라고 하듯이 사람은 결국 길고 가늘게 살든 짧고 굵게 살든 어차피 '오늘'과 '내일' 사이에서 나름의 기회를 허락받는 셈이다. 물론 '어제' 어떤 숟갈을 입에 물고 태어났느냐가 보다 중요할 수도 있다. 하나, 학창 시절은 곧 자타가 공인하는 준비 기간이기에 괜한 뚱딴짓소리 들먹일 필요 없이 오로지 '오늘'과 '내일' 사이에 무엇을 어떻게 할 것인지에만 초점을 맞추면 된다.

공부하는 나이에, 부지런한 여행자가 쉬지 않고 걷듯이 알차게 보낸 사람은 사회에 나가 보통 속도로 걸어도 충분하지만, 낮과 밤을 바꿔 사는 도둑처럼 공부를 등한시한 채 엉뚱한 짓으로 아까운 학창 시절을 허비한 사람은 사회에 나가 남들보다 몇 배, 몇십 배로 빨리 뛰어야 한다는 뜻이다.

누구나 여유로운 삶을 바란다. 누구나 젊은 날에 고생하고 그 후에는 아늑하고 편하게 살고자 한다. 정상적인 삶의 사이클을 아마도 '걷는 모습'에 비유했을 것이다. 그리고 비정상적으로 허둥거리며 사는 모습을 '뛰는 모습'에 견줬을 것이다. 누구나 한 번은 타야 하는 배를 마다한 채 헤엄쳐서 건너겠다며 배에 오르기를 거부한다면 과연 올바른 태도일까?

학창 시절의 공부에는 예외가 없다. 누구나 같은 책을 들고 같은 시간을 나눠 점수에 매달리고 성적에 관심을 둬야 한다. 열차 여행처럼 누구나 출발과 도착에 맞춰야 한다. 학창 시절이 곧 정해진 열차 시간표를 뜻한다. 그 시간표대로 타고, 내려야 한다. 열차 안에서 벌어지는 모든 일들은 그저 열차라는 한 공간에 묻히고 마는 것이다. 오로지 시간표에 적혀 있는 것들만이 모두가 선택해야 할 길이고 시간이고 장소다.

긴 항해처럼 모두가 한 배를 타는 것이다. 배는 배 안에서 일어나는 일들에 좌우되기보다 배 밖의 망망대해와 바다 위의 높은 하늘에서 일어나는 일들에 꼼짝없이 좌우된다. 학창 시절에 속한 이상 그 속에서 해야 할 일, 그 기간 내에 마쳐야 할 일을 온전히 다 해야 한다. 잘 따라 하면 순항(巡港: cruise)이 되지만, 곁길로 새서 엉뚱한 짓으로 낮과 밤을 채우면 기필코 위험천만한 난항(難航: rough & difficult sailing)이 될 수밖에 없다.

어른을 흉내 내며 어른들처럼 사는 것을 자유로운 생활이나 멋진 생활로 혼동한다면, 이미 바람직한 미래는 사라지고 없는 것이다. 어른들이 일상적으로 손에 대는 것들을 서둘러 배우고 미리 차지한다고 해서 멋진 미래가 다가온다면, 그 미래는 이미 신의 선물이 아니라 악마의 저주일 것이다.

제대로 된 사회라면 떼쓰기나 불법이나 몰상식이 통할 리 없다. 충분히 성숙한 사회라면 말썽꾼으로 학창 시절을 보낸 사람이 쉽게 성공을 거둘 리 없다. 엉터리 사회, 상식이 통하지 않는 사회에서나

'학교의 열등생이 사회의 우등생으로 변신할 수 있는 것'이다.

탈법과 불법이 횡행하는 타락한 사회에서나 '학교의 망나니가 사회의 우두머리로 변신할 수 있는 것'이다. 예외가 정도가 되고 비상식이 상식이 되는 악순환을 끊으려면 '학교의 모범생이 사회의 성공자가 되고 학교의 우등생이 사회의 우두머리로 발전해 나가야'한다.

<오늘 걷지 않으면 내일은 뛰어야 한다>는 하버드대학 공부벌레들의 계명은 '성실과 근면이 미덕인 사회'를 전제조건으로 한다. <오늘 걷지 않으면 내일은 뛰어야 한다>는 하버드대학 공부벌레들의 계명은 '정직과 상식이 통하는 건강한 사회'를 전제조건으로 한다,

먼저 미래가 밝은 사회를 건설하자. 먼저 건강한 사회를 건설하자. 그래야만, 사람들이 너도나도 <오늘 걷지 않으면 내일은 뛰어야 한다>는 하버드대학 공부벌레들의 계명을 가슴에 새겨두게 될 것이다.

그래야만, 사람들이 너도나도 <오늘 걷지 않으면 내일은 뛰어야 한다>는 하버드대학 공부벌레들의 계명을 좌우명(座右銘: motto, slogan, catchphrase)으로 삼고 열심히 땀 흘리며 쉬지 않고 걷게 될 것이다.

16

오늘의 휴식은 내일의 후회를 낳는다

'휴식'은 '후식(後食: dessert)'처럼 맨 끝에 먹어야 제맛이다. 군것질거리, 간식거리와 전혀 다르다. 틈틈이 짬짬이 쉴 일이 전혀 아니다. 반드시 후회를 낳을 정도의 게으름을 뜻한다. 순서를 기다리며 잠시 쉬는 정도가 아니라 아예 경기장을 완전히 떠나는 것과 같다.

'오늘의 휴식'은 그처럼 엄중하다. 반드시 '내일의 후회'로 이어질 만큼 긴박하고 살벌하다. 차라리 형벌에 가깝다. 차라리 '에라, 모르겠다. 될 대로 돼라.'는 식으로 까마득히 높은 곳에서 눈을 꼭 감고 냅다 뛰어내리는 것과 같다.

'후회'는 '참회'처럼 일생에 단 몇 차례만 해야 한다. 종교적 고백처럼 의무적으로 반복할 수는 없다. 아무리 '후회'를 통해 짐을 벗고 족쇄를 푼다고 해도 그렇게 습관처럼 되풀이할 수는 없다. '후회'는

'신 앞에서의 참회'처럼 일생에 단 한 번이면 족하다. 누가 감히 전지전능한 신 앞에서 밥 먹듯이 후회하고 자나 깨나 시도 때도 없이 후회하겠는가?

그 '후회'가 시퍼런 작두날 밑에 목을 들이미는 일과 같다면 어떻게 그렇게 입에 발린 소리로 후회를 찾고 애창곡 후렴처럼, 애송시 한 구절처럼 뜬금없이 후회를 읊조리고 읊어대겠는가?

노력하지 않고 먼저 쉬려 한다면 그 일꾼은 실로 아무짝에도 쓸 수 없을 것이다. '오늘 쉬고 내일 일하려 하는 이'가 과연 있을 수 있을까? 실제로는 헤아릴 수 없이 많다. 아니, '오늘 쉬고 내일도 쉬려는 이'도 상상외로 많을 것이다. 후식으로 배를 채우는 이가 있듯이, 휴식으로 인생의 가장 중요한 시기를 다 채우려 하는 이들이 있다.

'사람'을 나타내는 말에 여러 가지가 있다. 진화의 단계를 암시하는 말도 있고 사람의 내재적인 속성을 암시하는 말도 있다. 예를 들어, 'Homo sapiens'(호모 사피엔스)는 'wise man'을 의미한다. 지능이 높다는 암시일 것이다. 그리고 'Homo erectus'(호모 이렉투스)는 '직립보행'을 강조하는 말이다.

반면에, 'Homo ludens'(호모 루덴스)는 '유희를 즐길 줄 아는 속성'을 강조한 말이다. '유희를 즐길 줄 아는 유일한 동물'이 바로 '사람'이라면 정말 큰 일이지 않은가! 단 한 번뿐인 생애를 유희로 채우는 것도 속상한 일이지만, 가장 활력이 넘치고 건강이 좋을 때 그만 유희에 흠뻑 빠져 미래를 준비할 시간을 송두리째 잃게 될지도 모르기 때문이다. 하지만, 과학자들의 지적처럼 '사람의 속성 속에 유희본능이 듬뿍 들어있다면' 그 본능을 되도록 늦게 풀어헤치고 되도록 살금살금 열어젖히는 것이 좋을 것이다.

<오늘의 휴식은 내일의 후회를 낳는다>는 하버드대학 공부벌레들의 계명은 우리에게 되도록 '유희본능'을 더디게 풀어놓으라고 가르친다. <오늘의 휴식은 내일의 후회를 낳는다>는 하버드대학 공부벌레들의 계명은 우리에게 '먼저 일하고 나중에 쉬라!'고 가르친다. 이유는 '먼저 쉴수록 일찍 후회하게 되고, 많이 쉴수록 더 오래 후회하게 된다.'는 것이다.

그 '후회(後悔)'라는 것이 과연 무엇인가? 지난 다음에 뉘우치게 될 테니 미리 알아서 잘하라고 경고하며, 특별히 '후회'를 몹시 고통스러운 체험으로 강조하고 있다. '후회는 영혼을 갉아먹는다.'는 말이 있다. 영혼을 갉아 먹힌 사람은 더 이상 예전처럼 온전하게 걸어갈 수 없을 것이다. 속 빈 수수깡처럼 어쩔 수 없이 허깨비로 변하고 말 것이다. 후회로 영혼의 일부분을 손상당한 사람은 더 이상 예전의 꿈을 좇아 힘차게 일어설 수 없을 것이다.

<오늘의 휴식은 내일의 후회를 낳는다>는 하버드대학 공부벌레들의 계명은 우리에게 '영혼을 갉아먹는 후회를 피할 묘책'을 가르쳐주고 있다. '오늘 쉬고 싶어도' 망하기 싫거든 '얼른 일어서라!'고 경고한다. '오늘 쉬게 되면' 반드시 망하게 될 테니, 망설이지 말고 '벌

떡 일어서라!'고 호령한다.

<오늘의 휴식은 내일의 후회를 낳는다>는 하버드대학 공부벌레들의 계명을 제대로 이해할 동심이 과연 몇이나 될까?

<오늘의 휴식은 내일의 후회를 낳는다>는 하버드대학 공부벌레들의 계명을 소중하게 여기며 그대로 좇아갈 피 끓는 십 대가 과연 몇이나 될까?

<오늘의 휴식은 내일의 후회를 낳는다>는 하버드대학 공부벌레들의 계명을 가슴에 새겨둘 젊은이가 과연 몇이나 될까?

후회를 겁내는 동심이면 얼마든지 가능하다. 후회하는 어른을 보며 스스로 두려움을 갖게 되었다면 얼마든지 가능하다. 후회를 수치스러운 짓으로 생각하는 용기 있는 십 대라면 얼마든지 가능할 것이다. 후회를 실패한 자의 핑계 정도로 이해한다면 얼마든지 가능할 것이다. 후회를 모자란 자의 때늦은 한숨쯤으로 이해하는 젊은이라면 얼마든지 가능하다. 후회를 무능한 이의 초라한 전유물로 여긴다면 얼마든지 가능하다.

<오늘의 휴식은 내일의 후회를 낳는다>는 하버드대학 공부벌레들의 계명은 '자신의 유희본능을 적절히 조절하지 못하면 반드시 그 대가가 뒤따른다.'고 가르친다.

<오늘의 휴식은 내일의 후회를 낳는다>는 하버드대학 공부벌레

들의 계명은 '아차 잘못하면 후회로 가득 찬 졸장부 인생을 살게 된다.'고 경고한다.

<오늘의 휴식은 내일의 후회를 낳는다>는 하버드대학 공부벌레들의 계명은 '휴식의 올바른 순서를 모르면 반드시 수치스러운 나날을 먼저 차지하게 될 것'이라고 역설한다.

<오늘의 휴식은 내일의 후회를 낳는다>는 하버드대학 공부벌레들의 계명은 '휴식을 잊은 채 열심히 산 오늘이 새하얀 눈처럼 소복소복 쌓이면 반드시 멋지고 신난 일생을 맞게 된다.'고 장담한다.

17

미래에 투자하는 사람은 현실에 충실한 사람이다

우리의 과거가 한 줄로 이어진 새끼줄이 아니듯이, 우리의 미래도 결코 밧줄처럼 하나로 이어진 보기 좋은 모양이 아닐 것이다. 정신없이 산 나날이 차곡차곡 쌓여 어느 날 갑자기 높은 담벼락으로 세워지게 되는 것이다. 그리고 그 담벼락은 제 키를 자랑하며 우리를 과거의 시간 밖으로 순식간에 내동댕이친다.

미래도 마찬가지일 것이다. 허둥거리며 걸어간 한 걸음, 한 걸음이 빠짐없이 셈해져 미래로 달리는 길을 닦고 다리를 놓을 것이다. 사람들은 각자 제 나름의 습성을 좇아 혹은 과거에 살기도 하고 혹은 현재에 살기도 하며 가끔은 미래에 살기도 한다. 어떤 이는 과거, 현재, 미래를 일렬로 세워놓고 자유로이 넘나들기도 하고, 어떤 이는 과거에 얽매여 현재를 철저히 거부하기도 한다.

과거, 미래, 현재란 과연 존재하는 것일까? 존재한다면 오늘의 우리는 과연 어떤 시간대에 놓여 있는 것일까? 많은 사람들은, 몸은 현실에 세워둔 채 머리와 가슴은 늘 과거의 어느 시점에 머물도록 일부러 내버려 둔다. 현재를 중시한다면서도 입만 열면 과거 이야기뿐이다. 주어진 오늘에 충실해야 한다고 말하면서도 생각은 항상 과거의 어느 시점에 매달려 있다.

미래는 아예 존재하지도 않는다. 가본 적이 없는 곳이라 상상할 수조차 없다. 살아보지 않은 날들이라 아무리 애를 써도 좀처럼 머릿속에 떠오르지 않는다. 사람은 결국 현재라는 강물 위에 둥둥 떠다니는 한 줌의 지푸라기 같은 존재인 것이다. 논바닥을 떠난 죽은 잎, 죽은 줄기라 현재도 없고 미래도 없다. 오로지, 강물을 따라 둥둥 떠다니는 과거의 생명이고 과거의 존재일 뿐이다.

<미래에 투자하는 사람은 현실에 충실한 사람이다>라는 하버드대학 공부벌레들의 계명은 '미래'와 '현재'를 대비시켜 놓고 한쪽에는 '투자하라!'고 하고, 다른 한쪽에는 '충실해라!'고 한다. 학창 시절에 자신의 미래에 투자하는 길이 있다면 과연 어떤 것들이 있을까? 공부에도 실로 여러 가지가 있을 텐데, 어린 나이에 어떻게 자신의 미래를 설계하며 미래에 유용하고 유익할 것들을 미리 챙길 수 있을까?

일단 모든 이에게 '투자하라!', '충실해라!'며 '미래'와 '현재'를 들먹이기 어려울 것이다. 하지만, 단 한 사람이라도 그 '투자하라!'와

'충실해라!'에 귀 기울여 준다면, 작게는 그 한 사람의 장래에 서광이 비칠 테고 크게는 인류의 전진에 조그마한 조약돌 하나라도 더 깔아놓는 일이 될 것이다. 한 사람, 한 사람이 미래에 대한 투자와 현실에 대한 충실도가 달라짐으로써 그 사회나 나라, 더 나아가서는 세계가 한 걸음씩이라도 앞으로 나갈 수 있는 것이다.

<미래에 투자하는 사람은 현실에 충실한 사람이다>라는 하버드대학 공부벌레들의 계명은 그래서 더 소중하다. <미래에 투자하는 사람은 현실에 충실한 사람이다>라는 하버드대학 공부벌레들의 계명은 누군가를 철들게 하고 눈 뜨게 하기 때문에 함부로 흘려들을 수 없다.

과거는 역사가의 책상에 던져놓고 우리 각자는 현실과 미래에만 주목해야 한다. 과거를 이야기하는 이는 자연히 퇴보하게 되지만 미래를 이야기하는 이는 자동적으로 앞서가게 될 것이다. 달리는 마차가 앞으로 나아가느냐, 아니면 곁길로 빠지느냐는 바로 마부의 눈길이 어디를 향했느냐에 달려 있다. 달리는 자동차가 앞으로 달리느냐, 아니면 뒤로 미끄러지느냐는 바로 운전대를 잡은 사람의 시선이 어디를 향했느냐에 달려 있다.

'전에는 이러저러했다.'는 이야기는 현재와 미래를 더 많이 이야기하기 위해 양념으로 꺼내는 머리말이 되어야 한다. '과거에는 무척 달랐다.'는 이야기는 '현재와 미래가 얼마나 다른가?'를 이야기하기 위해 어쩔 수 없이 꺼내는 말머리가 되어야 한다.

<미래에 투자하는 사람은 현실에 충실한 사람이다>라는 하버드대학 공부벌레들의 계명은 우리로 하여금 과거가 아니라 최소한 현재와 미래를 향하라고 외친다.

<미래에 투자하는 사람은 현실에 충실한 사람이다>라는 하버드대학 공부벌레들의 계명은 '오늘 당장 어떤 사람이냐가 먼 훗날에 어떤 사람으로 살게 될 것인지를 결정한다.'고 단언한다.

과거에 연연하는 어리석음도 피해야 하지만, 현실에 너무 집착하여 내일에 대한 관심과 열정을 송두리째 잃어버리는 일도 적극적으로 피해야 한다. '오늘만 쉬자. 오늘 하루만 놀자. 오늘 하루만 적당히 넘기자. 오늘 하루만 실컷 즐기자.'라는 식의 그 '오늘만'이 사람들의 발목을 '내일이 없는 닫힌 오늘'에 꽁꽁 붙잡아 매어놓는다.

'현실에 충실한' 사람은 그 현실이 이끌고 올 '미래의 선물'을 기대한다. 고달프고 답답한 '현실'이지만 그 '현실'을 제대로 돌파하고 개척해야만 기대 이상의 선물 보따리를 들고 올 '미래'와 맞부딪치게 될 것이기 때문이다. 기대 이상의 선물 보따리를 양손에 든 '미래'는 '현실'을 피땀 흘려 돌파하고 개척한 사람에게만 다정한 눈길을 보낸다. '미래를 지배하는 여신'은 '현실이란 논밭을 제대로 경작한' 충직한 농사꾼에게만 행운의 미소를 짓는다.

<미래에 투자하는 사람은 현실에 충실한 사람이다>라는 하버드대

학 공부벌레들의 계명을 가슴에 일찍 새겨둘수록 '현실'에서도 승리하고 '미래'에서도 승리하게 될 것이다. <미래에 투자하는 사람은 현실에 충실한 사람이다>라는 하버드대학 공부벌레들의 계명을 굳게 믿고 '이미 손에 쥔 하루하루를 성실하고 충직하게 보내면' 그리 오래 기다리지 않고도 장밋빛 미래를 쉽게 거머쥘 수 있을 것이다.

들풀은 날마다 차곡차곡 자라서 거친 소나기와 힘센 바람을 이기게 되는 것이다. 숲속 나무들은 날마다 조금씩 허리를 늘리고 키를 높여 긴 가뭄과 매서운 칼바람을 거뜬히 이겨낸다. 실낱같은 새끼 물고기는 시간마다 자라고 날마다 살을 찌워 장마철 흙탕물 속에서도 살아남고 두꺼운 얼음 속에 갇혀서도 숨을 쉴 수 있다.

<미래에 투자하는 사람은 현실에 충실한 사람이다>라는 하버드대학 공부벌레들의 계명은 '미래의 나는 현실의 나로부터 저절로 생겨나는 것'이라고 귀띔한다. 그래서 '현실이라는 길을 느릿느릿 게으름 피우며 걸으면 미래라는 길은 중간에 뚝 끊어져 어디론가 사라지고 말 것'이라고 경고한다. 얼마나 무시무시한 예언인가? '현실을 공부가 아닌 다른 것으로 채울수록 미래는 아예 존재하지도 않게 될 것'이라는 것이다. '오늘 공부를 멀리하면 내일의 희망과 성공으로부터도 정비례로 멀어지게 된다.'는 것이다.

'현실에 충실한 사람'은 하루하루를 보람 있게 보내려 애쓰는 사람이다. '현실에 충실한 사람'은 아무리 작은 일이라도 최선을 다해

반드시 마무리 짓는다. '작은 일에 충성스러우면 자연히 더 중요한 일을 맡게 된다.'는 사실을 누구보다도 잘 알기 때문이다. <미래에 투자하는 사람은 현실에 충실한 사람이다>라는 하버드대학 공부벌레들의 계명은 '거울에 비친 오늘의 내 모습이 바로 숨길 수 없는 미래의 내 모습'임을 다시 확인하게 한다. <미래에 투자하는 사람은 현실에 충실한 사람이다>라는 하버드대학 공부벌레들의 계명은 '과거=현재=미래'의 3차원 등식을 그려놓고 '네가 바라는 식으로 고쳐보라.'고 한다.

과거의 나보다 현재의 내가 더 나아야 하고, 현재의 나보다 미래의 내가 더 나아야 한다며, '과거 < 현재 < 미래'로 등식을 고치면 '행운의 여신'은 그제야 빙그레 웃으며 고개를 끄덕인다.

18

학벌이 돈이다

미국에서 시작되어 세계적으로 유행된 것들이 헤아릴 수 없이 많지만, 그중에서도 경영학 석사 학위를 의미하는 'MBA'(Master of Business Administration)를 결코 빼놓을 수 없을 것이다. 아마도, 산학협동(産學協同: academic-industrial cooperation)의 가장 돋보이는 본보기에 속할 것이다. 기업이 필요로 하는 예비 경영진을 대학에서 대신 길러 주는 학제인 셈이다.

기업에서는 MBA 출신들을 미래의 경영 수뇌부로 점찍어 놓고 집중적으로 지원한다. 우선 대학 졸업자보다 월등히 높은 연봉을 책정해 준다. 그리고 경영 수뇌부로 발돋움하기 쉽게 처음부터 이력을 쌓아가는 코스를 다르게 정해 놓는다. MBA 출신자들이 유명 다국적 기업들의 수뇌부로 세계시장을 누비는 것을 보면 <학벌이 돈

이다>라는 하버드대학 공부벌레들의 계명을 저절로 실감하게 된다. '고학력자'를 우대하는 거야 어디에서든 볼 수 있지만, 미국의 기업들이 MBA 출신자들을 여러모로 차별화하는 것은 실로 단순한 우대 이상이다.

<학벌이 돈이다>라는 하버드대학 공부벌레들의 계명을 입증하는 사례는 너무도 많다. 누구나 말로는 '돈이 인생의 전부냐?'라며 은근히 고고(孤高)한척할 수 있다. 그러나 현실은 전혀 그렇지 않다.

한 여론 조사 전문기관('Now & Future')이 2006년 설날을 전후하여 네티즌 634명을 상대로 의식조사를 한 적이 있다. '언제 불효자라고 느끼느냐?'는 조금은 거북한 질문에 절반 이상(54%)이 '경제적, 현실적 지원을 못 해 드릴 때'라고 답했다. '문안 인사나 전화를 못 드릴 때, 말대답할 때, 부모님이 창피하다고 느낄 때, 아프신 부모님을 뒤로하고 친구와 놀러 갈 때, 부모님의 생일이나 기념일을 잊어먹었을 때, 부모님 선물보다 이성 친구의 선물을 더 비싼 것으로 샀을 때' 등은 기껏해야 10% 안팎인 데 반해, 응답자의 절반 이상이 '돈이 없어 궁하게 굴 때'가 가장 괴롭다고 답한 것이다.

그렇다면, 어떻게 '궁하지 않은 생활'을 누리게 될까? 아니, 어떻게 하면 궁하지 않은 수준을 훨씬 넘어서서 남들의 부러움을 사며 풍요롭게 살 수 있을까? 모두가 소망하는 인생 최대의 목표가 바로 '풍요로운 삶'일 것이다.

하버드대학 공부벌레들의 계명은 이에 대해 '학벌=돈'이라는 새로운 등식을 제시한다. 그렇다면, '학벌'이란 대체 무엇인가? 물으나 마나 답은 너무도 자명하다. 소위 '일류대학'을 나와야 한다는 것이다. 물론 '일류 중고등학교'는 확률적으로 거의 '일류대학'으로 이어질 가능성이 농후하다. 그러니 결국 학벌은 일류 중고등학교에서 절반 이상 결판이 나는 셈이다. 여기서 말하는 일류 중고등학교는 바로 '중고등학교 시절의 우등생'을 의미한다. 십 대의 우등생이 이십 대의 학벌로 이어져 결국 '돈 많이 버는 길'에 보다 쉽게 들어선다는 뜻이다.

물론, <학벌이 돈이다>라는 하버드대학 공부벌레들의 계명을 금과옥조(金科玉條)로 여기라는 말이 아니다. 다만, 도둑질하지 않고도 잘 사는 길이 있다면 바로 공부밖에 없다는 사실을 제대로 알고 있으라는 말이다. '중고등학교 시절의 우등생을 통해 좋은 대학과 대학원으로 진학하여 내로라하는 직장과 직업을 갖게 되면 자연히 돈 걱정 안 하고 살게 된다.'는 이야기다. '공부가 가장 쉬웠다!'는 어느 고학생의 성공담처럼 세상의 맨 밑바닥으로 굴러떨어져 비지땀으로 하루하루를 견뎌본 사람이면 이구동성으로 말하게 될 것이다.

'공부로 성공할 수 있으면 그 길이 가장 쉽고 빠르다.'는 사실을 울먹이며 고백하게 될 것이다. 오그라들고 잘려 나간 손가락과 독한 먼지로 뒤범벅이 된 목구멍으로 구슬 같은 눈물을 흘리며 이야기하게 될 것이다.

누군가는 '학벌=돈'이라는 하버드대학 공부벌레들의 계명을 두고 너무 노골적이라 왠지 추악하게 들린다고 말할지 모른다. 누군가는 '공부의 첫째 목적이 그래 돈이라는 말이냐?'며 눈을 부라릴지도 모른다. 하지만, 그런 반문 자체가 참으로 비이성적이고 위선적인 것이다. 누가 '돈'을 세상의 큰 질서로 정착시켜 놓았는가? 누가 '돈의 분량으로 가난과 풍요를 나누고 무능과 유능을 갈라놓자'고 했는가? 그리고 누가 '돈이면 다 된다. 돈은 귀신이라도 부릴 수 있다. 돈은 죽은 자도 살릴 수 있다.'는 식의 '돈 찬양'을 늘어놓았는가?

바로 우리 인간들이 아닌가! 바로 우리의 조상들이 아닌가! 바로 우리의 후손들이 그런 식으로 말하게 될 것이 아닌가! 그리고 우리 스스로 날마다 가장 듣고 싶어 하는 삶의 공식이고 세상 사는 목표가 아닌가! 언제부터인가 '돈 좋아하는' 중국인의 풍속을 따라 새해 인사로 '돈 많이 버세요! 부자 되세요!'라고 말하게 되지 않았는가!

만일 '학벌=돈'의 등식이 틀렸다면 대체 어떤 등식이 올바른가? 공부하는 학생 입장에서 대체 무엇으로 자신의 미래를 준비하고 자신이 생각하는 이상향에 도달하는가? 우등생이 되려고 기를 쓰고 일류학교로 진학하려고 밤늦도록 책과 씨름하는 길 이외에 또 무엇이 있을까?

<학벌이 돈이다>라는 하버드대학 공부벌레들의 계명은 그런 점에서 공부하는 학생들에게는 마치 구세주 같은 말일 것이다. '공부만 하면 저절로 부자가 되고 우등생이 되어 일류학교에 진학하면 자동으로 풍요로운 삶이 보장된다.'는데, 그 얼마나 신나는 희소식인가! 누구나 어차피 책과 씨름하며 성적을 다퉈야 하는데 그 단조로운 경쟁이 먼 후일 '돈벌이'와 직결된다니, 그 얼마나 기쁜 소식인가! 십 대에 부자가 되는 길을 닦고 이십 대 초반에 부자 되는 꿈을 거의 다 이룰 수 있다면, 공부야말로 가장 손쉽고 가장 신나는 일이 아닌가!

<학벌이 돈이다>라는 하버드대학 공부벌레들의 계명은 십 대를 위한 복음(福音: Gospel, Good News)이다. <학벌이 돈이다>라는 하버드대학 공부벌레들의 계명은 이십 대 청년을 위한 낭보(朗報: good news, glad tidings)다.

우등생이 되는 목적을 '돈'으로 등식화하고 일류학교 진학을 '부자(富者)'와 동일시한 것부터가 십 대와 이십 대를 위한 '맞춤형 계명'이 되기에 충분하다. 아이가 집을 나설 때도 용돈을 제대로 챙겨줘야 그 아이가 굶지 않고 서럽지 않게 지낼 수 있다. 몇 해 지나지 않아 스스로 벌어먹어야 할 십 대와 이십 대를 위해 '돈'을 강조하지 않는다면 그것은 완전한 무식이고 위선이다.

몇 해 지나지 않아 스스로 밥벌이하며 가정을 꾸려야 하는 십 대와 이십 대를 위해 '학벌=돈', '공부=돈', '성적=돈', '우등상=돈', '일류 학교=돈' 등으로 등식화하여 머리에 쏙쏙 들어가고 가슴에 콕콕 박히게 하는데, 그 얼마나 고마운 계명인가!

<학벌은 돈이다>라는 하버드대학 공부벌레들의 계명은 미래를 준비하는 십 대와 이십 대를 위한 굉장한 선물이다. 또한 인생을 준비하는 십 대와 이십 대를 위한 가장 현실적이고 전략적인 충고다.

19

오늘 보낸 하루는
내일 다시
돌아오지 않는다

한국 현대화단을 대표하는 화가 중의 한 사람인 대향(大鄕) 이중섭(李仲燮: 1916.4.10. 평남 평원~1956.9.6. 서울)은 미국 영화 '돌아오지 않는 강'(River of No Return)의 선전 포스터를 보고 연필과 유채로 '돌아오지 않는 강'이란 화제(畵題)의 그림(20.3x16.4cm; 1955년)을 남겼다.

1950년대 초 육체파 여배우로 너무도 유명한 마릴린 먼로(Marilyn Monroe: 1926.1~1962.8.5.)가 주연한 '돌아오지 않는 강'(1954)의 선전 포스터를 보고 무엇을 느꼈는지 이중섭은 같은 제목으로 여러 점의 그림을 남겼다. 여러 점의 그림들은 하나같이 '집안 창틀에 팔을 기댄 채 누군가를 애타게 기다리는 듯한 남자와 머리에 길쭉한 뭔가를 인 채 집 쪽으로 다가오고 있는 여인'을 화재(畵材)로 삼고 있다. 신문 광고에 실린 영화 포스터를 가위로 오려 허름한 벽에 붙여 놓고 술

잔을 벗 삼아, "돌아오지 않는 강"을 따라 아무도 모르는 곳을 향해 비밀스러운 여행을 하고 있었던 것이다.

당대의 유명 여배우 노마 제인 모텐슨(Norma Jean Mortensen: 마릴린 몬로의 '본명')을 바라보며 이중섭은 과연 무엇을 생각했을까? 10년 연하의 세계적 스타가 이미 30대 진입을 바라보는 나이가 되었음을 알아차리고 40대 진입을 앞둔 입장에서, 과연 인생의 어떤 점을 회상하고 있었을까? 이중섭의 '돌아오지 않는 강'을 보며 사람들은 그가 현해탄 건너의 아내를 생각하거나 북녘땅에 두고 온 어머니를 그리워했을 것이라고 추측한다.

어쨌거나, 이중섭은 '돌아오지 않는 강'이란 화제의 그림들을 여러 점 벽에 붙여 놓고 그 아래에 아내가 보낸 편지들을 덕지덕지 붙여 놓았었다고 한다. 그 편지들은 아직 뜯어본 적이 없는 채로 마치 강가에 흐드러진 억새 풀숲처럼 그렇게 '돌아오지 않는 강'을 따라 하염없이 흐르고 있었다.

주인공 여배우 마릴린 먼로의 기구한 생애를 떠올리며 화가 자신의 곡절 많은 생애를 떠올리며 회고했을 수도 있다. 아버지를 일찍 여의고 홀어머니 밑에서 자랐지만, 그 어머니마저 정신병동을 드나드는 환자였다. 자연히 친척집을 전전하며 온갖 고초를 겪어야 했다. 그러다 보니, 14세 어린 나이에 순경(경찰)과 첫 번째 결혼생활을 하게 되었다. 20대 초에 영화계에 발을 들여놓게 되기까지 이혼과 재혼을 거듭하며, 육체적으로나 정신적으로 남들보다 무척 조숙하게 되었다.

하여튼, 영화 '돌아오지 않는 강'의 주제곡은 '돌아오지 않는 강'과 '사랑'을 노래하고 있다. '사랑은 돌아오지 않는 강을 따라 흐르는 나그네'(Love is a traveler on the River of No Return)라는 말도 나오고 '그 강에서 사랑을 잃은 나는 영원히 그 사랑을 그리워하리.'(I lost mt love on the river and forever my heart will yearn)라는 구절도 있다.

<오늘 보낸 하루는 내일 다시 돌아오지 않는다>라는 하버드대학 공부벌레들의 계명도 '다시 돌아오지 않는 지난날'을 이야기하고 있다. 흘러간 강물이나 이미 땅속으로 스며든 빗물처럼 다시는 돌아오지 않는다는 것이다. 돌개바람에 흩날린 흙먼지나 구름을 따라 멀리 날아가 버린 실 끊어진 꼬리연처럼 다시는 돌아오지 않는다는 것이다.

대체, 무엇이 그렇게 다시는 돌아오지 않는다는 것인가? 화가 이중섭의 '돌아오지 않는 강'은 아무리 목 빠지게 기다려도 좀처럼 찾아오지 않는 그리운 사람을 암시하고 있다. 영화 '돌아오지 않는 강'의 주제곡은 '강물을 따라 흘러가 버린 사랑'을 노래하고 있다.

<오늘 보낸 하루는 내일 다시 돌아오지 않는다>는 하버드대학 공부벌레들의 계명은 '다시 돌아오지 않는 오늘'을 힘주어 말하고 있다. '내가 아무렇지 않게 흘려보낸 오늘이란 시간대는 내 일생 동안 다시는 되돌아오지 않는다.'는 것이다. 빗물이나 햇빛이나 공기처럼

그 가치를 제대로 모른 채 마구 써버린 오늘이란 시간이 나에게 '마지막 작별 인사'를 하고 떠났다면, 나는 과연 하루의 끝에 서서 어떤 느낌으로 잠자리에 들게 될까?

김영준이나 조용필이 부른 애창곡 '돌아오지 않는 강'은 '그 바닷가 파도 소리 밀려오는데 겨울나무 사이로 당신은 가고 나는 한 마리 새가 되었네!'라고 끝을 맺고 있다. 우리 모두는 하루의 끝에서 다들 '한 마리 새'가 된다는 말인가?

하루를 보내는 저녁 시간대와 하루를 닫는 자정 무렵에 자신 있게 '오늘'과 작별을 할 수 있는 이가 과연 몇이나 될까? 만일, '오늘'이 모두에게 최후의 날이라면 사람들은 과연 어떤 모습으로 그 '오늘'을 보내게 될까?

'하루를 생애의 마지막 날처럼 살라!'는 훈계가 있고, '잠자리에 들 때마다 다시는 못 일어날 것처럼 마지막 인사를 하고 마지막 기도를 올려야 한다.'는 음산하고 음울한 말도 있다.

'시간'은 지루함과 애매모호함을 벗어나 좀 더 계획적으로 살게 한다. '날짜'는 지나온 날과 맞이한 날을 셈하며 이미 지나간 날들에 대해 안도의 숨을 쉬게 하고, 앞으로 살아가게 될 날들에 미리 감사하게 만든다.

낮과 밤, 빛과 어둠처럼 둘로 딱 부러지게 나눌 수 있는 '시간'이나 '날짜'는 실제로는 세상 어디에도 존재하지 않는다. 이미 지난 시간과 앞으로 맞게 될 시간이 있을 뿐이다. 이미 살아버린 날짜와 앞으로 살아가게 될 날짜가 있을 뿐이다. 따지고 보면, '오늘'이란 날짜 하나만 존재하는지도 모른다. 어제는 '이미 살아버린 오늘'이고 내일은 '아직 살아보지 못한 오늘'에 불과하다.

<오늘 보낸 하루는 내일 다시 돌아오지 않는다>는 하버드대학 공부벌레들의 계명은 '오늘'과 '내일'이 너풀너풀 넘어가는 책장처럼 한데 붙어있지 않고, 낯선 사람들처럼 완전히 등을 돌리고 있다고 말한다. 하루를 미완성으로 마치고 이튿날 다시 일어나 그 미완성인 채로 끝낸 자투리를 '오늘에 이어진 어제의 시간대'라고 부를 수 없다는 것이다. 미완성으로 끝낸 오늘, 실패로 끝낸 오늘을 '내일 다시 불러내 그 내일의 시간대에 길게 이을 수는 없다.'는 것이다.

<오늘 보낸 하루는 내일 다시 돌아오지 않는다>는 하버드대학 공부벌레들의 계명은 '오늘 보낸 하루가 내가 잠시 붙들었다 놓친 유일한 구명밧줄'이라고 가르친다. <오늘 보낸 하루는 내일 다시 돌아오지 않는다>는 하버드대학 공부벌레들의 계명은 '내가 정신없이 살다가 중간에 멈추고만 그 오늘이란 시간대가 바로 나의 일생을 수놓을 유일한 실오라기 하나'라고 속삭인다.

<오늘 보낸 하루는 내일 다시 돌아오지 않는다>는 하버드대학 공부벌레들의 계명은 '다시 돌아오지 않는 강'을 한순간도 마음대로 멈추게 할 수 없듯이, 이왕 보내야 할 '오늘'이라면 후회 없이 열심히

산 뒤 '미련 없이 훨훨 날려 보내라!'고 귀띔한다.

아니, '그냥 보내지 말고 차라리 움켜쥐라.'고 속삭인다. '오늘'을 최대한 채우고 가장 멋지게 수놓으면, 그 '오늘'은 비록 영영 다시 못 보게 되고 못 찾게 되지만, 그 대신 또 다른 '오늘'에 살짝 걸린 채 그 긴 꼬리를 오래 흔들어 주고 그 긴 그림자를 오래도록 드리워 놓게 된다는 것이다.

학생의 본분은 누가 뭐래도 공부다. 학생이 진정으로 매달려야 할 '일다운 일'은 오로지 공부 하나뿐이다. 학생은 '오늘'을 공부로 채워야 한다. 학생은 '다시 돌아오지 않는 강'을 '오늘'이라고 여기고, 그 '오늘'을 자신의 일생에서 가장 가치 있고 뜻깊은 날로 만들어야 한다. 학생이 공부하기를 지겨워한다면, 그것은 마치 끼니 잇기에 싫증을 내며 그만 굶어 죽겠다고 고집부리는 것과 같다.

<오늘 보낸 하루는 내일 다시 돌아오지 않는다>는 하버드대학 공부벌레들의 계명을 이해할 수 있는 사람이라면, 나이가 몇 살이든 절대로 어리게 볼 수 없을 것이다. <오늘 보낸 하루는 내일 다시 돌아오지 않는다>는 하버드대학 공부벌레들의 계명을 자신의 좌우명으로 삼았다면, 현재의 처지가 어떠하든 반드시 '장밋빛 미래'를 꽃피울 수 있을 것이다.

<오늘 보낸 하루는 내일 다시 돌아오지 않는다>는 하버드대학 공

부벌레들의 계명은 '하루'가 곧 일생이고, '하루'가 바로 '성공한 인생과 실패한 인생'을 가르는 경계선임을 암시한다. '하루하루가 쌓여 십 년이 되고 천년이 되고 억만년이 된다.'는 것이다. '하루의 생활 모습'이 구슬처럼 하나로 꿰져 일생을 만든다는 것이다.

불성실하게 보낸 하루나 성실하게 보낸 하루나 '당시 돌아오지 않는' 하루임에는 똑같지만, 실제로는 전혀 다르다는 것이다. 즉, 성실하게 보낸 하루는 촘촘하게 잘 짜진 옷감처럼 '알찬' 일생을 만들지만, 불성실하게 보낸 하루는 좀이 잔뜩 슨 구멍투성이의 옷감처럼 '헛된' 일생을 만든다.

'평생'이나 '일생'이란 말 대신 '하루'나 '오늘'이라는 말을 써야 한다. 왜냐하면, 아무리 긴 세월이라도 실제로는 '하루하루'가 모인 것에 불과하고, 아무리 긴 일생이라도 실제로는 '오늘 하루'가 구슬처럼 기다랗다 꿰진 것에 불과하기 때문이다.

<오늘 보낸 하루는 내일 다시 돌아오지 않는다>는 하버드대학 공부벌레들의 계명은 그래서 너무, 너무 철학적이다. <오늘 보낸 하루는 내일 다시 돌아오지 않는다>는 하버드대학 공부벌레들의 계명은 그래서 너무, 너무 종교적이다.

'돌아오지 않는 강'과 헤어지지 않으려면 강물과 같은 속도로 쉬지 말고 달려야 한다. '다시 돌아오지 않는 오늘'을 영원히 잃어버리지 않으려면 끈기 있는 마라토너(marathoner)처럼 '오늘'과 똑같은 보

폭으로 쉬지 말고 걸어야 한다. 인생은 마라톤(marathon: 장거리 경주, 지구력이 필요한 일)이다. 걷지 않고 주저앉은 채 '펑펑 놀기만 하는' 10대는 이미 단 한 번만 울리는 인생의 출발신호를 놓친 것이다.

달리지 않고 쉬엄쉬엄 걷는 '느긋한' 20대는 이미 등외로 밀려난 사람이다. 틈만 나면 즐기려 하는 '노세노세형의' 30대는 이미 '성실'이라는 제 길을 벗어나 '불성실'이라는 시궁창에 빠진 것이다. 여흥을 좇아 노동의 진가를 잊고 사는 '쾌락에 눈뜬' 40대는 이미 경로당의 위로잔치에 길들여진 사람이다. 인생의 반환점을 지났다며 '새로운 꿈을 포기한' 50대는 이미 황천길 티켓을 예매한 사람이다. 손주 볼 때 되었다며 '거울 속 제 모습에 전혀 놀라지 않는' 60대는 이미 무덤 속 제 관(棺: coffin)을 사물함(locker, cabinet) 정도로 아는 사람이다. 몸에 좋다는 것만 찾아 헤매며 '자신의 영정(影幀)과 늘 마주할 줄 모르는' 70대는 이미 저승길 노자(路資)마저 떨어진 사람이다. 단 하루도 신선처럼 멋들어지게 살 줄 모르는 '정말 할 일 없는' 80대는 이미 염라대왕의 눈 밖에 난 사람이다.

무슨 계명이든 그 몇 줄의 계명마저 아무 소용없다면, 사람이라고 할 수 없다. 숨 끊어질 때까지 숨을 쉴 때마다 계명을 삼켰다 뱉었다 하지 않는다면, 이미 이승의 바람으로 콧구멍과 허파를 채우는 것이 아니다.

20

지금 이 순간에도 적(敵)들의 책장은 넘어가고 있다

새들 중에는 홀로 나는 새가 있는가 하면 언제나 무리를 이루어 멋진 비행을 뽐내는 새들도 있다. 어떤 짐승은 고즈넉이 외따로 머물기 좋아하지만, 또 어떤 짐승들은 서로 부대끼고 다투면서도 기어이 떼 지어 돌아다니기를 즐긴다. 비탈이 급하면 물도 따라서 빨리 흐르지만, 반대로 평평한 곳을 흐르는 물은 흐르는 시간보다 머물러 있는 시간이 훨씬 더 길다.

만사가 다 상대적이다. 절대적인 것은 눈을 씻고 찾아야 할 정도로 극히 드물다. 동전의 양면처럼, 손등과 손바닥처럼, 얼굴과 뒤통수처럼, 무릎과 오금처럼 세상만사는 그저 서로 다른 것들로 짝을 이루고 있다. 좋든 싫든 견줘지며 지내야 한다. 아무리 편 가름이 싫다며 중간 지대에 머물러도 누군가에 의해서든 반드시 평가받게 되어 있다.

아무리 고요하고 한적하게 머물러도 어느 틈엔가 들바람, 산바람이 슬그머니 스치고 지나가게 되어 있다. 아무리 멀리 뚝 떨어져 있어도 누군가에 의해 더럽혀진 흙을 밟게 되어 있고 누군가가 뱉은 더러운 물을 마시게 되어 있다. 제아무리 고고한 척해도 이미 밑도 끝도 없는 소문이 천지사방으로 흩어져 있을 수 있다. 제 귓구멍 하나로 어떻게 세상의 그 많은 말들을 다 담아내고 일일이 걸러낼 수 있는가?

세상을 다 구경하겠다며 아무리 극성스럽게 해외 나들이를 해도 아는 세상보다는 모르는 세상이 더 많고 밟고 다닌 땅보다는 밟지 못한 땅이 더 넓게 마련이다. 아무리 오래 붙어살아도 누군가는 그보다 더 오래전에 발붙이고 있을 수 있다. 아무리 신기하게 여기고 기적처럼 느껴도 누군가는 일상의 그저 그런 것 정도로 콧방귀 뀔 수 있다.

<지금 이 순간에도 적(敵)들의 책장은 넘어가고 있다>는 하버드대학 공부벌레들의 계명은 '내가 모르는 사이에 저절로 굴러가는 수레바퀴가 있다.'고 말한다. 세상의 한쪽이 낮이면 그 반대편은 어김없이 밤이다. 세상의 한쪽이 여름이면 그 반대쪽은 틀림없이 겨울이다. '눈으로 바라볼 수 없는' 부분이 절반 이상인 것이 바로 세상 이치이자 인생의 묘미다. 우리의 눈도 우리 자신의 몸을 절반 이상이

나 제대로 바라볼 수 없다. 몸속은 둘째라 하더라도 겉모습조차도 절반 이상이나 제대로 바라볼 수 없다.

자연 다큐멘터리나 동식물에 대한 근접 촬영을 통해 세상을 바라보면 단순한 경이로움이나 신기함을 넘어서서 전혀 새로운 세상을 발견하게 되곤 한다. 과학기기와 과학자의 눈을 통해 세상 구석구석을 좀 더 정밀하게 바라보면, 직접 경험한 세상이 꿈인지, 새롭게 발견한 세상이 생시인지, 정말 헷갈리게 마련이다.

우리가 만지고 느끼고 살피는 우리 몸과 의사가 만지고 느끼고 살피는 우리 몸을 견줘 보라. 어느 쪽이 진짜 우리 자신의 몸인가? 두말할 것 없이 의사가 만지고 느끼고 살피는 우리 몸이 진짜 우리 자신의 몸이다. 마찬가지로, 교과서나 이런저런 읽을거리를 통해 우리가 아는 세상의 넓이를 한번 계산해 보라. 그리고 과학자들이 과학기기를 통해 알아낸 세상의 깊이와 넓이와 높이를 한번 생각해 보라. 알면 알수록 우리 자신의 모습이 왜소하고 초라하게만 느껴진다. 가까이 다가갈수록 더 멀어지고 친해지려 치근거릴수록 더 쌀쌀맞게 구는 것이 바로 세상 만물의 숨길 수 없는 속성이다.

우리 자신은 석기시대나 최첨단 지식 정보 시대에서나 별로 변한 게 없다. 같은 품성, 같은 두뇌, 같은 오장육부, 같은 팔다리를 지니고 있다. 그저 기억해야 할 것들이 하도 많아 혼이 쏙 빠져 있고, 하고 싶은 일과 해야 할 일이 너무 많아 갈피를 못 잡고 있을 뿐이다.

우리 자신이 달라진 건 별로 없지만, 세상 자체가 너무 눈부시게 변해 몸과 마음이 온통 혼란스러워하고 있는 것이다. 사람들이 무리를 이루고 살며 가정과 기업과 사회와 국가의 끝없는 경쟁을 부채질한 것이다.

시기와 질투, 겨루기와 드잡이, 노리기와 노려보기, 등돌림과 덜미 잡기, 훔치기와 야바위, 해코지와 죽고 죽이기 등이 가정과 기업과 사회와 국가를 온통 뒤죽박죽으로 만들어 놓았다. 세상 변화의 끝을 어림짐작할 수 있는 최소한의 도구나 장치마저 존재하지 않는다. 말 그대로 오리무중이고 깜깜 절벽이다.

<지금 이 순간에도 적(敵)들의 책장은 넘어가고 있다>는 하버드대학 공부벌레들의 계명은 바로 우리가 살고 있는 그 알량한 '현대사회'를 잘 암시하고 있다. 어차피, 경쟁의 바다를 헤엄치는 삶이기에, 어딘가에 반드시 있기 마련인 나의 잠재적인 적과 실제적인 적을 따라잡거나 앞서가지 못하면 영영 낙오자가 된다는 것이다. 등골이 오싹해지도록 매서운 훈계다. 식은땀을 흘리게 하는 무시무시한 경고다.

'지금 이 순간'을 가볍게 넘기지 말라고 경고한다. '나의 적이 반드시 존재한다.'는 사실을 한시도 잊어서는 절대 안 된다는 것이다. 그리고 무엇보다도 '내 손에 들린 두꺼운 책은 죽은 듯이 가만히 있는데, 나를 호시탐탐 노리는 적들의 책은 지금 이 순간에도 사르륵 사르륵 눈 밟는 소리를 내며 쉴 새 없이 넘겨지고 있다.'는 것이다. 얼마나 섬뜩한 경고인가! '빨리 따라잡거나 속히 앞서가지 못한다면 나는 영영 낙오자나 실패자로 낙인찍히고 만다.'는 것이다.

<지금 이 순간에도 적(敵)들의 책장은 넘어가고 있다>는 하버드대학 공부벌레들의 계명은 동심의 세계를 깡그리 무시하는 전쟁놀음식의 세계관이 아니다. <지금 이 순간에도 적(敵)들의 책장은 넘어가고 있다>는 하버드대학 공부벌레들의 계명은 10대의 풋풋한 꿈과 하늘을 찌를 듯한 패기를 그 싹수부터 싹둑 잘라내려는 악의적인 의도와는 전적으로 다르다. <지금 이 순간에도 적(敵)들의 책장은 넘어가고 있다>는 하버드대학 공부벌레들의 계명은 20대의 과대망상적인 오기와 찰나적인 자기도취를 비웃는 말이 절대 아니다.

<지금 이 순간에도 적(敵)들의 책장은 넘어가고 있다>는 하버드대학 공부벌레들의 계명은 '지금 이 순간'을 그냥 흘려보내지 말고 활시위를 힘껏 당기듯이 죽을힘을 다해 바싹 조이라고 가르친다. <지금 이 순간에도 적(敵)들의 책장은 넘어가고 있다>는 하버드대학 공부벌레들의 계명은 '이 세상에는 나를 돕는 이들보다 오히려 등 뒤에서 나를 욕보이는 자들이 훨씬 더 많다.'고 가르친다.

<지금 이 순간에도 적(敵)들의 책장은 넘어가고 있다>는 하버드대학 공부벌레들의 계명은 '아무리 세상이 험악하다 해도 총칼을 앞세운 세상보다 가슴과 머리를 활용한 선의의 경쟁이 더 값지고 이롭다.'는 사실을 세상살이의 대원칙으로 삼아야 한다고 가르친다. '공부로 다투고 성적으로 이겨야 바람직하다.'고 힘주어 말한다. '또래끼리의 우열 경쟁에서 이겨야만 교문을 나선 뒤에 맞게 되는 속세의 풍진을 쉽게 뚫을 수 있다.'고 강조한다.

<지금 이 순간에도 적(敵)들의 책장은 넘어가고 있다>는 하버드대학 공부벌레들의 계명은 '적들의 총칼을 바라보지 말고 적들의 책장이 넘어가는 소리를 가만히 들어보라.'고 가르친다. <지금 이 순간에도 적(敵)들의 책장은 넘어가고 있다>는 하버드대학 공부벌레들의 계명은 '번쩍거리는 적들의 총칼을 겁내지 말고, 쉴 새 없이 넘어가는 적들의 책장을 겁내야만 비로소 싸움다운 싸움을 할 수 있다.'고 가르친다. <지금 이 순간에도 적(敵)들의 책장은 넘어가고 있다>는 하버드대학 공부벌레들의 계명은 '우레 같은 함성이나 박수보다도, 사르륵사르륵 소리 내며 넘어가는 책장이 더 값지다.'고 가르친다.

학교의 열등생과 문제아가 사회에 나가 억지 부리고 떼쓰며 조금 더 잘 산다고 해서, 조금 더 쉽게 산다고 해서 '공부는 차선책이고 성적은 못난이를 위한 우스꽝스러운 고깔모자일 뿐'이라고 함부로 말할 수 없다. '공부는 해도 되고 안 해도 되는 선택과목'일 뿐이라며 공부를 등한시하면 할수록, 아무도 모르는 사이에 휙휙 넘어가는 적들의 책장을 재빨리 따라잡을 수 없다.

<지금 이 순간에도 적(敵)들의 책장은 넘어가고 있다>는 하버드대학 공부벌레들의 계명은 '적들이 나 몰래 책장을 넘길 때 나는 그 이상으로 더 빨리, 더 많이 나의 책장을 넘겨야 한다.'고 가르친다. '책장 넘기는 속도로 적들을 이겨야 진정한 승리'란다. '공부로 적들을 이기고 성적으로 적들을 앞질러 가야 진정한 승자.'란다.

<지금 이 순간에도 적(敵)들의 책장은 넘어가고 있다>는 하버드대학 공부벌레들의 계명은 '우리의 진정한 적들이 과연 누구인가?'를 말해 주고 있다. <지금 이 순간에도 적(敵)들의 책장은 넘어가고 있다>는 하버드대학 공부벌레들의 계명은 '과연 우리가 그 적들을 무엇으로 이길 수 있는지, 그리고 어떻게 이겨야 하는지'를 아주 일목요연하게 가르쳐주고 있다.

3장

영광을 위한 10가지 계명

21

고통이 없으면
얻는 것도 없다

과학과 의술은 전쟁을 통하여 눈부시게 발전한다. 인류에게 엄청난 편익을 선사하고 인류의 생명과 건강을 보살펴주는 과학과 의술이 가장 비참한 전쟁터에서 병사들과 시민들이 흘린 피를 마시고 벼룩처럼 높이뛰기를 하는 셈이다.

과학기술의 목표가 편리에 있다면, 의술의 목표는 바로 '고통을 없애는' 일일 것이다. 아마도 인류가 최초로 찾아낸 가장 신비로운 약초나 물질도 고통을 덜어주거나 없애주는 것이었을 것이다. 사람들은 먼저 육체적인 고통에만 신경을 쓴다. 그래서 넘어지고 부딪치지 않으려 항상 살피며 다니기 마련이다. '다친다.'는 말속에 얼마나 많은 두려움이 웅크리고 있는가! 인류가 공통으로 지닌 여러 가지 속성 중 아마도 육체적인 고통에 관한 공감과 이해가 가장 큰 부분을 차지하고 있을 것이다.

하지만, 어느 정도 여유가 생기면 육체적인 고통에 대한 두려움이나 걱정은 눈에 띄게 줄고, 그 대신 정신적 고통에 대한 막연한 공포심이 비등점을 넘어선 기름이나 물처럼 요란스럽게 부풀어 오르기 시작한다. 육체적 고통이야 필요한 돈을 들고 약을 찾거나 의사의 손을 빌리면 어느 정도 해소되지만, 정신적 고통은 그 가짓수도 만만치 않고 그 해소 방법도 실로 오리무중이다. 마음의 상처를 치료할 의사가 어디 있고, 마음의 병을 낫게 할 명약이 대체 어디에 있겠는가!

<고통이 없으면 얻는 것도 없다>는 하버드대학 공부벌레들의 계명은 대체 무엇을 말하는가? 어머니가 겪는 해산의 고통이 있어야 비로소 옥동자의 첫울음이 들리게 된다는 말인가? 학창 시절의 공부하기를 두고 왜 '고통'이라고 했을까? 누구나 한 번은 거쳐 가야 하는 학창 시절의 공부하기를 두고 왜 하필 '무엇인가를 얻기 위한 필수적인 아픔'이라고 했을까?

공부는 대체 어느 정도의 고통에 해당한다는 말인가? 육체적 고통이 더 큰가, 아니면 정신적 고통이 더 큰가? 시험을 앞둔 학생은 몸도 마음도 한없이 무거울 것이다. 특히, 일생을 두고 큰 영향을 미치게 될 시험이라면 누구나 입술이 바싹바싹 마르며 정신마저 공연히 혼란스러울 수 있다. '불안한 마음'이 온몸의 기운을 억눌러놓는

통에 시험은 늘 짐스러운 법이다. 그리고 그 결과를 놓고 우열과 당락과 승패가 갈라지는 탓에 시험을 마치고 나서도 좀처럼 마음을 놓을 수 없는 것이다.

<고통이 없으면 얻는 것도 없다>는 하버드대학 공부벌레들의 계명은 '아무리 피하고 싶어도 최소한 시험을 통한 우열 경쟁과 공부하느라 겪게 되는 온갖 육체적, 정신적 고달픔만은 절대로 피하지 말라!'고 경고한다. 이유는 '반드시 얻는 것이 있다.'는 것이다. 대체, 그 '얻는 것'이란 무엇을 두고 하는 말인가?

우선 '남보다 앞서가게 되면' 기분이 좋다. 자신감이 커져 매사에 보다 적극적이 된다. 자긍심으로 인해 비록 상상 속에서지만 얼마든지 장밋빛 미래를 꿈꿀 수 있다. '만족스러운' 점수 하나로 얼마나 자신감이 커지는지 모른다. '뽐낼만한 성적' 하나로 얼마나 큰 기쁨을 맛보게 되는지 모른다.

<고통이 없으면 얻는 것도 없다>는 하버드대학 공부벌레들의 계명은 '먼저 고통을 겪어야 한다.'고 강조한다. 일단 고통을 충분히 겪어야만 기분 좋은 일이 생긴단다. <고통이 없으면 얻는 것도 없다>는 하버드대학 공부벌레들의 계명은 '소원이 있거든 먼저 고통스러운 나날을 보내야 한다.'고 가르친다. 이 세상 그 어디에도 '펑펑 놀면서도 좋은 날을 맞을 수 있는 길'은 없단다. 이 세상 그 어디에도 '고생 없이 거저 얻을 수 있는 것은 없다.'고 가르친다.

길가 콘크리트 속에 제 몸의 가장 소중한 부분을 숨긴 가로수는 단 한시도 쉬지 않고 물과 햇빛과 바람을 향해 혀를 날름거리며 부산하게 온몸을 흔들어댄다. 벌레 한 마리, 풀 한 포기, 산새 한 마리까지도 온종일 허둥거리며 제가 짐 질 고통을 결코 마다하지 않는다.

<고통이 없으면 얻는 것도 없다>는 하버드대학 공부벌레들의 계명은 우리에게 '소망하는 것이 많을수록 더 지독한 고통을 떠맡아야 한다.'고 가르친다. <고통이 없으면 얻는 것도 없다>는 하버드대학 공부벌레들의 계명은 우리더러 '고통의 정도'가 바로 '우리가 얻을 수 있는 것의 무게'라고 말한다.

그러면서 우선 '공부를 직업으로 삼으라.'고 한다. 성적은 장밋빛 인생을 위한 설계도나 마찬가지이니 절대로 하찮게 여기지 말라고 경고한다. 시험 치고 점수 받는 일을 싫어할수록 10대에 끝내야 할 마땅한 준비에 게으르기 쉽다고 말한다. 공부하기를 지겨워할수록 20대에 당연히 마쳐야 할 '통과의례'를 소홀히 할 가능성이 크다고 말한다.

10대가 '무식으로부터의 해방'을 완수하는 때라면, 20대는 '유식으로의 긴 여행'을 힘차게 시작하는 때다. 10대는 일단 '무식으로부터 벗어나기 위해' 최선을 다해야 한다. 20대는 '유식의 품속으로 파고들기 위해 안간힘을 써야' 한다.

<고통이 없으면 얻는 것도 없다>는 하버드대학 공부벌레들의 계

명은 '무식한 채 납작 엎드려 사느냐, 아니면 유식한 채 벌떡 일어나 앉느냐?'를 속히 결정하라고 독촉한다. 학창 시절의 고달픔을 피하려 할수록 점점 더 '무식의 동굴'로 걸어 들어가게 된다는 것이다. 공부나 시험이나 성적을 우습게 여길수록 점점 더 '무지의 늪' 속으로 빨려 들어가게 된다는 것이다.

<고통이 없으면 얻는 것도 없다>는 하버드대학 공부벌레들의 계명은 누가 뭐래도 틀림없는 사실이다. 작용과 반작용으로 나뉘는 물리학의 세계처럼 세상은 항상 '고통 뒤의 큰 수확'과 '고통을 피한 뒤의 더 큰 고통'으로 나뉘는 법이다.

<고통이 없으면 얻는 것도 없다>는 하버드대학 공부벌레들의 계명을 가슴 깊이 새겨놓고 10대와 20대를 보낸 이는, 반드시 장밋빛 30대와 40대, 결코 초라하지도 비굴하지 않은 50대와 60대를 맞게 될 것이다. 집터가 견고해야 큰 집을 지을 수 있다. 밑받침이 판판하고 단단해야 높은 탑을 쌓을 수 있다.

<고통이 없으면 얻는 것도 없다>는 하버드대학 공부벌레들의 계명은 우리에게 '10대와 20대를 어떻게 보냈느냐에 따라 결코 짧지도 쉽지도 않은 긴 생애가 결판난다.'고 단단히 으름장을 놓는다.

22

꿈이
바로 앞에 있는데
당신은 왜
팔을 뻗지 않는가?

'꿈'을 하나의 실체로 세상에 드러낸 이는 바로 정신분석학의 아버지로 통하는 지그문트 프로이트(Sigmund Freud: 1856~1939)다. 신경과 의사로 출발하여 정신의학, 사회심리학, 문화인류학, 교육학, 범죄학, 문예비평 등에 걸쳐 눈부신 업적을 남겼다. 21세기 최첨단 지식 정보 사회를 사는 우리조차 그의 업적을 통하지 않고는 단 몇 발짝도 전진할 수 없을 정도로 그가 끼친 영향은 너무도 크다.

그는 자신의 저서 『꿈의 해석』(1900)을 세상에 내놓는 것으로 20세기를 향한 첫걸음을 내디뎠다. '꿈은 무의미한 것도, 부조리한 것도 아니다. 꿈은 완전한 심적 현상으로 그 어떤 것의 소망 충족이다. 꿈의 원동력은 소망 충족을 위한 욕구다.'라는 그의 알쏭달쏭한 말이 바로 20세기를 이해하는 핵심적인 화두가 되리란 걸 눈치챈 이는 그리 많지 않았을 것이다.

<히스테리 연구>, <농담과 무의식의 관계>, <성의 이론에 관한 세 가지 논문>, <늑대인간>, <억압 증후 그리고 불안>, <무의식에 관하여>, <문명 속의 불만>, <예술과 정신분석>, <창조적인 작가와 몽상>, <쾌락 원칙을 넘어서>, <종교의 기원>, <일상생활의 정신병리학>…

지그문트 프로이트가 남긴 저서나 논문의 제목만 보아도 20세기의 핵심적인 특징들이 과연 무엇인지 쉽게 짐작이 가고도 남는다. 한 마디로, 그는 20세기가 그리 녹록하지 않을 것임을 가장 먼저, 가장 엄중하게 경고했던 것이다. <늑대인간>만 해도 그렇다. 자신이 치료한 환자들의 증상을 통해 동성애, 강박증, 노이로제, 편집증 등을 이론적으로 정리해 놓았다. 21세기의 문턱에서조차 언제 들어도 소름이 돋는 그 무시무시한 단어들을 지그문트 프로이트는 20세기의 문턱에서 맨 먼저 덥석 끌어안았던 것이다.

'늑대인간'은 '유아기 노이로제에 걸린 늑대 공포증 환자'를 빗댄 말이다. 그는 '쥐 강박증'에 걸린 환자를 '쥐인간'으로 불렀다. '늑대인간'이나 '쥐인간'이나 모두 어릴 적의 강박관념이 어른이 된 뒤에 큰 영향을 끼친다는 사실을 설명하기 위한 일정의 암시적 별명이다. 어른의 정신세계 한구석에 웅크리고 있는 '유아기 노이로제'의 뿌리를 캐보면 거기에는 '극심한 공포증'이 있기 마련인데, 바로 그 공포증이 '늑대'나 '쥐'에 대한 강박관념 때문이었다는 것이다. '늑대'

나 '쥐'와 직간접으로 연관된 상상과 공포가 어릴 적 정신세계에 찰거머리처럼 달라붙어 있다가 어른이 된 뒤에 엉뚱한 '정신질환'으로 나타난다는 것이다.

지그문트 프로이트는 '여성의 동성애'에 대해서도 아주 흥미 있는 해석을 하고 있다. 즉, 어린 소녀 시절에 '사랑하는 아버지를 아낌없이 어머니에게 양보했다.'는 심리적 현상이 성장 후에 '이성을 다른 여성에게 모두 양보하게 되는' 특이한 정신 현상으로 나타난다고 보았다.

지그문트 프로이트는 '한 재판장(다니엘 파울 쉬레버 박사)의 자서전'을 분석하여 편집증과 무의식의 관계를 밝히려 했다. 재판장의 편집 망상증이 신화 세계에 뿌리를 두고 있다고 보고, 그 해석과 치료를 위해 신화를 비롯하여 온갖 지식들을 동원했다.

'신의 선택을 받은 성스러운 나는 세상이 멸망하게 될 즈음 여성으로 변하여 신의 자녀들을 낳음으로써 멸망으로부터 세상을 구할 것'이라는 망상이 재판장의 편집증을 부채질했다고 보았다. 프로이트는 쉬레버 박사가 아버지나 형에게 가졌던 동성애적 감정을 자신의 주치의에게 전이시킨 과정을 설명하며 편집 망상증의 실체를 밝히려 했다.

'꿈'을 이야기하려면 반드시 지그문트 프로이트의 『꿈의 해석』을 들먹이지 않을 수 없다. 우선 잠든 상태에서 신체에 자극을 주면서 어떤 꿈을 꾸게 되는지 알아내려 했다. 그리고 구약성서 속의 '해몽'(예: '마른 암소 일곱 마리가 살진 암소 일곱 마리를 잡아먹는' 꿈을 통해 '7년 풍년 뒤의 7년 흉년'을 예언한 '요셉'의 일화)을 예로 들며 꿈이 가지고 있는 '암호'를 해독하려 했다. 프로이트는 자신이 직접 꾼 꿈을 통해 '무의식 속의 정신 작용'을 설명하려 했다.

'책임을 환자에게 전가하고 싶은 욕구'와 '꿈속의 인물들'이 혼합되어, 환자와 환자의 친구, 그리고 자신의 아내 등이 '꿈속의 한 인물'로 나타나는 현상을 설명했다. '현실에서 이루지 못한 소원이 꿈을 통해 성취된다.'고 보고 '꿈은 곧 소원성취'라고 결론지었다. 단순한 연상 작용이나 밑도 끝도 없는 것들이 꿈을 꾸게도 하지만, 대개는 자신의 경험이 바탕이 되어 꿈을 꾸게 된다고 보았다. 그리고 우리의 사고가 작동하여 '소원성취를 위한 꿈 꾸기'가 갑자기 '불안한 심리를 드러내는 꿈 꾸기'로 돌변하여 불쾌감을 자아내게 된다고 했다.

상형문자처럼 쉽게 해독하기 어려운 것이 꿈의 속성이지만, 치아(tooth)와 연관된 꿈은 성행위나 거세나 출산에 대한 기대 등을 나타낸다고 해석했다. 결론적으로, '꿈은 미래를 예견하는 힘보다 과거를 알아내는 힘을 갖고 있다.'고 했다. 꿈의 해석을 통해 정신적 외상(外傷)의 종류와 성격 형성 과정 등을 밝혀낼 수 있다고 보았다.

<꿈이 바로 앞에 있는데 당신은 왜 팔을 뻗지 않는가?>라는 하버드 대학 공부벌레들의 계명은 '꿈'과 '팔'을 연관시키고 있다. '팔을 앞

으로 쭉 뻗으면 금방 원하는 꿈을 차지하게 된다.'고 장담한다.

지그문트 프로이트는 '꿈은 무의미한 것이 아니라 대단히 의미심장한 것'이라고 했는데, 그렇다면 어떻게 '팔을 뻗음으로써 꿈을 차지하게 된다.'고 했는가? 눈을 감고 무의식의 세계에 몸을 맡기면 '꿈을 통해 소망을 이루게 된다.'는 프로이트의 말처럼, 팔을 내뻗듯이 작은 몸짓을 되풀이하다 보면 언젠가는 자신의 소원을 이루게 된다는 뜻인가?

<꿈이 바로 앞에 있는데 당신은 왜 팔을 뻗지 않는가?>라는 하버드대학 공부벌레들의 계명은 '꿈=소원성취'로 등식화했다는 점에서 다분히 프로이트를 닮았다. 한데, '팔을 뻗어 거머쥐어야만 비로소 내 차지가 된다.'며 '팔'을 강조하고 있다.

<꿈이 바로 앞에 있는데 당신은 왜 팔을 뻗지 않는가?>라는 하버드대학 공부벌레들의 계명은 '학생의 본분은 공부인데 그 공부라는 것이 그렇게 힘든 것이 아니라 그저 내 팔을 앞으로 쭉 내뻗듯이 조금만 노력하면 된다.'고 장담한다.

<꿈이 바로 앞에 있는데 당신은 왜 팔을 뻗지 않는가?>라는 하버드대학 공부벌레들의 계명은 '왜 너는 남들처럼 서두르지도 않고 그저 잠자코 기다리기만 하느냐?'고 묻는다. '공부가 가장 쉬웠다.'는 어느 고학생의 회고담처럼 '공부는 팔을 뻗는 동작처럼' 그저 잠시 마음만 다잡으면 저절로 되는 일이다. 무엇보다도 '나 자신'을 위한 일이 아닌가? 그리고 학교에서 쫓겨나거나 병으로 몸져눕지 않은 다

음에야, 누구든 '공부와 씨름하며' 청소년기를 보내고 있지 않은가? 늦공부에 열을 올리는 이들은 나이가 지긋해서도 두려움 없이 공부벌레로 변신한다.

인생의 육체적 황금기인 청소년기에 '공부를 통해 자신의 멋진 미래를 꿈꾸지 않는다면', 대체 무엇을 위해 그 '황금 같은 싱그러운 생기'를 돌처럼, 숯처럼 함부로 다룬다는 것인가? 인생의 정신적 황금기인 청년기에 '공부를 통해 자신의 중년과 노년을 준비하지' 않는다면, 도대체 어디에다 그 피 끓는 젊음을 송두리째 버린다는 말인가?

<꿈이 바로 앞에 있는데 당신은 왜 팔을 뻗지 않는가?>라는 하버드대학 공부벌레들의 계명을 '나를 위한 물음표'로 가슴에 새겨둬야 한다. <꿈이 바로 앞에 있는데 당신은 왜 팔을 뻗지 않는가?>라는 하버드대학 공부벌레들의 계명을 '나를 구원할 메시아의 메시지'로 마음속 깊이 간직해야 한다.

눈으로는 바로 앞에 놓인 꿈을 찾아내야 한다. 그리고 곧 내 팔을 앞으로 길게 뻗어 그 꿈을 냉큼 거머쥐어야 한다. 꿈을 머리나 가슴에 숨긴 이는 많아도 그 꿈을 제 손에 거머쥔 이는 별로 없다. '손에 거머쥔 꿈'이 진정한 소원성취다. '팔을 뻗어 와락 움켜잡은 꿈'이 진정한 성공이고 수확이다. 내 코앞의 일을 말끔히 해치우는 데서 비로소 '팔을 앞으로 뻗는 동작으로 들어가는 것'이다. '나를 위한 가장 소중한 일'을 열심히 하다 보면 '나의 꿈'은 저절로 이뤄

질 것이다.

자주 돌아보라! 매달릴 것에 매달려 있는지, 자신의 팔을 자주 살펴보라! 붙들 것을 붙들고 있는지, 자신의 손을 자주 돌아보라! 거머쥘 것을 거머쥐고 있는지, 자신의 손바닥을 자주 펴보라! 하나하나의 팔놀림과 손놀림이 구슬처럼 하나로 꿰져, 생로병사(生老病死)에 실려 기우뚱거리고 출렁거리는 인생을 동아줄로 단단히 얽어매 놓게 될 것이다.

꿈을 거머쥐려 자주 내뻗는 팔이 곧 인생의 바다를 헤쳐 나가는 멋진 돛이다. 꿈을 움켜쥐려 최대한 길게 뻗은 팔이 바로 인생의 바다에서 잠시 쉴 수 있게 하는 육중한 닻이 된다. 꿈을 발견하고 안간힘을 쓰며 팔을 내뻗는 일이 바로 떠내려가는 인생을 건져내고 시들어가는 인생에 물을 뿌리게 될 것이다.

23

눈이 감기는가?
그럼 미래를 향한
눈도 감긴다

한국이 낳은 세계적인 비디오 예술가 백남준 씨(1932.7.20.~2006. 1.21.)가 74세로 눈을 감았다. 사람은 '관 뚜껑을 닫아야 진짜 평가를 듣게 된다.'는 말처럼 그가 눈을 감자 세상은 온통 그에 대한 추모 열기로 가득했다. '10년, 20년 앞을 내다본 예술가'라며 칭송하기도 했다. '예술을 파괴한 뒤 새로운 예술을 창조한 사람'이라며 난데없이 혁명가처럼 꾸며내기도 했다.

어쨌거나, '비디오'라는 새로운 영역을 고집스레 개척하여 마침내 '새로운 예술 장르로 편입시켜 놓았다.'는 평가에 대해서만은 아무도 토를 달지 못할 것이다. 뉴욕타임스는 그의 죽음을 애도하며 다음과 같이 묘사했다.

"많은 예술가들이 기존의 심미적 관념을 조롱할 수 있는 방법을 찾기 위해 자신들의 젊음을 바치고 있지만, 이 같은 반란자의 지위를 늙을 때까지 유지하는 경우는 드물다. 고인이 생전에 이룩한 예술적 업적은 성공적인 반란자의 지위를 끝까지 유지했다는 점이다."

(뉴욕타임스, 2006.2.4. 고 백남준 씨를 추모하는 기사 중에서)

물론 '해 아래 새것은 없다.'는 솔로몬의 잠언처럼 백남준에게도 일정한 영향을 미친 '스승'이 있었다. 특히 1958년 미국의 현대 음악 작곡가 존 케이지(John Cage)를 다름스타트의 여름 음악학교(Darmstardt Summer School of Music)에서 만난 뒤에, 여러 매체를 뒤섞은 미디어 작업과 행위예술에 눈을 뜨게 되었다. 특히 아무도 눈을 돌리지 않았던 TV 매체를 예술의 영역으로 끌어들임으로써 소위 '비디오 아트'(Video Art)의 선구자로 첫발을 내딛게 되었다. 전자기술 분야를 예술적 표현의 도구로 승화시키게 된 계기는 첼리스트 샬롯 무어만(Charlotte Moorman)이 제공했다.

<눈이 감기는가? 그럼 미래를 향한 눈도 감긴다>는 하버드대학 공부벌레들의 계명은 백남준 같은 선구자를 부르는 주문이다. 지금 당장의 평안과 쾌락에 사로잡혀 주저앉으면 영영 못 일어날지도 모른다는 무서운 경고가 들어있다. '눈이 감기면 창창한 미래를 도둑질당한 채 영원한 암흑으로 굴러떨어질지도 모른다.'는 저주가 배어있다.

누가 사람의 눈을 두고 '마음의 창, 영혼의 창'이라고 했는가? 살

아있는 모든 것들이 눈을 비롯하여 온갖 감각을 지니고 있는데, 어째서 유독 사람의 눈만 가지고 '마음'이니 '영혼'이니 했을까? 아마도, 사람의 과거와 현재와 미래가 그 눈 속에 들어있기 때문일 것이다. 아마도, 사람의 그 초롱초롱한 눈을 들여다보고 있노라면 어느 때인가 반드시 그 사람의 과거뿐만 아니라 미래까지도 선명하게 드러나게 된다는 신기한 암시일 것이다.

<눈이 감기는가? 그럼 미래를 향한 눈도 감긴다>는 하버드대학 공부벌레들의 계명은 '눈을 잘 관리해야만 미래를 똑바로 바라볼 수 있다.'고 가르친다. 겉눈을 감게 되면 속눈도 자연히 감게 되어 현재는 고사하고 앞날도 제대로 바라볼 수 없게 된단다. 인생의 오묘한 이치를 '스르르 감기는 눈'에 빗댄 셈이다. 자신의 미래를 똑바로 바라보려면 먼저 '눈이 감길 때 그 감기는 눈을 어떻게 할 것인지' 확실하게 정하라는 것이다. 눈이 감긴다고 눕게 되면 현재에 발목이 잡혀 다시는 미래를 향해 똑바로 나아갈 수 없다는 것이다.

산 사람에게는 '감기는 눈'이지만 죽은 자에게는 '감긴 눈'이다. 삶과 죽음이 그 '눈' 하나에 달려있는 셈이다. 생명과 주검이 바로 '눈'을 감았느냐, '눈'을 크게 떴느냐를 기준으로 갈라진다는 뜻이다.

<눈이 감기는가? 그럼 미래를 향한 눈도 감긴다>는 하버드대학 공부벌레들의 계명은 우리에게 '감기는 눈을 곧 죽음을 부르는 신호'라고 일러준다. <눈이 감기는가? 그럼 미래를 향한 눈도 감긴다>는 하버드대학 공부벌레들의 계명은 우리에게 '눈이 감기면 곧바로 과거

를 향해 미끄러지게 될 테니 알아서 하라!'고 호령한다. <눈이 감기는가? 그럼 미래를 향한 눈도 감긴다>는 하버드대학 공부벌레들의 계명은 우리 모두에게 백남준처럼 평생을 통해 오로지 '미래만을 뚫어지게 바라보라!'고 명령하고 있다.

그 미래가 아무리 불확실하고 아리송하더라도, 오직 그 미래만을 잡아먹을 듯이 매서운 눈초리로 바라보란다. 내면의 독기를 최대한 뿜어 올리고 숨긴 정기를 최대한 피워 올린 채, 크게 뜬 왕방울 눈으로 끝없이 눈싸움하란다.

24

졸지 말고 자라

일본의 지하철 승객들은 하다못해 다들 만화책이라도 열심히 읽느라 정신이 없는데, 한국의 지하철 승객들은 다들 두 눈을 감고 잠을 청하기에 바쁘다는 말이 있다. (물론, 휴대폰이 필수품이 되기 이전의 이야기다. 지금은 열에 일곱은 휴대폰을 들여다보며 게임을 하거나 각자의 관심사에 골몰해 있는 편이다.)

하여튼, 한국의 승객들은 왜 차만 타면 눈을 감게 되는가? 도회지 생활에 지친 탓일까? 아니면, 세상만사가 보기 싫어 아예 눈을 뜨고 있기가 싫다는 것인가? 이도 저도 아니라면 눈동자를 둘 데가 마땅치 않아서 차라리 감게 된 것인가? 문제는 시간을 보내는 방식이다. 문제는 여유를 활용하는 스타일이다.

좀 풍자적으로 말하자면, 책을 읽는 모습에서는 살아있는 티가

물씬 풍기지만 곤히 잠들어있는 모습에서는 죽음의 그림자 같은 것이 아지랑이처럼 어른거린다. 곤히 잠든 아이의 모습에서는 비록 깊이 잠들어있지만 해맑은 생기가 모락모락 피어오른다. 하지만, 노인들의 잠든 모습에서는 전혀 생기가 느껴지지 않는다. 차라리, 두 눈을 크게 뜨고 빙그레 웃기라도 한다면 새빨간 저녁노을에 흠뻑 취하듯이 한껏 그윽한 눈길로 오래도록 바라볼 수 있을지 모른다.

달리는 자동차나 지하철 속에서 깜빡 도둑잠이라도 자고 나면 갑자기 온몸이 늘어지며 만사 귀찮다는 느낌이 들곤 한다. 마치, 이른 아침 잠자리에서 일어나며 '조금만 더 게으름을 피울 수 있다면 얼마나 좋을까?'하고 생각할 때처럼 그렇게 잠의 유혹에 이끌리는 자신을 발견하게 된다.

'잠을 이긴 사람이 없다.'는 말은 이미 고금동서의 정설이 된 지 오래다. '잠을 이긴 장수가 없다. 잠을 이긴 도사가 없다.'는 말도 귀가 따갑게 들어왔다. 그렇다면, 도대체 <졸지 말고 자라>는 하버드대학 공부벌레들의 계명은 무엇을 어떻게 하자는 것인가? '졸다가 정신을 차리고' 다시 책을 붙들 수도 있는데, 아예 잠을 자게 되면 대체 언제 일어나 미뤄놓은 공부를 하고 서둘러 마무리지어야 할 일을 마저 해치운다는 말인가?

<졸지 말고 자라>는 하버드대학 공부벌레들의 계명은 '비실거릴 바에는 아예 고목처럼 바닥에 누워 시체처럼 구는 게 낫다!'는 뜻

인가? 아마도, 어중간하게 굴지 말고 '하려면 정신 바짝 차리고 능률적으로 하라!'는 말일 것이다. 벼랑에 대롱대롱 매달린 채 공연히 애타게 하지 말고 벼랑 밑으로 굴러떨어지거나 아니면 얼른 아슬아슬한 벼랑을 벗어나라는 말일 것이다. '꾸벅꾸벅 졸 바에는 차라리 이부자리를 펴고 편히 한숨 자라!'는 말일 것이다. 몽롱한 채로는 아무리 노력해도 그저 정력 낭비, 시간 낭비일 뿐이니, 차라리 한숨 푹 자고 일어나 상쾌한 기분으로 하던 일을 마저 끝내라는 말일 것이다.

<졸지 말고 자라>는 하버드대학 공부벌레들의 계명은 '비실거리다가는 이도 저도 다 망치게 될 테니 어중간하게 굴지 말고 제발 화끈하게 딱 한 가지만을 선택하라!'고 강요한다. <졸지 말고 자라>는 하버드대학 공부벌레들의 계명은 '정신이 흐리멍덩한 상태에서는 죽도 밥도 안 될 테니 아주 작은 일이지만 항상 이쪽이냐, 저쪽이냐를 분명하게 하라!'고 꾸짖는다.

<졸지 말고 자라>는 하버드대학 공부벌레들의 계명은 '작은 일에 분명하지 않으면 큰일을 맡아도 망쳐 놓기 꼭 알맞다.'는 의미다. '하나를 보면 열 가지를 알 수 있다.'는 식이다. '꾸벅꾸벅 졸면서 억지로 외워보았자 아무 소용없다.'는 것이다.

공부하는 데도 분명히 일정한 원리가 있다는 암시다. 세상의 모

든 일들처럼 공부에 엄연히 전략, 전술이 있기 마련이라는 것이다. 신체의 리듬을 타라는 암시이기도 하다. 몸이 하자는 대로 해야 그 몸을 부려 외우기 싫은 것도 달달 외우게 만들 수 있다는 것이다. 정신력 하나만으로는 몸을 제대로 부릴 수 없으니 때로는 몸이 쉬고 싶다면 쉬고, 자고 싶다면 못 이긴 척 잠자리에 들라는 말이다.

'공부는 단거리 달리기보다 장거리 달리기에 가깝다.'는 뜻이다. 조금씩 야금야금 정복해 들어가야만 제 차지가 된다는 뜻이다. '공부는 이래저래 정신 영역에 더 가깝기 마련이니, 그 정신을 가둬두고 있는 몸을 어르고 달래 가며 부려야 효과적'이라는 뜻이다.

25

성적은 투자한 시간의 절대량에 비례한다

"사랑은 함께 보낸 시간에 비례하지 않는다."는 말도 있고, "사랑은 붙어 있는 시간에 반비례한다."는 말도 있다. '사랑과 시간은 비례한다.'고 보는 쪽은 '연애=사랑'이라는 등식을 연상하고, '사랑과 시간은 반비례한다.'고 보는 쪽은 '결혼=사랑'이라는 등식을 생각하고 있을 것이다.

국어사전은 절대량(絶對量)을 '꼭 필요한 양' 또는 '더하거나 덜거나 하지 않은 본디의 양'이라고 풀어놓았다. <성적은 투자한 시간의 절대량에 비례한다>는 하버드대학 공부벌레들의 계명은 우리에게 분명하게 말하고 있다. '성적'과 '투자한 시간의 절대량' 사이에는 '비례의 법칙'이 작용한다는 것이다. 한 마디로, '공부한 시간이 많을수록 성적도 자연히 올라간다.'는 말은 그저 단순한 체험담이 아니라 아예 만고불변의 철칙이라는 것이다.

'머리는 좋은데 노력을 안 하니 어느 세월에 성적이 오르느냐?'는 이야기를 귀가 따갑게 들은 사람이 있을 것이다. '공부를 안 하는데 어떻게 일류학교에 갈 실력이 되겠느냐?'는 말을 귀에 못이 박히도록 자주 들은 사람도 있을 것이다. 전자는 '타고나기는 잘 타고났는데 그 잘 타고난 것을 제대로 써먹지 못하고 있다.'는 핀잔이다. 반면에, 후자는 '들인 공이 없는데 어디서 뭐가 나오겠느냐?'는 한탄이다. 전자는 '선천적 재능이 먼저'라는 이야기이고, 후자는 '후천적 노력이 먼저'라는 이야기이다.

<성적은 투자한 시간의 절대량에 비례한다>는 하버드대학 공부벌레들의 계명은 바로 후자에 가까운 셈이다. 타고는 재능이 어떠하든 정작 경쟁력 있는 무기는 바로 '어떻게 하루하루를 보내느냐?'에 달려있다는 말이다. '비례한다.'는 철칙이 제대로만 작동하면 '성적을 올리는 방법'은 의외로 간단하다. 무조건 '공부에 쏟아붓는 시간을 최대한 늘려나가면' 된다. 맞는 말이다.

공부가 되었든 사업이나 사무가 되었든, 일단은 제 자리를 굳게 지키며 열심히 한 우물을 파야 한다. 온 사방을 싸돌아다니는 벌, 나비는 그저 제 생명을 이어가기만 하면 된다. 하지만, 사람은 첫째, 남들보다 훨씬 나아야 하고, 둘째, 스스로 흡족하게 느낄 수 있어야 한다. 삶을 채우고 생명을 채워야 한다. 뜻도 펴야 하고 꿈도 이뤄야

한다. 생각도 밝혀야 하고 이상도 지녀야 한다. 목표도 있어야 하고 배짱 또한 두둑해야 한다. 기질도 남달라야 하고 재주도 남들에 비해 확실하게 비교우위를 지킬 수 있어야 한다.

'비례한다.'는 말을 곰곰이 되씹어보면 사실은 그리 간단하지가 않다. '투자한 시간의 절대량'이 '바라는 성적'과 '비례하지 않는다면' 결코 기대한 만큼 좋은 결실을 거둘 수 없다는 것이다. 공부를 잘하고 못하고도 결국은 사람이 하는 일인지라 세상 이치나 삶의 속성과 매우 흡사할 것이다. 즉, 세상과 인생을 지배하는 법칙이 '공부를 잘하느냐, 못하느냐?'를 결정짓는다는 말이다.

한 가지 예로, '역치(逆値: threshold)'라는 것이 있다. 서로 다른 두 영역 사이에 '문지방'(threshold)이 있는데, 넘지 못한 이에게는 한없이 높아 보이지만 일단 넘고 나면 더 이상 연연할 필요가 없다는 것이다.

19세기 후반에 독일의 해부학자이며 생리학자였던 베버(Ernst Heinrich Weber: 1795~1878)는 '두 개의 유사한 자극 사이에 차이를 느낄 수 있는 가장 작은 자극의 양'에 관심을 갖기 시작했다. 그는 많은 실험을 통해 '자극의 증가를 느끼기 위해서는 그 차이가 일정한 역치(threshold) 이상이 되어야 한다.'는 결론에 이르게 되었다.

그가 주목하기 시작한 '역치'란 바로 '감각을 생성하는 데 필요한 증가량으로서 변화를 느낄 수 있는 최소의 차이'를 말한다. 그는 한 걸음 더 나아가 '그 최소의 차이는 절댓값보다는 전체적인 자극 강도의 비율'이라는 사실도 밝혀냈다.

예를 들어, 무게의 증가를 느끼기 위해서는 4.5kg을 들고 있을 때보다 45.3kg을 들고 있을 때 더 많은 양의 증가가 필요하다는 것이다. 그는 또 '더 이상의 감각 증가가 느껴지지 않는 최대자극'을 생각해 내고 이를 '종말 역치'(terminal threshold)라고 불렀다. 지극히 상식적인 발견에 불과한 것 같지만 '주어진 자극의 변화에 대한 지각을 수량화(數量化)하는 매우 중요한 시도'였다. 베버(Ernst Heinrich Weber)는 역도(力道)에 관한 연구를 통해 '간신히 알아차릴 수 있을 정도의 자극 변화'(즉, 자극의 일정 비율)에 주목했지만, 그의 제자였던 페히너(Gustav Theodor Fechner: 1801~1887)는 이를 감각의 측정에 적용하여 '자극과 그 자극에 대한 감각 사이의 양적 관계에 관심을 갖는' '정신물리학'이라는 새로운 학문 분야를 개척했다.

페히너(Fechner)는 '정신계와 물리계 사이의 관계'를 논하며 '오직 하나의 계(界), 즉 정신계(精神界)만이 실제로 존재한다.'고 확신했다. '우주 영혼으로서 신이 존재한다.'는 물활론적 우주관에 이어 '정신과 육체는 분리된 존재인 것처럼 보이지만, 실은 하나의 실체의 서로 다른 측면일 뿐'이라고 주장했다.

페히너(Fechner)는 '자극의 물리적 크기로 감각을 측정하기 위한 실험 절차를 개발하며' 결국 '과학적이고 계량적인 심리학의 가능성'을 생각하도록 만들었다. 스승 베버(Ernst Heinrich Weber)가 제안한 '인식 가능한 차이에 대한 이론'을 방정식으로 표현하는 방법을 고

안하기로 했다. 그는 30대 후반에 '시각의 잔상'을 연구하며 태양을 지나치게 많이 쳐다본 탓에 고통 때문에 빛을 바라볼 수 없는 부분적인 장님이 되자, 물리학의 영역으로부터 차츰 철학적이고 종교적인 차원으로 탐구 영역을 넓혀 갔다. 60대 중반부터는 실험 미학에 빠져, '어떤 모양, 어떤 크기가 미학적으로 가장 즐거움을 주는지' 계량적으로 측정하려 했다.

<성적은 투자한 시간의 절대량에 비례한다>는 하버드대학 공부벌레들의 계명을 베버-페히너의 법칙으로 설명하면 과연 어떤 형태가 될까? '투자한 시간의 절대량'을 베버나 페히너가 발견한 '역치'(threshold)로 풀면 과연 어떻게 될까? '성적은 투자한 시간의 절대량에 비례하나, 일정량의 시간을 축적하지 못하면 비례하기는커녕 도리어 반비례하는 수도 있다.'고 말하면 어떨까?

남들은 하루 5시간씩 공들여 공부하는데 나는 겨우 하루 1시간도 제대로 채우지 못한 채 그저 컴퓨터 게임이나 해대고 있다면, 그 하루 1시간씩 쏟아부은 시간의 절대량은 나로 하여금 변명만 늘어놓게 할 것이다. '할 만큼 해도 성적이 전혀 오르지 않는다.'거나, '하루 1시간만 해도 집중해서 하면 네댓 시간 동안 한 것만큼 효과가 있다.'는 식으로 괜한 말만 잔뜩 늘어놓게 될 것이다.

우리의 감각에도 눈에 보이지 않는 '눈금'이 있어서 일정한 양을 넘어서야만 비로소 느끼게 되는 것처럼, 공부와 시간 사이에도 분명히 어떤 질서와 공식이 있어야 '최소한 얼마간의 시간을 들이지 않으면 성적은 고사하고 아예 공부한 티도 낼 수 없는 것'이다.

<성적은 투자한 시간의 절대량에 비례한다>는 하버드대학 공부벌레들의 계명은 '일단 공부에 투자한 시간의 절대량을 지속적으로 늘리라!'고 역설한다. 빗물이 흥건히 고여 도랑을 채우는 일과, 눈이 소복이 쌓여 장독대와 길과 풀을 새하얗게 덮는 일을 가만히 지켜보라는 것이다. 마찬가지로, '공부한 시간을 조금씩 꾸준히 늘리며 성적이 어떻게 오르는지를 잘 살펴보라!'는 것이다. 그런 후에야 <성적은 투자한 시간의 절대량에 비례한다>는 하버드대학 공부벌레들의 계명을 제대로 이해하게 된다는 것이다.

점수가 잘 나오는 과목을 택해 차별적으로 공을 들이다 보면 자신의 전공으로 굳어지기도 하고, 평생 뒤따라 다니는 밥벌이 수단이 되기도 한다. 경제에서 말하는 무역 이론에 '비교우위론'이 있는데, 바로 그 '비교우위론'이 좋아하는 과목 고르기나 전공 선택과 아주 흡사하다는 것이다.

아담 스미스(Adam Smith: 1723~1790)는 자신의 저서 『국부론(Inquiry into the Nature and Causes of the Wealth of Nations)』(1776)을 통해 '생산량을 증대시키는 요인으로 분업의 중요성을 강조'하며, '국제무역 역시 분업의 특수한 형태'로 보았다. 이후, 데이비드 리카도(David Ricardo: 1772~1823)

는 아담 스미스의 사고를 '비교우위의 원리'로 발전시켰다.

두 나라와 2가지 상품만을 가정하며, 생산비는 노동시간과 노동력만으로 측정된다고 단순화했다. 한 예로, 두 국가 A, B와 2가지 상품 포도주 및 의복을 설정하고, 각 나라에서 이들 상품 1단위를 생산하는 데 드는 생산비 즉, 노동시간이 다음과 같다고 가정해 보자는 것이다.

A 국에 비해 B 국은 생간 면에서 비효율적이다. B 국의 노동자가 포도주나 의복 1단위를 생산하는 데에는 A 국에 비해 많은 시간이 든다. 데이비드 리카도는 기후, 노동자의 숙련도나 기술 수준, 도구나 장비의 차이 등으로 어차피 '차이가 존재하는 것이 당연하다.'고 여겼기 때문에, 그 원인에 대해서는 관심을 두지 않았다.

앞의 예에서 보듯이 A 국은 포도주와 의복 2가지 품목 모두를 보다 효율적으로 생산할 수 있기 때문에 절대 우위에 있다. 따라서 표면적으로 B 국은 A 국과 경쟁할 수 없을 뿐만 아니라, 양국 간에 교역이 시작될 경우 B 국은 경쟁에 뒤지게 될 것이 너무도 뻔하다.

하지만, 데이비드 리카도(David Ricardo)는 '의복을 생산할 때보다 포도주를 생산할 경우 B 국의 불이익이 덜하다.'는 점에 주목했다. B 국의 경우 포도주 1단위 생산에 드는 노동시간이 A 국의 2배인 데 반해, 의복 1단위 생산에 드는 노동시간은 A 국의 3배라는 점에 착안했다. 즉, B 국이 포도주 생산에 '비교우위를 지닌다.'고 본 것이다. B 국은 포도주 생산만을 특화해 생산물 일부를 A 국에 수출하고, 반대로 A 국은 의복 생산을 특화해 그 일부를 B 국으로 수출한다면, 양국 모두 더 많은 실질소득을 얻게 될 것으로 보았다. A 국은 B 국 생산비의 절반만 으로도 동질의 포도주를 생산할 수 있지만, B 국에 포도주 생산을 맡기는 것이 보다 유리하다는 것이다.

<성적은 투자한 시간의 절대량에 비례한다>는 하버드대학 공부벌레들의 계명은 우리에게 '경제와 물리를 알아야 한다.'고 가르친다. '얼마큼, 어떤 식으로 공부 시간을 늘려나가야 하는지를 제대로 알려면' 먼저 '시간에 대한 계산, 효율에 대한 계산'에 밝아야 한다는 것이다.

'얼마큼 시간을 들여야 놀란 개구리가 뛰어오르듯이 성적을 올릴 수 있을지' 곰곰이 계산해 보라는 것이다. 그리고 '어떤 과목을 택해 공을 들여야만 성적도 오르고 전공도 살릴 수 있을지' 여러 과목, 여러 주제, 여러 갈래의 길을 앞에 놓고 신중하게 저울질하라고 가르친다. '시간 투자'는 곧 '시간 관리'다.

미국 캘리포니아주 오렌지카운티에 있는 교인 1만 명 이상의 '수정교회'(Crystal Church) 원로 목사 로버트 슐러(Robert H. Schuller: 1926 미국 아이오와주 출생)는 '시간 관리를 위한 6개 원칙'을 제시하고 있다.

1. 시간을 보석이나 생명처럼 귀중히 여겨라.
2. 시간을 계산하는 습관을 가져라. 당신이 하루 소비하는 시간을 돈으로 계산해 보자. 10분이면 얼마가 되는가?

3. 시간 예산안을 짜라. 하루의 시간을 계획해 보고 계획대로 되는지 체크해 보자.
4. 당신 자신의 가치 판단에 따라 시간 예산안의 균형을 안배하자. 자신의 맡은 업무 이외에도 자기 계발, 가정에 대한 배려 등을 가치에 따라 배분하라.
5. 시간을 비교하자. 이른 아침 1시간은 늦은 1시간보다 더 중요하다.
6. 자신에게 자극을 주기 위한 시간적 압박감을 만들라. 자신의 업무에 대해 언제까지 그 일을 끝낼 것인지, 계획을 세워 시간표대로 실천하자.

위의 여섯 가지 '시간 관리 원칙'은 성공자의 충고다. 20대에 이미 40명의 교인을 5년 안에 10배로 성장시킨 관록이 있다. 29세에 캘리포니아 오렌지카운티 이동영화관 스낵바 지붕에서 50대의 자동차 안에 있는 교인들을 향해 설교를 시작하여 오늘날에는 자체 TV 방송국과 라디오 방송국을 갖고 '능력의 시간'(Hour of Power)을 방송하고 있다. 세계 2천만 명 이상이 매주 시청하는 세계에서 가장 오래된 전도 프로그램이다. 교인 1만 명 이상에 한 해 예산이 7천 2백만 달러 이상인 '수정교회'는 오늘날 캘리포니아의 '관광 명소'로 손꼽히고 있다(2010년 파산신청 후 창립자와 그의 가족들은 손을 떼고, 새 주인이 된 가톨릭 교구에서 운영 중; 수정교회는 향후 3년 동안 매각된 교회에서 예배).

'시간 투자'가 어떻게 '시간 관리'로 이어지는지 다시 한번 음미해 보아야 할 것이다. '시간의 중요성'을 경영에 대입시켜 '시테크(時tech)'라는 조어가 유행한 적도 있다. 경영은 당연히 돈 늘리기, 돈 지키기이거나 사람 관리, 재물 관리일 텐데도, 한때는 '시테크'라는 말이 심심찮게 회자된 적이 있었다. 모두가 '시간'을 지극히 제한적인 특수 자원으로 보았다는 뜻이다. 재생산이나 재활용이 거의 불가능하고 차입이나 대여나 대체가 거의 불가능하다고 여겼다는 뜻이다.

26

가장 위대한 일은
남들이 자고 있을 때
이루어진다

살아있는 모든 것들은 예외 없이 '뜀뛰기'를 할 줄 안다. 그중에서도 벼룩의 높이뛰기나 아프리카 초원을 달리는 야생동물의 달리기는 실로 상상을 초월한다. 아마도, 우리가 모르는 높이뛰기의 명수들이나 달리기 선수들이 즐비할 것이다.

하지만, 유독 사람만이 '허공에서' 연거푸 도약할 줄 안다. 다른 모든 생물들이 거의 예외 없이 땅바닥을 박차고 오르는 반면 사람만은 신기하게도 '허공'을 바닥으로 삼고 높이뛰기와 달리기를 할 줄 안다.

과거를 바닥으로 삼고 높이뛰기를 하고 지난 시간을 발판으로 삼아 높이 날아오를 줄 아는 것도 유일하게 사람뿐이다. 그리고 현실과 미래를 발판으로 삼아 아뜩할 만큼 높이 날아오르기도 하고 아스라이 멀리 달아나기도 하는 것도 오로지 사람뿐이다.

사람들은 과거를 발판으로 높이 날고 멀리 뛰는 것을 '야망'이라고 한다. 그리고 현실을 발판 삼아 도약하고 비상하는 것은 '열정'이라고 하고, 미래를 발판으로 도약하고 비상하면 '이상'이라고 부른다. 야망, 열정, 이상…… 이 세 가지만 있으면 과거, 현재, 미래가 하나로 이어지기 때문에 그제야 비로소 태어난 보람과 살아있는 의미와 살아갈 가치를 느낀다고 말한다.

사람이 뭇짐승과 다르고 뭇 초목과 구별되는 이유도 바로 여기에 있다. 하나의 시간일 뿐이고 하나로 이어진 같은 줄기, 한 뿌리일 뿐인데도 그 단조로운 것을 세 마디, 세 가닥으로 나누고 갈라, '야망, 열정, 이상'이라는 이름의 아름다운 3색, 3차원으로 땅과 하늘과 허공에 멋지게 흩뿌려 놓았다.

<가장 위대한 일은 남들이 자고 있을 때 이뤄진다>는 하버드대학 공부벌레들의 계명은 그런 점에서 참으로 사실적이고 현실적이다. 사람만이 '위대하고' 사람만이 '위대함을 향해 줄기차게 달리는' 존재이기 때문이다. 사람이 한 일, 사람이 이룬 일, 사람이 이루고자 꿈꾸는 일만이 '위대하다.'는 말에 딱 들어맞는다.

하지만, <가장 위대한 일은 남들이 자고 있을 때 이루어진다>는 하버드대학 공부벌레들의 계명은 '사람이라고 해서 모두가 위대할 수 없고, 사람이라고 해도 모두가 다 위대한 일을 이루어내지는 못한

다.'고 말한다. 그렇다면, 대체 누가 위대한 일을 이루고 누구는 또 영영 위대해질 수 없다는 것인가? '남들이 모두 잠자리에 들었을 때 홀로 깨어있는 이들, 모두가 다 쿨쿨 단잠을 자며 단꿈을 꿀 때 외롭게 홀로 밤을 지새우며 뭔가에 매달려 씨름하는 이들만이 위대해질 자격이 있고 위대해질 가능성을 지니고 있다.'는 것이다.

굳이 '잠자는 자와 깨어있는 자'를 칼로 베듯이 갈라놓자는 것이 아닐 것이다. 잠을 안 잔다고 모두 위대해질 수 있다는 말이 아닐 것이다. '잠' 하나만을 잣대로 삼아 위대한가, 아닌가를 따지자는 것이 아닐 것이다.

<가장 위대한 일은 남들이 자고 있을 때 이루어진다>는 하버드대학 공부벌레들의 계명은 '가장 위대한 일'과 '남들이 모두 자고 있을 때 위대해지고자 끊임없이 애쓰는 이들'을 두 편으로 나눠 '운명의 강둑' 이쪽과 저쪽에 우뚝 세워놓고 있다.

다행스러운 것은, 사람만이 위대해지고자 하고 사람만이 위대해질 수 있다는 사실이다. 하지만, 사람들이 짐승들이나 초목들과 견주며 사는 것을 벗어나는 즉시 무시무시한 경쟁에 돌입해야 한다. 사람들끼리의 무한 경쟁이라 단순하면서도 더할 수 없이 치열할 수밖에 없다. 그러나 내 이웃이 위대해지고 나의 벗들이 위대해지는 일이라 조금도 억울하거나 분해할 필요가 없다. 모두가 매달려 있고 모두가 딛고 있는 '하나로 이어진 시간'임을 안다면, 그 이웃이나 벗

은 결국 내 피붙이, 내 살붙이가 될 수밖에 없는 것이다.

아무리 긴 시간이라도 '내 뒤에 머물러 있는 시간'이기에 내가 낯설어하거나 굳이 고개를 돌릴 필요가 없다. 아무리 먼 미래라도 내 살붙이, 내 피붙이가 줄기차게 달릴 반듯한 외길이기에 나와 상관있고 나와 깊은 인연이 있다.

27

지금 헛되이 보내는 이 시간이 시험을 코앞에 둔 시점이라면 얼마나 절실하게 느껴지겠는가?

사형수는 '시간'에 대한 느낌이 아주 별날 수밖에 없다. 자기 목을 서서히 조이는 동아줄처럼 느껴지기도 하고, 혀를 날름거리며 기회를 노리는 독뱀으로 여겨지기도 할 것이다. '살날이 얼마 안 남았다.'는 의사의 말에 짓눌려 사는 시한부 인생에게는 그 '시간'이라는 것이 마치 이승과 저승을 가르는 가늘고 깊은 도랑으로 여겨질 것이다. 세상을 볼 때마다 '곧 잃게 될 것'으로 다가오고, '살아있는 이들의 독차지'로 여겨져 그저 고통스러운 한숨만 나오게 될 것이다.

하지만, 할 일 없이 빈둥거리는 이에게는 그 하루하루가 더할 수 없이 짐스럽고 지겨울 것이다. '왜 이리 더디 가느냐?'며 그저 지는 해만 기다리게 될 것이다. 무엇인가를 향해 가슴 태우며 기다리는 이에게는 '흘러가는 시간'이 마치 '정지된 무심한 시간'으로 느껴질 것이다. 그러면서 '활시위를 떠난 화살처럼 빠른' 시간은 대체 어디로 가고, '나무늘보(sloth)나 코알라(koala)처럼 더디고 게으른 시간만 내게 주어졌다.'며 마구 투덜거릴 것이다.

시간이 넉넉해서 제법 여유가 있을 때는 시간이 산들바람에 나부끼는 깃발처럼 정겹게 다가오기 마련이다. 하지만, 몇 분을 아끼려 이리저리 허둥거릴 때는 시간이 마치 머리 위로 떨어지는 시퍼런 도끼날 같을 것이다. 같은 사람, 같은 느낌인데도 형편에 따라 백팔십도로 다르기 때문이다.

약속 장소에 미리 도착하여 사방을 두리번거릴 때는 세상이 그저 구경거리 많은 요지경 속 같지만, 약속 시간에 늦어 발을 동동 구르며 멈춰 선 차바퀴를 노려볼 때는, 세상이 온통 어수선해 보이고 사람들마저 그렇게 냉담하고 무지해 보일 수 없다. 시간에 쫓기는 자신만 세상을 앞서가고 있고, 나머지는 의식도 없이 그저 허깨비로 거리를 쏘다니고 있는 것처럼 보이기 마련이다.

형편에 따라 그 모습을 뒤바꾼 '시간'이 사람의 기분과 생각을 모조리 뒤집어 놓고 거꾸로 세워놓은 것이다. 그래서 '정신없이 바쁜' 나는 세상을 부지런하게 살고 있지만, 느긋하게 기다리는 수많은 타인들은 시간에 대한 특별한 느낌도 없이 그저 되는대로 아무렇게나 사는 것처럼 보이는 것이다.

<지금 헛되이 보내는 이 시간이 시험을 코앞에 둔 시점에서라면 얼마

나 절실하게 느껴지겠는가?>라는 하버드대학 공부벌레들의 계명은 '같은 시간이라도 형편에 따라 백팔십 도로 다르기 마련이니, 시간에 대한 고정관념을 버리라.'고 한다.

어릴 적에 생각했던 '과거의 시간개념' 대신 다급하게 되었을 때 다가오는 그 '미래의 시간개념'을 지니라고 가르친다. 놀 때의 시간이나 느긋할 때의 시간이 아니라, 허겁지겁 서두를 때의 시간과 정신없이 쫓길 때의 시간을 생각해 보라고 한다. 그 두 가지의 시간 중 '급하게 서둘러야 했을 때의 시간'을 '진정한 나의 시간개념'으로 택하라고 한다.

그렇게 되면, '지금 아무렇게나 보내는 허드레 시간'이 눈물겹도록 고맙게 느껴지고 화들짝 놀랄 만큼 다급한 시간으로 여겨지게 된다는 것이다.

<지금 헛되이 보내는 이 시간이 시험을 코앞에 둔 시점에서라면 얼마나 절실하게 느껴지겠는가?>라는 하버드대학 공부벌레들의 계명은 '시간에 대한 개념만 제대로 정립해도 절반쯤 성공한 것'이라고 가르친다. <지금 헛되이 보내는 이 시간이 시험을 코앞에 둔 시점에서라면 얼마나 절실하게 느껴지겠는가?>라는 하버드대학 공부벌레들의 계명은 '느긋할 때의 시간을 가장 다급할 때의 시간처럼 사용해야만 비로소 성공의 금자탑을 높이 쌓아 올릴 수 있다.'고 단언한다.

공부하는 사람에게는 '시험을 코앞에 둔 시점의 아슬아슬한 시

간'이지만, 생로병사 굴레를 차례대로 지나 임종을 앞둔 이에게는 '죽음을 코앞에 둔 시점의 두렵고 억울한 시간'이라는 것이다. 그러니, 이름도 값도 없는 공짜 시간이나 빈 시간으로 알고 함부로 마구 쓰지 말라는 것이다.

더 정확한 눈금, 더 정확한 추는 바로 그 아슬아슬한 쪽에서 바라다본 눈금이고 추라는 것이다. 세상에서 제일 정확한 눈금, 세상에서 가장 정확한 추는 곧 숨넘어가는 이가 본 눈금이고, 초읽기에 들어가 들숨 날숨을 세고 있는 이가 가까스로 거머쥔 추라는 것이다.

28

불가능이란 노력하지 않은 자의 변명이다

'불가능'이란 단어를 떠올릴 때마다 생각나는 사람이 있다. 바로, '내 사전에 불가능이란 단어는 없다.'고 말했다는 프랑스의 나폴레옹 1세(Napoleon Bonaparte: 1769.8.15. 코르시카 아작시오~1821.5.5. 세인트헬레나섬)다. 오랫동안 프랑스와 이탈리아의 식민지였던 척박한 코르시카섬에서 태어나 유럽을 비롯하여 러시아와 아프리카를 넘나들며 19세기 벽두에서 일대 광풍을 일으켰던 장본인이다.

나폴레옹이 태어나기 얼마 전에 제노바는 코르시카(Corsica)를 프랑스에 할양했다. 코르시카섬은 지중해에서 이탈리아의 시칠리아섬, 사르데냐섬, 그리고 독립국인 키프로스 섬에 이어 네 번째로 큰 섬이다. 프랑스 남부로부터는 170km 떨어져 있지만, 이탈리아 북서부로부터는

90km밖에 떨어져 있지 않다. 너비가 11km인 보니파시오 해협을 사이에 두고 사르데냐섬과 마주하고 있다. 그러니 현재는 비록 프랑스 땅이지만 왜 그토록 오랜 세월 동안 이탈리아에 속한 채 이탈리아의 영향을 많이 받았는가를 쉽게 알아챌 수 있을 것이다.

어쨌거나, 갑자기 국적이 이탈리아 제노바에서 프랑스로 바뀌자, 당연히 그 오랜 세월 동안의 식민지 생활에 염증이 난 코르시카 주민들은 새 주인인 프랑스를 상대로 독립항쟁을 전개하게 되었다. 나폴레옹의 부친도 한동안 독립운동에 가담했다가 후일 프랑스의 점령을 수용했다. 나폴레옹은 16세에 부친이 사망하자 위로 형들이 있었지만, 꼼짝없이 소년가장 노릇을 해야 했다. 16세에 파리 육군사관학교를 졸업(58명 중 42등)하자 포병장교 훈련을 맡은 연대의 포병 소위로 임관했다. 17세에 잠시 고향인 코르시카로 돌아갔다가 19세에 다시 연대에 복귀했지만, 분위기는 이미 180°로 변해 있었다.

프랑스 대혁명의 기운이 감돌기 시작할 무렵 20세의 나폴레옹은 코르시카의 독립을 꿈꾸며 저항운동에 가담했다. 하지만, 부친의 변절(코르시카 총독의 비호로 1771년 아작시오 지방법원의 판사 보좌관으로 임명됨)이 저항운동 지도자들의 표적이 되자, 나폴레옹은 실망한 나머지 곧 군대로 복귀했다.

22세에 포병 중위가 되어 입헌군주정을 지지하는 토론모임에 합류했다가 곧바로 회장이 되었다. 그해 가을에는 3개월의 휴가를 얻어 다시 코르시카 독립운동에 가담했지만, 이듬해 초(1792.1)에 탈영자 명단에 올라 오도 가도 못하는 신세가 되고 말았다.

하지만, 운명의 여신은 나폴레옹을 외면하지 않았다. 그해 봄에 프랑스가 오스트리아에 선전포고하자 사면령이 내려져 다시 파리도 돌아 올 수 있었다. 포병 대위로 진급했지만, 연대로 복귀하지 않고 다시 코르시카로 귀향했다. 코르시카 독립운동 지도자인 '파올리'의 독선이 싫어 반대파에 가담했지만, 반란을 일으켜 실권을 장악한 '파올리'의 탄압으로 온 가족이 프랑스로 야반도주할 수밖에 없었다.

24세(1793)가 된 나폴레옹은 마침내 군에 복귀하여 혁명의 기운이 점점 짙어지는 것을 예감하고 『보케르의 만찬(Souper de Beaucaire)』을 집필하여 '자코뱅당과 왕정 타도의 선봉에 섰던 국민공회(Convention National)를 중심으로 모든 공화주의자가 단합해야 한다.'고 주장했다.

그해 늦여름 국민공회의 군대와 영국군(왕당파가 끌어들인)이 프랑스를 무대로 한바탕 전쟁을 치르게 되었는데, 하필 국민공회의 포병 사령관이 부상으로 출전하지 못하게 되었다. 나폴레옹 집안과 친분이 있는 코르시카 출신의 군사위원(앙투안 살리세티)은 나폴레옹을 천거했다. 그 덕택에 나폴레옹은 24세의 나이에 준장으로 진급했다. 한때 부상을 입기도 했지만 곧바로 영국군을 '툴롱(Toulon: 프랑스 남동부 프로방스 알프코트다쥐르 지방 바르 주에 있는 항구도시로 프랑스의 주요 해군기지)'에서 몰아내며 대승을 거뒀다. 6일 만(1793.12.16.~12.22)에 부상당한 장교에서 큰 승리를 거둔 명지휘관이 된 셈이다.

군사위원이자 실세인 '오귀스탱 드 로베스피에르'가 공포정치의 주역으로 당시 정부를 이끌던 자신의 형(막시밀리앙)에게 천거하자, 나폴레옹은 이듬해에 이탈리아 주둔 프랑스 포병부대의 지휘를 맡게 되었다. 하지만, 호사다마(好事多魔)라고 나폴레옹은 졸지에 반란 혐의로 체포되었다. '로베스피에르'가 낙마하자(1794.7.27.) 나폴레옹은 그의 앞잡이로 몰렸던 것이다. 그해 9월에 석방되었지만 군 지휘권은 박탈당했다. 이후 몇 달간은 운명의 여신이 전혀 돌아보지 않는 듯했다. '야심이 지나치다.'는 모함과 국민공회의 과격파인 산악당(Montagnards) 지지파라는 구실로 변변한 직책을 맡을 수 없었다. 하지만, 이듬해 국민공회가 새로운 헌법(국민공회 의원의 3분의 2를 새 입법부 의원에 재선하도록 규정)을 국민투표에 붙이자, 법령 통과를 방해하려는 왕당파는 파리에서 반란을 일으켰다.

국민공회로부터 전권을 위임받은 '폴 드 바라스'는 나폴레옹에게 진압 책임을 맡겼다. 나폴레옹은 반란 진압(1795.10.5.)에 성공한 후 26세의 나이에 프랑스군 국내 사령관이 되어 새 총재정부의 군사 문제 고문을 겸했다. 이때 한 장군(알렉상드르 드 보아르네)의 미망인으로 두 자녀를 둔 '조세핀 타셰 드 라파제리'를 알게 되었다.

27세(1796)가 되자 마침내 그토록 소원했던 이탈리아 원정군 사령관에 임명되었을 뿐만 아니라, 미망인 조세핀과 결혼하는(1796.3.9.) 행운을 거머쥐게 되었다.

짧은 신혼의 단꿈 뒤에 니스의 지휘 본부를 점검하니, 기록에는 4만 3천의 군사로 되어 있는데 실제로는 핫바지 같은 2만 군사뿐이었다. 나폴레옹은 사기를 잃은 오합지졸들에게 성명을 발표했다. '이탈리아만 점령하면 명예와 부를 한꺼번에 거머쥘 수 있다.'는 식으로 병사들의 호전성을 한껏 자극했다. 나폴레옹의 선동 탓인지 이탈리아 군대를 연이어 격파하고 그해 5월에 파리평화조약을 맺었다.

이후 한동안은 나폴레옹의 전성시대가 이어지는 듯했다. 33세에는 국민투표로 종신 통령이 되고 35세에는 '거듭되는 암살 음모를 영원히 잠재운다.'는 명분으로 '세습 제정'을 선포(1804.5.28.)했다. 대관식(1804.12.2.)은 교황(피우스 7세)이 참석한 가운데 파리의 노트르담 대성당에서 있었다.

하지만, 운명의 여신은 나폴레옹이 유럽을 피로 물들이며 전쟁을 계속하자 43세(1812) 이후 슬그머니 발을 빼기 시작했다. 그 결과, 45만 대군을 이끌고 러시아를 공격했다가, 화재와 혹한에 쫓겨 겨우 1만여 명의 패잔병만을 이끌고 비참하게 귀향(1812.12.18. 파리귀환)해야 했다.

유럽인들은 이제 더 이상 나폴레옹을 '승리의 화신'으로 보지 않았다. 신화가 깨지자 연전연승하던 화려한 전력은 온데간데없고 44세 이후부터는 연이어 쫓기기 시작했다. 45세가 되자 몰락의 속도는 더욱 빨라졌다. 유럽인들의 동맹 전선에 무릎을 꿇고 만 프랑스는 마침내 나폴레옹을 퇴위(1814.4.6.)시켜 엘바섬으로 추방(1814.5.4.)하기에 이르렀다. 그래도 유럽인들은 나폴레옹에게 4백 명의 자원 호위대와 연 2백만 프랑의 국고지원금을 허락했다.

그러나 운명의 여신은 다시 한번 변덕을 부리기 시작했다. 프랑스인들로 하여금 새로 등극한 루이 18세(루이 16세의 동생)가 피로 산 혁명의 물결을 잠재우지나 않을까 의심하도록 부추기기 시작했다. 나폴레옹은 프랑스인들의 마음을 읽고 재기를 노리기 시작했다. 연금 지불을 거절한 프랑스 정부와 엘바섬 대신 아득히 먼 대서양의 무인도로 귀양 보내려는 적대세력의 음모도 나폴레옹의 탈출 결심을 자극했다.

마침내, 엘바섬을 벗어나 대륙의 관문인 '칸(지중해 관광 중심지 니스 남서쪽)'에 상륙했다(1815.3.1.). 알프스를 넘을 때는 공화주의자를 자처하는 농민들이 운집했다. 나폴레옹을 체포하러 달려온 병사들마저 나폴레옹 호위군으로 돌변했다.
마침내, 파리에 도착(1815.3.20.)하여 다시 황제의 자리에 올랐지만, 분위기는 예전 같지 않았다. 설상가상(雪上加霜)으로 유럽인들 앞에는 나폴레옹을 능가하는 새로운 영웅 '웰링턴'이 등장해 있었다. 운명의 여신이 나폴레옹 대신 '웰링턴'을 바라보자 전황은 금방 나폴레옹을 등지기 시작했다.
패장이 되자 프랑스 의회는 나폴레옹의 퇴위(1815.6.22.)를 요구했다. 영국이 해상봉쇄를 결정하자 미국으로의 망명도 자연히 무산되었다. 동맹국들의 반발을 의식한 영국은 나폴레옹을 영국의 식민지 섬인 남대서양의 세인트헬레나(Saint Helena)섬에 억류(1815.10.15. 세인트헬레나섬 상륙)할 수밖에 없었다. 기독교를 로마의 국교로 선포하게 한 위대한 한 여성(콘스탄티누스 황제의 모친)의 성씨를 따 이름 지어진 아프리카 서쪽의 절해고도(絕海孤島)가 졸지에 나폴레옹의 유배지로 전락하고 말았던 것이다.
세인트헬레나섬의 부총독 관저로 쓰였던 낡은 저택을 감옥으로 여긴 나폴레옹은 해를 거듭하며 차츰차츰 폐인이 되어가기 시작했다. 오스트리아 빈으로 돌아간 아내(마리 루이즈, Marie-Louise: 1791.12.12.~1847.12.17.; 신성로마제국 황제 프란츠 1세의 장녀, 루이 16세 왕비 마리 앙투아네트의 조카; 나폴레옹 사후 백작들과 두 차례 재혼)와 아들(나폴레옹 2세: 1811.3.20.~1832.7.22.: 재위 1815.6.22.~1815.7.7.; 로마 왕; 후에 라이히슈타트 공)로부터 아무 소식이 없자 따분한 일상은 점점 더 독이 되기 시작했다. 2년이 지나자 복통에 시달리기 시작했다. 결국, 유배 생활 5년 7개월(1815.10.15.~1821.5.5. 오후 5시 49분) 만에 52세를 일기로 숨을 거두고 말았다. 황제의 왕관과 곤룡

포(袞龍袍) 대신 그의 싸늘한 주검은 군복과 외투로 덮여 있었다. 묘비에는 이름도 없이 그저 '여기에 눕다.'(Ci-Git)는 짤막한 말만 새겨졌다.

그 후 나폴레옹의 유해를 두고 프랑스 국왕 루이 필립(Louis Philippe)은 장장 7년여 동안 영국과 협상했다. 유배지 세인트헬레나 섬으로부터 프랑스 국내로 옮겨 당당히 국장을 치르기 위함이었다. 유해는 사후 19년이 되는 1840년 10월 8일 발굴되어 프리깃함 라 벨풀호에 선적되었다. 르아브르(Le Havre: 프랑스 서북부 대서양에 면한 항구도시; 센강 하구)에 도착한 뒤 유해는 센강을 거쳐 파리의 쿠르베부아에 당도했다. 1840년 12월 15일 국장이 거행되었다. 폭설을 무릅쓰고 영구차는 개선문을 통해 샹젤리제, 콩코르드광장, 에스플라나드를 거쳐 생제롬 성당에 이른 뒤 묘당이 완공될 때까지 임시로 안치되었다. 그로부터 21년여가 지난 1861년 4월 2일 앵발리드(Invalides: 군사박물관) 안의 황금 돔 성당 중앙 밑에 자리한 붉은 대리석 관에 영구히 안치되었다.

혹자는 나폴레옹을 불세출의 영웅이라며 떠받들지만, 혹자는 피에 굶주린 전쟁광이라며 '악(惡)의 사자(使者)'로 단정 짓는다. 30세(1799)에 통령이 되고 35세(1804)에 황제가 될 정도로 대운을 타고난 사람이었다. 제2 제정을 이끈 나폴레옹 3세(루이 나폴레옹: 1848년 제2공화국 대통령 당선; 1851년 12월 쿠데타 주도; 1852년 황제 즉위)는 나폴레옹 1세의 조카(동생 루이 보나파르트의 3남)이다.

나폴레옹은 '나의 사전에 불가능이란 단어는 없다.'는 명언을 남겼다. <불가능이란 노력하지 않은 자의 변명이다>라는 하버드대학 공부벌레들의 계명과 일맥상통하지만, 그 어조는 훨씬 더 단호하다. <불가능이란 노력하지 않은 자의 변명이다>라는 하버드대학 공부벌레들의 계명은 '불가능'을 '게으른 자의 핑곗거리' 정도로 보았지만, '나의 사전에 불가능이란 단어는 없다'는 나폴레옹의 명언은 '불가능'을 아예 철저히 배격하고 있다. 한쪽은 '불가능'을 '노력하지 않은 이들의 전유물'로 보았지만, 다른 한쪽은 '불가능'을 '사전 밖의 한낱 허접스러운 쓰레기' 정도로 얕잡아보았다.

영웅으로 추앙하든 아니면 지옥의 사자로 저주하든 나폴레옹이 남긴 명언들(다음의 표 참조)은 곱씹을수록 누구에게나 특별한 의미로 다가오게 마련이다. 보통 사람들은 감히 상상하기조차 어려운 인생 역정을 살았기 때문에 인생에 대한 성찰이 남다르기 때문이다.

나폴레옹 1세(Napoleon Bonaparte: 1769.8.15.~1821.5.5.)**가 남긴 명언들**

번호	중심 단어	명언
1	불가능	나의 사전에 불가능이란 단어는 없다.
2	제복	사람은 그가 입은 제복대로의 인간이 된다.
3	덕과 악	사람은 덕보다 악으로 더 쉽게 지배된다.
4	처세술	처세술에서 가장 중요한 것은 정이나 이치에 쏠리지 않고, 오히려 그 두 가지를 다 억제할 줄 알아야 한다는 것이다.

5	사랑	사랑에 대한 유일한 승리는 탈출이다.
6	펜과 칼	펜은 칼보다 강하다.
7	삶과 고통	산다는 것은 고통을 겪는 일과 같다. 그러므로 성실한 사람일수록 자신을 이기려 애쓰는 법이다.
8	졸병과 황제	살아 있는 졸병이 죽은 황제보다 훨씬 가치 있다.
9	성격과 운명	성격의 씨앗을 뿌리면 운명의 열매가 열린다.
10	승리와 노력	승리는 노력과 사랑에 의해서만 얻어진다. 승리는 가장 끈기 있게 노력하는 사람의 것이다. 어떤 고난의 한가운데 있더라도 노력으로 정복해야 한다. 그것뿐이다. 이것이 진정한 승리의 길이다.
11	어리석은 자	신을 비웃는 자는 어리석은 자다.
12	죽음	죽음은 아무것도 아니다. 그러나 패배자로서 영광 없이 사는 것, 그것은 매일 죽는 것이나 다름없다.
13	승리	승리를 원한다면 모든 것을 걸어야 한다.
14	가능성	1%의 가능성, 그것이 나의 길이다.
15	승리의 법칙	인류의 역사가 시작된 이래 역사를 지배한 것은 항상 승리의 법칙이었다. 그 외의 다른 법칙은 없다.
16	숭배와 두려움	숭배의 대상인 동시에 두려움의 대상이 되는 것, 이것이 통치다.
17	승부	승부는 언제나 간단하다. 적이 무엇을 원하는지를 간파해야 한다. 그리고 적으로 하여금 원하는 것, 꿈꾸는 것이 가능하다고 믿게 하는 것이다.
18	패배	앞을 내다보지 못하는 자는 이미 패배한 자다.
19	비범한 작전	비범한 작전이란 유용한 것과 불가피한 것만을 시도하는 것, 바로 그것이다.
20	왕좌와 목판	왕좌란 벨벳으로 덮은 목판에 불과하다.

21	사람과 일	처음에는 사람이 일을 끌고 가지만, 조금 있으면 일이 사람을 끌고 가게 된다.
22	행사와 사상	엉터리 행사로 사람의 마음을 사로잡는 것은, 감동적인 사상으로 사람을 설복시키는 것보다 훨씬 확실하다.
23	천재와 기회	아무리 위대한 천재의 능력일지라도 기회가 없으면 소용이 없다.
24	약속	약속을 지키는 최선의 방법은 약속을 하지 않는 것이다.
25	재난과 보복	우리가 어느 날 마주칠 재난은 우리가 소홀히 보낸 어느 시간에 대한 보복이다.
26	의지와 자신의 힘	의지할 만한 것은 남이 아니라 자신의 힘이다.
27	40번의 전승과 민법전	나의 진정한 명예는 40번 싸운 전승이 아니다. 워털루는 모든 전승 기록을 사라지게 했지만, 영원히 사라지지 않는 것은 나의 민법전이다.
28	낙심과 도취	인생에 있어 가장 중요한 것은 실패했다고 낙심하지 않고, 성공했다고 기쁨에 도취되지 않는 것이다.
29	숙고와 돌진	숙고할 시간을 가져라. 그러나 일단 행동할 시간이 되면 생각을 멈추고 돌진하라.
30	무기와 희망	비장의 무기가 아직 나의 손에 있다. 그것은 희망이다.

<불가능이란 노력하지 않은 자의 변명이다>라는 하버드대학 공부벌레들의 계명은 '세상은 노력한 자와 노력하지 않는 자로 양분된다.'고 단정한다. 그리고 노력한 자는 '불가능하다.'는 말을 입에 담지 않지만, 노력하지 않은 자는 '불가능해서 못했다.'며 곧잘 핑계를 댄다고 한다.

공부의 경우에도 마찬가지라는 것이다. '공부한 사람과 공부 안 한 사람'이 있는데, 공부한 사람은 '불가능'이란 말을 입에 담지 않지만, 공부 안 한 사람은 툭하면 '불가능하다.'거나 '불가능해서 못했다.'며 책임을 회피한다는 것이다.

"핑계 없는 무덤은 없다."는 말을 이해할 때쯤에는 모든 것이 너무 늦기 마련이다. '공동묘지에 가 보라! 죽은 자들마다 모두 이런저런 핑계를 대게 마련이다!'라는 속담 하나에서 감히 토를 달 수 없는 무서움을 느끼게 된다.

<불가능이란 노력하지 않는 자의 변명이다>라는 하버드대학 공부벌레들의 계명이 보통 사람들을 위한 훈계라면, '내 사전에 불가능이란 단어가 없다'는 나폴레옹의 명언은 초인(超人)이 되기를 꿈꾸는 진정한 야심가나 신선이 되기를 자라는 몽상가를 위한 영원한 화제(話題)이자 화두(話頭)일 것이다.

29

노력의 대가는 이유 없이 사라지지 않는다

'천재는 99%의 노력과 1%의 재능으로 이루어진다.'는 말은 이미 천하 만민의 상식이 되었다. 혹자는 발명왕 토마스 에디슨(Thomas Alva Edison: 1847.2.11. 미국 오하이오주 밀런~1931.10.18. 미국 뉴저지주 웨스트오렌지)의 말로 기억하기도 하고, 혹자는 어디선가 들은 듯한 격언 정도로 떠올리겠지만, 하여튼 '노력이 인생을 좌우한다.'는 무서운 경고인 것만은 확실하다. '노력한다고 항상 성공할 수는 없다. 그러나 성공한 사람들은 모두 노력한 사람들이다.'라는 말도 있다.

영국의 시인이며 평론가였던 사무엘 존슨(Samuel Johnson: 1709~1784)은 '위대한 업적은 힘에 의해서가 아니라 불굴의 노력에 의해서 이루어진다.'는 말과 '하루 3시간씩 걸으면 7년 후에는 지구를 한 바퀴(4만여 km) 돌게 된다.'는 말을 남겼다. 모두가 '노력이 삶에 얼마나 중요한가?'를 강조하고 있는 셈이다.

사실은 너무도 뻔한 이야기에 불과하다. 동력이 공급되어야 바퀴가 굴러가고 기계가 움직이는 것처럼 사람의 일생을 좌우하는 것도 결국에는 행운이나 확률보다도 '사람 자신의 노력'이다. 그러니 '노력이 인생의 성패를 좌우한다.'는 식의 온갖 잠언들은 따지고 보면 실로 공허하기만 하다.

'최대의 영광은 한 번도 실패하지 않았다는 것이 아니라, 실패할 때마다 일어섰다는 데 있다.'는 공자(孔子: BC551~BC479)의 말은 <노력의 대가는 이유 없이 사라지지 않는다>는 하버드대학 공부벌레들의 계명의 속편처럼 들린다.

'하늘을 변화시키기 위해서가 아니라, 자신을 변화시키기 위해 기도하라.'는 덴마크가 낳은 실존주의 철학자 키에르케고르(Soren Aabye Kierkegaard: 1813.5.5.~1855.11.11.)의 말은 <노력의 대가는 이유 없이 사라지지 않는다>는 하버드대학 공부벌레들의 계명을 철학적, 종교적으로 풀어낸 듯하다.

성악설(性惡說)로 잘 알려진 순자(荀子: BC300년경~BC230년경)는 '소인(小人)이란 허망한 짓에 힘쓰면서도 남들이 자기를 믿어주기를 바라고, 속이는 짓에 힘쓰면서도 남들이 자기와 친해지기를 바라며, 금수(禽獸)와 같은 행동을 하면서도 남들이 자기를 착하다고 하기를 바란다.' 고 말한 뒤, '내 몸을 둔 곳이 그렇기 때문에 이런 결과를 얻는 것이다. 사람이란 자기 몸을 의지하는 곳을 삼가야 한다.'고 훈계했다.

우리 식으로 하면 근묵자흑(近墨者黑: Who keeps company with the wolf will learn to howl; He who touches pitch shall be defiled there with.)에 해당하는 가르침이다. 백로(白鷺: white heron)를 가까이하면 흰색을 지니게 되지만, 까마귀(crow)를 가까이하면 알게 모르게 까만색으로 변하게 된다는 식이다.

스피노자(Benedict de Spinoza: 1632.11.25.~1677.2.21.; 네덜란드 암스테르담에서 태어난 포르투갈계 유대인 혈통의 철학자; 17세기 합리론의 주요 이론가)는 아예 한 걸음 더 나아가 '나는 할 수 없다고 생각하고 있는 동안은 사실은 하기 싫다고 다짐하고 있는 것이다. 그러므로 그것은 실행되지 않는 것이다.'라며 노력하지 않는 사람을 노골적으로 불신했다.

중국 송말원초(松末元初)에 『사기(史記)』를 비롯한 17개의 정사(正史)에 송대(宋代)의 사료를 더해 증선지(曾先之)가 새롭게 편찬한 『십팔사략(十八史略)』에는 '우(禹) 임금은 천자(天子)가 되고 난 후 13년 동안 자기 집 앞을 지나면서도 집에 들어가지 않고 정치에 전력을 다했다.'고 나와 있다. 외길을 열심히 걷다 보면 목적지에 이른다는 평범한 이야기를 성군(聖君)의 발자취를 통해 강조하고 있는 셈이다.

<노력의 대가는 이유 없이 사라지지 않는다>는 하버드대학 공부벌레들의 계명은 우리에게 '어떤 경우에는 노력의 대가가 아침 이슬처럼 홀연히 사라지기도 한다.'고 경고하고 있다. 죽도록 애써도 제대로 된 결실을 맺지 못하는 경우가 의외로 많다는 암시다. 어떤 경

우에, 무슨 이유로 노력의 대가를 잃어버리게 되는가?

클라우제비츠 장군(Carl Philipp Gottlieb von Clausewitz: 1780~1831)과 '계몽 군주' 프리드리히 대왕(Friedrich der Grosse: 1712~1786.8.17.; Friedrich II세)은 '목적한 바를 이루지 못하는 이유'를 분명히 지적했다. 즉, 목표를 한 번에 하나씩 추구해야 하는데, 한꺼번에 너무 많은 목표를 추구하기 때문이라고 했다.

저서 『전쟁론(Vom Kriege; On War)』(1832~1834)을 통해 전략 수립의 3대 목표를 '적의 세력, 자원, 사기'로 본 클라우제비츠 장군은 '자신이 가진 모든 것을 바쳐 한 가지 중요한 목표를 이루어야 한다.'고 조언했다.

'모든 것을 하려는 사람은 아무것도 하지 못한다.'는 프로이센의 프리드리히 대왕(Friedrich der Grosse: 1712~1786.8.17.: 재위 1740~1786; Friedrich II)의 말도 같은 의미다. 그리고 프리드리히 대왕의 묘소를 참배하며 대왕(1745년 12월, 드레스덴 조약을 통해 오스트리아를 제외한 유럽 전역에서 공식적으로 '대왕' 칭호를 얻음)의 남다른 군사 전략적 천재성을 흠모했던 나폴레옹 1세(Bonaparte Napoleon)도 대왕과 비슷한 어조로 '유럽에는 장군들이 많이 있다. 그러나 그들은 한 번에 너무 많은 것을 보려고 한다. 하지만, 나는 단 한 가지 중요한 부분만을 보고 이를 목표로 삼아 공격한다. 그러면 나머지 부분들은 저절로 무너지기 마련이다.'라고 말했다.

미국의 심리학자 찰스 가필드 박사(Charles A. Garfield)는 각 분야에서 최고로 성공한 사람들을 연구한 결과, 덜 성공한 사람들과 큰 차이가 있다는 사실을 발견했다. 20년이 넘게 전 세계 정상급 스포츠 선수들과 유명 트레이너들을 인터뷰하며 '최고의 성취 상태에서는 감각은 항상 긍정적이고 의식은 늘 현재에 집중되지만, 그 성취의 수준이 떨어지기 시작하면 감각은 부정적으로 변하고 의식 또한 과거와 미래로 이동한다.'는 사실을 밝혀냈다.

그는 이런 발견을 『정상의 성취자들』로 묶어 세상에 내놓았다. '성공한 사람들은 한 가지 목표에 온 정신을 집중하는 반면, 그렇지 못한 사람들은 한 번에 여러 가지 목표를 좇느라 노력을 분산시킨다.'는 것이 그의 결론이었다.

어떤 사람이 잘난 척하며 찰스 가필드 박사에게 '잔재주를 부린다면 얼마나 많은 목표를 동시에 성공적으로 이룰 수 있느냐?'고 묻자, 박사는 '잔재주는 부리지 말고 많은 목표 중 하나만 선택하십시오.'라고 대답했다. 찰스 가필드 박사는 '정열이나 의욕 같은 심리적 에너지를 과연 어떻게 사용할 것인지'에 대해 말하고 싶었던 것이다.

<노력의 대가는 이유 없이 사라지지 않는다>는 하버드대학 공부벌레들의 계명을 백 퍼센트 증명하는 사례는 의외로 많다. 그 중 하나가 바로 '성공 철학자'로 자리를 굳힌 나폴레옹 힐(Napoleon Hill: 1883~1970)의 인생 역전일 것이다. 저서 『자기관리론(How to Stop

Worrying and Start Living)』을 펴내 성공학의 명강사이자 명저자로 이름을 날린 데일 카네기(Dale Breckenridge Carnegie: 1888~1955; 미주리주 매리빌 태생; 사범대 졸업)와 명실공히 쌍벽을 이루는 성공학의 선구자로 잘 알려져 있다.

변호사를 꿈꾸다가 한 시골 잡지사의 무명 기자로 일하고 있던 나폴레옹 힐(25세)은 운 좋게도 당대 최고의 갑부인 73세의 강철왕 앤드루 카네기(Andrew Carnegie: 1835~1919)와 인터뷰하게 되었다. 떨리는 마음으로 재계의 거물을 만나 입을 열기 시작했지만, 그 첫 인터뷰는 뜻밖에도 장장 3일 낮, 3일 밤이나 이어졌다. 물론 그사이에 낯선 느낌은 완전히 사라지고 그저 거침없이 내뱉는 거인의 한마디 한마디에 점점 더 깊이 빠져들 뿐이었다. 저녁을 함께 들며 이야기를 나누기도 하고, 창문을 두드리는 새벽 별을 바라보며 그동안 나눈 이야기를 정리하기도 했다.

사흘째 저녁이 되자 앤드루 카네기는 나폴레옹 힐에게 다음과 같이 말했다.

"나는 자네에게 사흘에 걸쳐 '새로운 철학'의 필요성에 대해 이야기했네. 그럼 이제 자네에게 질문을 하겠네. 만일 내가 이 새로운 철학을 하나의 프로그램으로 만드는 작업을 자네에게 의뢰한다면 자네는 그것을 어떻게 하겠나? 물론 협력자들이나, 자네가 인터뷰를 해야 할 사람들에게는 내가 소개장을 써주지. 우선 한 500명 정도가 될 걸세. 이 성공 프로그램을 편집하는 데는 20년 정도의 조사가 필요할 것이

네. 한번 해볼 생각이 있는가? 있다. 없다. 한 가지로만 대답하게."

집으로 돌아갈 여비가 충분한지 주머니 속에 손을 넣고 잔돈을 세고 있던 나폴레옹 힐은 뜻밖의 제안에 갑자기 멍해지지 않을 수 없었다. 하지만, 곧 정신을 바짝 차렸다. '인정한다는 뜻이니 망설이지 마라!'는 속삭임이 들리는 듯했다. 나폴레옹 힐은 자신도 모르게 다음과 같이 내뱉고 말았다.

"카네기 씨! 저에게 맡겨주십시오. 반드시 해내겠습니다!"

그러자, 카네기가 말했다.

"단, 내가 자네에게 줄 금전적인 원조는 한 푼도 없네. 그래도 괜찮겠지?"

"네!"

그때 앤드루 카네기는 호주머니에서 스톱워치를 꺼내며 말했다.

"29초 걸렸군. 자네가 대답하는 데 29초 걸렸어. 만일 1분이 넘었다면 자네를 그저 앞길이 별로 안 보이는 평범한 사람으로 판단하고 제안을 철회했을 걸세. 이런 결단을 1분 안에 내리지 못하는 사람이라면, 어떤 것을 시켜도 시원치 않을 걸세."

사실 카네기는 나폴레옹 힐 이전에 이미 260명에게 제안했었지만, 아무도 1분 안에 대답하지 못했다. 이후 20년 동안 나폴레옹 힐은 카네기가 소개해준 인물들(507명)과 인터뷰하며 성공 철학을 하나하나 정리해 나갔다. 그 결과 16개 부분으로 성공 철학을 집대성하여 『성공의 법칙(Law of Success)』(1928)이란 책을 펴냈다. 그 후 일반인들을 위한 다이제스트 판으로 『생각하라, 그러면 부자가 된다(Think & Grow Rich)』(1937)라는 성공학의 명저를 출간했다.

물론, 즉시 베스트셀러가 되어 전 세계에 걸쳐 수천만 부 이상이 팔려 나갔다. 카네기의 가르침을 통해 성공 철학의 대가가 된 나폴레옹 힐은 '성공의 전도사'로 전 세계를 누비며 항상 다음과 같은 말로 끝을 맺었다.

"성취와 좌절, 혹은 성공과 실패가 모두 사람의 생각에 달려있다. 사람의 생각은 볼 수도 없고 만질 수도 없지만, 우리의 삶을 좌우하는 강력한 실체이다. 한마디로 생각은 강력한 힘을 지닌 실체다. 따라서 성공하고 싶다면, 그리고 원하는 삶을 살고 싶다면 자신의 생각을 명확한 목표, 인내력, 강렬한 소망으로 채워야 한다."

한 시간 더 공부하면 배우자의 얼굴이 바뀐다

<한 시간 더 공부하면 배우자의 얼굴이 바뀐다>는 하버드대학 공부벌레들의 계명은 너무도 세속적이라 지나치게 속되다는 느낌마저 든다. 차라리, 장삿속으로 세상을 살라고 말하는 편이 나올 정도로 인생을 철저하게 잇속 따지기나 잇속 챙기기쯤으로 치부하고 있다.

하지만, 질퍽거리는 봄눈 녹은 시골길이든, 비 온 뒤의 매끄럽고 깔끔한 아스팔트 길이든, 길은 그저 '내가 내 발로 걷지 않으면' 아무 소용이 없다. 빙빙 에둘러 애매모호하게 이야기하는 것보다 차라리 <한 시간 더 공부하면 배우자의 얼굴이 바뀐다>는 하버드대학 공부벌레들의 계명처럼 철저하게 속된 편이 더 나을지도 모른다.

강원도 산골의 한 촌뜨기에서 세계 굴지의 기업군을 이끄는 총수가 되기까지 숱한 화제를 만들어냈던 고(故) 정주영 회장은 그의 자서전 『이 땅에 태어나서』에서 자신의 성공 비결을 일목요연하게 말하고 있다.

> 나에게 가장 큰 의미가 있는 것은 언제나 내 앞에 놓여 있는 시간이었다. 나에게 주어진 시간을 어떻게 얼마만큼 알차게 활용해서, 어떤 발전과 성장을 이룰까 하는 것 이외에 내가 관심을 가진 것은 별로 없었다.
>
> 나는 나에게 주어진 '시간'이라는 '자본'을 꽤 잘 요리한 사람이라고 할 수 있다. 언젠가 남보다 빠른 시간에 새로운 일을 계획하고 뛰어들고 마무리하고 남이 우물쭈물하는 시간에 벌써 나는 돌진하면서 그렇게 대단히 바빴기 때문에 '나이 대신 시간만 있었던 일생'이라고 해도 과언이 아니다.
>
> 시간은 한순간도 정지하지 않는다. 지나가 버리면 잡을 수도, 되돌릴 수도 없다. 나는 '적당주의'로 '자신에게 허락된 시간을 귀중한 줄 모른 채 헛되이 낭비하는 것보다 멍청한 짓은 없다.'고 생각한다.

하지만, 꿀벌처럼 분주하게 날아다니려면 목표가 분명해야 한다. 그리고 무엇보다도 어떤 꽃에 꿀과 꽃가루가 많은지, 어떤 꽃이 맛있는 꿀과 꽃가루를 가지고 있는지 확실하게 알아야 한다.

타고난 재주나 본능만 가지고는 사막 같고 정글 같은 세상을 제대로 헤쳐 나갈 수 없다. 무엇보다도, 무엇이 선(善)이고 무엇이 악(惡)

인지를 똑똑하게 알아야 주어진 시간을 제대로 활용할 수 있다.

세상의 법 이외에 하늘의 법도 어기지 말아야 주어진 생명의 시간을 십분 활용할 수 있다. 아무나 입버릇처럼 내뱉고 누구나 동네 강아지 이름 부르듯 내갈기는 그 '양심'이란 말 하나라도 제대로 붙들고 살아야 존경이나 숭배는 너무 멀더라도 최소한 삿대질, 손가락질, 발길질 당하지 않고 주어진 길 위에서 마음 편히 지낼 수 있다.

다음의 이야기에서 어렴풋이 알 수 있듯이 선악(善惡)에 대한 확고한 인식과 선악에 대한 확실한 신념이 유지되지 않으면, 주어진 시간이 아무리 길더라도 축복이나 기적으로 다가오지 않고 오히려 저주와 구속으로 다가오게 될 것이다. 사형수나, 시한부 인생이나, 흉악한 죄수나, 모두가 기피하고 혐오하는 도망자나, 이리 차이고 저리 차이는 오갈 데 없는 지천꾸러기로 산다면 주어진 시간이 제아무리 길더라도 아무 소용이 없을 것이다. 제값을 못 하는 상품처럼 제구실 못 하는 사람도 - 언젠가는 반드시 모두로부터 외면당한 채 세상 밖으로 내쫓기게 될 것이기 때문이다.

> 어느 인디언 촌락의 추장이 어린 손자에게 '큰 싸움'에 대해 말하고 있었다. 모든 이의 마음속에서 일어나는 싸움이라 아무도 피할 수 없다고 했다. 할아버지의 말씀에 손자의 궁금증은 자꾸 커져만 갔다.
>
> "얘야, 우리 모두의 마음속에서 벌어지고 있는 이 싸움은 사실 두 마

리 늑대 사이의 싸움이란다. 한 마리는 악한 늑대인데 이 녀석이 가진 것은 화, 질투, 슬픔, 후회, 탐욕, 거만, 자기 동정, 죄의식, 열등감, 거짓, 자만, 우월감, 이기심 등이란다. 다른 한 마리는 착한 늑대인데 바로 기쁨, 평안, 사랑, 소망, 인내심, 평온함, 겸손, 친절, 동정심, 아량, 진실, 믿음 같은 걸 갖고 있단다."

초롱초롱한 눈망울을 데굴데굴 굴리며 열심히 듣고 있던 손자는 할아버지에게 더 이상 못 기다리겠다는 듯이 불쑥 '어떤 늑대가 이기느냐?'고 물었다. 할아버지는 빙그레 웃으며 "내가 먹이를 주는 녀석이 이기지!"라고 대답했다.

인디언 추장의 일화는 우리에게 '어떤 늑대를 좇고, 어떤 늑대를 쫓을 것인지' 확실하게 정하고 출발해야 주어진 시간을 제대로 사용할 수 있다고 가르친다. 그리고 다음의 소크라테스 일화는 죽기 살기로 스스로 택한 늑대를 좇지 않으면 아무것도 이룰 수 없다고 경고한다.

소크라테스(Socrates: BC470~BC399)는 40대 후반에 이미 작가들(예: 아리스토파네스, 아메이프시아스 등)에 의해 희극의 주인공으로 등장할 정도로 유명세를 누렸다. 아버지(소프로니스코스; 어머니 '파이나레테'는 산파였다)는 아테네 제국을 세운 델로스 동맹의 창설자 아리스티파네스(Aristides the Just) 가문과 친분이 깊었다고 알려져 있다. 억울하게 죽어간 소크라테스를 위해 〈소크라테스의 변명(Apologia of Socrates)〉을 저술했던 플라톤(Platon: BC428~BC348)은 '신비의 조각가 다이달로스가 소크라테스의 선조였다.'고 증언하기도 했다.

그런 소크라테스(Socrates)에게 어느 날 아테네의 한 청년이 '성공의 비결을 가르쳐달라.'고 청했다. 소크라테스는 아무 말 않고 청년을 강가로 데리고 가더니, 잠시 물속을 들여다보라고 했다.

청년이 고개를 갸우뚱거리며 허리를 굽히고 물속을 들여다보려 하자, 소크라테스는 다짜고짜 청년의 머리를 물속에 처박았다. 청년은 화들짝 놀랐지만 어쩔 도리가 없었다. 금방 숨이 막혀 죽을 지경이 되었지만, 소크라테스는 한동안 청년을 놓아주지 않았다.

한참 뒤, 놀란 청년이 숨을 몰아쉬며 소크라테스를 바라보자 소크라테스는 자못 심각한 어조로 물었다.

"물속에서 가장 원했던 것이 무엇이냐?"

청년은 '공기'라고 대답했다. 청년의 대답이 끝나기가 무섭게 소크라테스는 청년에게 단호한 어조로 말했다.

"그것이 성공의 비결이다. 네가 공기를 원했던 만큼 성공을 간절히 원한다면 반드시 성공할 수 있을 것이다. 다른 비결은 없다."

소크라테스의 일화도 '성공하기를 바라거든 독해야 한다.'고 가르치지만, 사무엘 존슨의 일화도 '자신을 추스르고 이끄는 데 한없이 독해야 한다.'고 가르친다.

명문가 출신인 영국의 문호 사무엘 존슨(Samuel Johnson: 1709.9.18. ~ 1784.12.13. ; '영어사전', '라셀라스', '셰익스피어 작품집', '영국 시인들의 생애' 등이 대표작) 박사는 소년 시절에 집이 가난해서 구두마저 사 신을 수 없었다. 그래서 늘 맨발로 걸어 다녔다.

존슨이 옥스퍼드대학에 다닐 때 부잣집 아들을 친구로 사귀었는데, 그 친구는 존슨의 가난을 매우 딱하게 생각했다. 그래서 어느 날 새 구두를 몰래 그의 방문에 걸어두었다. 외출했다가 돌아온 존슨은 그것을 보자 창밖으로 홱 내던져 버렸다. 그리고 말했다.

"남에게 구두를 얻어 신는 것은 남의 비호를 받는 것과 같은 것이다. 나는 비록 굶어 죽는 일이 있더라도 남의 도움은 받고 싶지 않다. 옥스퍼드의 거리를 구두 없이 걸을 수 없다면 생각을 달리해야겠지만, 나는 지금 훌륭히 걸을 수 있는 맨발을 가지고 있다. 구두가 무슨 필요가 있겠는가!"

존슨은 여전히 맨발로 통학했다.

우리 자신이 '일류대학생 사무엘 존슨처럼' 맨발로 학교에 다녀야 할 정도로 가난했다면 과연 어떻게 행동했을까? 최소한 이왕에 생긴 새 구두를 창밖으로 내던지는 일은 없었을 것이다. 무엇보다도 남의 호의를 무시하는 행동은 예의에 어긋난다고 생각했을 것이다. 어떤 이는 '남의 도움을 바라지 않는 정신이야말로 깨끗한 인격을 쌓아가는 기반'이라고 말하기도 한다. 어떤 이는 '맨발로 다니면서도 조금도 부끄럽게 여기지 않는 그 떳떳한 자세'에서 차라리 당당함을 느끼게 된다고 말하기도 한다.

<한 시간 더 공부하면 배우자의 얼굴이 바뀐다>는 하버드대학 공부벌레들의 계명은 특별히 '추가한 한 시간'의 의미와 가치를 강조하고 있다. 자리에서 벌떡 일어나 기지개를 켠 후 다시 자리에 앉아 '한 시간만 더 공부하라!'고 한다. 문 쪽을 향해 달려 나가고 싶더라도 꾹 참고 '한 시간만 더 하던 일에 몰두하라!'고 한다. 보통의 느슨한 자세가 아니다.

단꿈에 몰입하듯 그렇게 온 감정, 온 의식을 다 쏟아부어야 한다는 것이다. 실제로 '감정 몰입'이 한 때의 결심이나 이를 윽문 다짐보다 몇 배나 더 큰 효험을 발휘한다는 사실은 이미 많은 과학자들이 밝힌 바 있다.

미국의 성격 및 사회심리학회 연례 학술 대회(2006.1.28.)에서 미국 에머리대 드루 웨스턴 교수 연구팀은 "정치적 판단을 할 때 인간의 뇌는 이성이 아니라 감정 영역이 작동한다."라고 발표했다. 2004년 미국 대통령 선거 직전 공화, 민주 양당의 열성 당원들에게 당시 양당의 후보였던 조지 부시 대통령과 존 케리 상원의원의 연설문 가운데 앞뒤가 안 맞는 부분을 제시했다. 당원들은 자신이 지지하는 후보의 모순점은 무시한 채 경쟁 후보의 발언에서는 모순점을 정확하게 짚어냈다.

이들의 두뇌활동을 '기능성 자기공명영상'(fMRI: 두뇌의 특정 부위가 작동하며 피가 몰리면 그 부위를 밝게 표현해 주는 장치)으로 관찰했다. 실험과정에서 소속 정당에 관계없이 감정을 관장하는 회로는 갑자기 활발해진 것으로 드러났다. 하지만, 이성을 관장하는 부위의 활동은 전혀 증가하지 않았다. 감정적 판단은 원하는 정보만 추구하는 '일종의 중독 현상'도 나타냈다.

드루 웨스턴 교수는 '실험대상자들은 원하는 결론을 얻을 때까지 인식의 만화경을 마구 돌리는 것처럼 보였다.'고 설명했다. 실제로 실험대상자들은 지지 후보에게 불리한 정보는 무시하면서 계속 원하는 정보만 찾았다. 자신이 원하는 결론에 일은 상태에서는 부정적 정서를 관장하는 부위의 뇌 활동이 멈추고 그 대신 마치 중독자가 원하는 물질을 얻었을 때처럼 보상회로의 활동이 갑자기 증가하는 것으로 나타났다.

미국 스토니브룩대 밀턴 로지 교수팀은 '정치심리학지'(2005.5)에 "실험에 참가한 대학생들은 (감정적 판단을 할 때처럼) 수천분의 1초 단위로 부정적 또는 긍정적 감정을 느끼는 것으로 나타났다."라고 발표했다. 밀턴 로지 교수팀은 '대학생들에게 정치인의 이름을 먼저 보여준 뒤 이어서 전혀 상관없는 단어를 제시하면서 이 단어가 주는 느낌을 말하게' 했다.

성균관대 이정모 교수(심리학)는 "감정적 판단이 이성적 판단보다 발달한 것은 생존에 유리했기 때문"이라고 밝혔다. 그는 '감정이 개입하면 정보처리를 위해 뇌에서 더 많은 에너지가 소모되는 것으로 알려져 있다.'며 '격렬한 논쟁은 뇌에서 끊임없이 정서적, 감정적 회로를 가동시킴으로써 피로를 누적시켜 뇌 건강을 계속 해친다.'고 했다. 감정적 판단은 사전에 지닌 신념이나 감정 중심으로 이루어지므로 여러 정보를 분석해야 하는 이성적 판단보다 속도가 빠르기 마련이다.

미국 프린스턴대 인지심리학자인 다니엘 카네만(Daniel Kahneman) 교수는 '주식투자 등 경제행위에서 인간의 판단은 논리적 합리성보다는 감정에 좌우된다.'는 주장을 펴 2002년 노벨 경제학상을 수상했다.

경제학자들 사이에서 널리 인정되고 있던 생각을 그대로 받아들이는 대신 '불확실한 상황에서 인간의 판단과정이 어떻게 작용하는가?'를 새로운 각도에서 연구했다. 즉, '전통적인 경제학적 규범과 정반대로 주먹구구식으로 의사결정이 이루어진다.'는 사실을 밝혀냈던 것이다. 즉, 사람은 '미래의 결과가 불확실할 때 논리적이고 합리적인 사고가 아니라, 비합리적이고 편향된 사고에 의해 판단하고 결정한다.'는 것이다.

카네만 교수는 '자신이 어는 것이나 믿는 것과 일치하는 방향으로 모든 정보를 해석하고 판단, 결정하는' 비합리적인 특질을 '확인

편향'(confirmation bias)으로 불렀다. '빈약한 정보, 제한된 인지능력, 급변하는 환경으로 불확실성이 커진 상황에서 판단하고 결정할 때(judgement under uncertainty) 사람들은 어림법, 즉 추단법(heuristics)을 사용하여 문제를 해결한다. 추단법은 체계적인 절차를 끝까지 밟으면 해결되는 알고리즘(algorithm: 문제해결을 위한 절차나 방법)과 속도의 정확성에서 대조되는 문제해결 방법이다. 추단은 편향(bias)에 의해 초래된다.'는 것이 미국 대학들의 경제학과에 '행동경제학' 과목을 개설하게 한 다니엘 카네만 교수(2002년 노벨 경제학상 수상)의 주장이다.

다니엘 카네만교수는 '인간의 판단과 결정이 얼마나 비이성적이고 불합리한가?'를 증명하기 위해 다음과 같은 예를 들고 있다.

"어떤 전염병에 대비하여 두 개의 방안이 제시되었다고 가정하자. 이 전염병은 600명을 죽게 할 것으로 예상된다. 이 상황을 다음과 같이 두 개의 다른 양식으로 제시할 수 있다.

제시 상황 1 방안 A를 택하면 200명을 살릴 수 있다. 방안 B를 택하면 0.33의 확률로 600명을 살릴 수 있다.

제시 상황 2 방안 A를 택하면 400명이 죽게 된다. 방안 B를 택하면 0.67의 확률로 600명이 죽을 수 있다. 어느 방안을 택할 것인가?

1, 2가 같은 상황임에도, 사람들은 **제시 상황 1**에서는 대부분이 방안 A를, **제시 상황 2**에서는 대부분이 방안 B를 더 좋은 방안으로 선택한다.

제시 상황 1에서는 준거점이 '아무것도 안 했을 때 600명이 죽는다.'는 미래 시점으로써, 그러한 '극단적인 상황보다는 200명을 구하는 것이 이득'이라고 생각하게 된 것이다.

제시 상황 2에서는 준거점이 '아무도 안 죽는 경우'라서, '0.67의 확률로 600명이 죽을 가능성이 확실히 400명이 죽는 것보다 낫다.'고 판단하게 되는 것이다. 똑같은 상황이라도 그 상황을 '어떤 식으로 기술하느냐?'에 따라 사람들의 판단과 결정이 달라진다는 것이다. '선택의 결과가 이득이냐, 손실이냐?'로 기술되면 사람들은 상식과 달리, 이득이 있을 때는 보수적으로 되고, 손실이 있을 때는 모험적으로 판단하고 결정한다는 것이다.

자동차 구입 시, 10여만 명의 소비자 의견을 종합한 소비자 보고서를 두 달 동안 연구하고 인터넷 자료를 모아 '차종 A'를 구입하기로 결정했다고 치자. 한데, 그날 저녁 한 친구가 불쑥 나타나 그 차종에 대해 '엔진 소리가 좋지 않다.'고 했다. 그리고 그 이야기를 듣고 '차종 B'를 사기로 마음을 바꾸게 되었다면 그는 자신의 판단과 결정에서 10여만 명에 이르는 사례보다도 단 하나의 증거를 더 중시한 셈이 된다. 즉, 인간은 그처럼 수많은 합리적이고 객관적인 자료들이나 기준들보다도 어느 한 가지를 '과대평가하는' 비합리적이고 편향적인 오류를 범하기 쉽다는 것이다.

한국과학기술원(KAIST) 김대수 교수(생명공학)는 '감정 때문에 정보를 제대로 처리하지 못하는 인지부조화현상(認知不調和現狀)'을 '동물의 소유욕 실험'에서 밝혔다. 쥐에게 매번 먹이 10개씩 주다가, 한 번에 300개를 주면 너무 좋아하면서 먹이로 향하는 속도가 빨라지는 것을 발견했다.

반면에, 줄곧 300개씩 주다가 200개로 줄이면 앞서 경우보다 먹이 '총량'은 더 많음에도 불구하고 '상대적 빈곤감' 때문에 이동 속도가 느려졌다. 그는 "대학원생들에게 월급을 조금 주면 '돈 벌려고 하는 일이 아니라, 공부의 연속이니 만족한다.'고 했다가 월급을 올려주면 오히려 다른 사람과 비교하면서 불평이 많아지는 경우도 마찬가지로 볼 수 있다."라고 했다.

<한 시간 더 공부하면 배우자의 얼굴이 바뀐다>는 하버드대학 공부벌레들의 계명의 자극적인 표현도 사람의 비이성적이고 불합리한 특성을 제대로 꿰뚫어 본 결과일 것이다. 보통 때는 이성이니 합리니 하며 제법 차분하고 냉정하게 굴다가도 정작 가장 중요한 판단과 결정에 있어서는 '일시적인 기분에 좌우되거나 어림짐작과 전부터 지니고 있던 편견 따위에 지배당하고 마는' 사람의 못난 특질을 제대로 파악하고 있기에, '한 시간 더 공부하면 팔자가 바뀐다.'는 식으로 속물답게 이야기했을 것이다.

<한 시간 더 공부하면 배우자의 얼굴이 바뀐다>는 하버드대학 공부벌레들의 계명은 우리에게 '왜 한 시간을 더 공부하느냐?'고 묻는다. 그리고 '배우자의 얼굴이 바뀌면 무엇이 좋아지느냐?'고 묻는다.

그러면서 무엇보다도 '한 시간 더 공부하는 마음가짐'이 아주 특별해야만 그 1시간이 기적을 낳게 된다고 말한다. '한 시간'의 의미가 어떻게 다가오느냐에 따라 일생일대의 기적과 축복을 만날 수도 있다는 것이다. '한 시간'을 어떻게 사용하느냐에 따라 인생 자체가 완전히 달라질 수도 있다는 것이다.

세계적인 동기부여 강사인 '폴 해나'는 "당신은 당신이 지배하는 사고에 따라 움직인다."라고 역설했다. 그녀는 강연에서 종종 샘(Sam)의 이야기를 예로 들곤 했다.

> 어느 날 도로에서 멋진 스포츠카를 보게 된 샘(Sam)은 자신도 그런 스타일의 스포츠카를 갖고 싶다는 생각이 간절했다. 그러나 당장 그럴 만한 여유가 없다는 사실을 깨닫고 자포자기했다. 그러다가, '꿈을 명확하게 하면 현실로 이루어진다.'는 강의를 듣게 되었다. 당장 스포츠카 대리점으로 가서 자신이 원하던 스포츠카의 카탈로그를 얻어 왔다. 그러고는 스포츠카 그림을 오려 천장에 붙여 놓았다. 매일 아침 눈 뜨면서, 또 잠자리에 들면서 그 그림을 보게 되었다. 그렇게 한 곳에 집중하던 샘은 자신의 생활을 돌아보게 되었고, 쓸데없이 돈을 낭비하는 것을 알게 되었다. 그때부터 치밀하게 계획을 세워, 스포츠카를 사기 위해 저축했다. 스포츠카를 구입한 자신의 멋진 모습을 상상하면서, 별다른 생각 없이 지출하던 비용을 최대한 절약했다. 결국, 샘(Sam)은 꿈에 그리던 스포츠카의 주인공이 되었다.

폴 헤나는 '자신의 꿈을 분명하게 하는 것이 곧 그 자신의 잠재력을 극대화시키는 길'이라고 했다. 즉, 잠재력을 최대한 활용하고 싶다면, 그 첫 단계로, '원하는 것을 생각 속에서 명확히 해야 한다.'는 것이다.

'상상한 것이 현실화된다.'며 '생각의 긍정화와 시각화'를 강조하는 동기부여 훈련전문가 '삭티 거웨인'(Shakti Gawain)은 자신의 저서 <그렇다고 생각하면 정말 그렇게 된다>에서 다음과 같이 말하고 있다. 스스로 10여 년 동안이나 정신과 치료를 받은 일이 있기 때문에 자신의 경험을 바탕으로 한 여러 가르침들이 훨씬 더 설득력을 지니게 된 셈이다.

책의 차례(목차)만 보아도 그녀가 무엇을 가르치려 하는지 쉽게 짐작할 수 있다.

> 어제까지의 나를 잊어라 / 삶을 긍정적으로 프로그래밍하라 / 하루 10분씩 환희의 체험을 맛보아라 / 스스로를 업그레이드하라 / 이제는 내 인생을 가꿀 때다

자기 불신이나 부정적인 생각으로 너무 많은 에너지를 허비하기보다, 소망하는 것들을 머릿속에 그리는 '시각화', 그리고 '해낼 수 있다.'며 자기 자신에게 긍정적인 말을 해주는 '긍정화'를 통해 누구든지 놀라운 기적을 이루어낼 수 있다는 것이다.

첫째, 몸은 에너지의 집합체인데 모든 형태의 에너지들은 서로 연결되어 있어서 서로 영향을 주고받는다.

둘째, 비슷한 성질의 에너지는 서로 끌어당긴다. 인간의 사고와 감정도 그들만의 자력(磁力)을 갖고 있어서 자신과 비슷한 성질을 띠고 있는 에너지를 끌어당긴다.

셋째, 형태는 생각을 따라온다. 아이디어가 어떤 형태의 이미지를 그려내면, 이미지는 물리적인 에너지를 그 형태 안으로 끌어당기고 인도한다. 그리하여, 원래 그렸던 이미지를 물리적 차원에서 실현시킨다. 결국, 마음속에 어떤 생각이나 아이디어를 품고만 있어도, 그 자체가 에너지를 끌어당겨서 현실 속에서 구체적인 형태를 드러내도록 하는 것이다. 바로 이것이 생각이 현실로 드러나는 원리인 것이다.

넷째, 뿌린 대로 거둔다. 결국, 이 우주 안에서는, 자신이 어떤 생각을 품으면 언젠가는 반드시 자신에게로 되돌아오기 마련이다. 사람들 각자가 생생하게 그려낼 수 있는 것은, 자신이 가장 훌륭하다고 생각하는 것, 가장 굳건하게 믿고 있는 것이다. 그렇게 생생하게 그려낸 것은 에너지 차원에서 저절로 자신의 삶 속으로 끌어들이게 된다. 결국, 무슨 생각을 하느냐가 미래의 결과를 만들어내는 것이다.

사람은 누구나 어떤 생각을 하며 산다. 그리고 자신이 원하든 원치 않든 간에 그 생각이 현실화되면서 그것이 그 자신의 인생을 이루게 된다. 즉, 부정적인 생각을 가진 사람은, 지금 당장 어려울지는 몰라도 곧 긍정적인 상황을 가져온다.
이처럼 우리의 몸은 그 속에 담긴 생각을 현실화하도록 시스템화 되어 있다. 미래가 궁금하다면 – 즉, 미래에 얼마나 많은 성취를 했는지, 얼마나 큰 성공을 했는지, 얼마나 훌륭한 사람이 되었는지가 궁금하다면 – 현재 자신이 머릿속에 그리고 있는 것을 보면 될 것이다. 그리고 그 생각을 일일이 적어보면 될 것이다. 분명하고 명확하게 목록으로 만들어지는 것이 바로 자신의 미래일 것이다.

'생각이 곧 미래가 된다.'는 공식이 지금도 사람들 속에서 작용하고 있으며, 그 사람의 미래에 직접적으로 관여하고 있다.

'우주는 당신이 자신을 위해 위험을 감수한 것에 대해 보답할 것이다.'

❶ 미국의 신학자(1955년 보스턴대학에서 신학박사 학위 취득)이자 흑인해방운동 지도자였던 마틴 루터 킹(Martin Luther King: 1929.1.15. 조지아주 애틀란타~1968.4.4. 테네시주 멤피스) 목사는 시내버스의 흑인 차별대우에 반대하여 5만의 흑인 시민이 381일 동안 벌인, '몽고메리(앨라배마주) 버스 보이콧 투쟁'(1955.12)을 이끌었다. 테네시주 멤피스시에서 흑인 청소부의 파업을 지원하던 중에 한 숙소에서 암살(1968.4.4.)되기까지, 비폭력주의에 입각하여 흑인 인권운동을 전개했다.

재봉사였던 로자 팍스(Rosa Parks: 1913.2.4.~2005.10.24.)가 '백인에게 자리를 양보하라.'는 버스 운전사의 지시를 거부하다 경찰에 체포당하자, 대대적인 '버스 보이콧'이 시작되었다. 이듬해(1956) 미국 연방최고재판소는 '버스 내 인종 분리법은 위헌'이라고 판결했다. 그의 노벨평화상(1964.10.14.) 수상은 인류의 인권사(人權史)에 새로운 장을 열어놓기에 충분했다. 워싱턴 평화행진(1968.8.28.) 당시 링컨 기념관 앞에서 그가 한 연설은 아직도 듣는 이의 가슴을 진한 감동으로 채운다.

"저에게는 꿈이 하나 있습니다. 저의 네 자녀들이 피부색이 아니라 인격에 의해 평가받는 그런 나라에 살게 되는 날이 오리라는 꿈입니다.(I have a dream that my four little children will one day live in a nation where they will not be judged by the color of their skin but by the content of their character.)"

미국인들은 매년 1월 셋째 주 월요일(그의 출생일인 1월 15일에 맞춰 공휴일을 정하는 미국 방식)을 그가 남긴 발자취를 기리며 국가 공휴일(마틴 루터 킹 데이: Martin Luther King Day)로 보내고 있다.

❷ 세계 최초로 사람을 태워 나른 자동차는 영국의 리차드 트레비딕(Richard Trevithic)이 만든 역마차 모양의 8인승 증기엔진 자동차(1801년 12월 24일, 친구 3명과 함께 시운전에 성공)이었다. 4행정 가솔린 엔진을 사용한 첫 자동차는 독일의 칼 벤츠(Karl Benz: 1844~1926)가 만들었다. 4행정 내연기관 특허를 놓고 오토(Nikolaus Otto)와 다임러(Gottlieb Daimler) 사이에 소송이 벌어졌지만, 결국 다임러가 승소하자 벤츠는 4행정 내연기관을 자유롭게 연구할 수 있게 되었다. 그 결과 4행정 가솔린 엔진을 장착한 최초의 삼륜 자동차를 만들 수 있었다. 다임러보다 특허 신청이 약간 앞섰던 탓에 '최초의 가솔린 엔진 자동차

는 벤츠가 먼저 만들었다.'는 소리를 듣게 된 것이다. 누구에게나 마찬가지겠지만, 칼 벤츠에게도 헌신적인 아내(Bertha Ringer)의 도움이 아주 컸다.

미국이 낳은 '자동차왕' 헨리 포드(Henry Ford: 1863~1947)는 값이 비싸 부자들만 소유할 수 있던 자동차를 저렴한 가격으로 내놓아 '자동차의 대중화'를 앞당긴 사람이다. 그에게는 남다른 꿈이 하나 있었다. 미국의 모든 가정이 자동차를 몰고 다니는 꿈이었다. 디트로이트 근처에서 가난한 농부의 아들로 태어났지만, 자신의 꿈을 이루기 위해 퇴근 후 낡은 창고에서 새로운 자동차를 만들기 위해 밤을 새웠다. 이런 그를 보고 아버지를 비롯하여 동네 사람들 모두 비웃었지만, 그의 아내만은 남편의 꿈을 믿어 주었다. 40세(1903)에 동업자와 함께 자본금 10만 달러로 포드자동차회사(Ford Motor Company)를 설립하고 자동차 대중화에 본격적으로 매달렸다. 그는 마침내 세계 최초로 대량 생산차 'T형 포드'의 제작을 개시(1908)하여 일반 가정에서도 쉽게 자동차를 소유할 수 있게 했다.

❸ 미국에서 존경받는 여성 중 한 명(2005년, '미국인이 가장 존경하는 여성' 2위)으로 손꼽히는 오프라 윈프리(Oprah Gail Winfrey: 1954.1.29. 출생)는 세계적인 토크쇼(The Oprah Winfrey Show: 1986.10.8. 시작~2011.5.25. 종영) 진행자로 더 잘 알려져 있다. 미국 미시시피주의 흑인 빈민가(코슈스코)에서 태어나 이미 14세에 임신을 하고 20대에는 마약에 빠져 지냈

던 그녀가 훗날 가장 영향력 있는 여성으로 태어나는 과정은 한 편의 드라마보다도 더 극적이다. 어린 시절은 신발도 없이 지내야 할 정도로 가난했다. 18세 미혼모의 딸로 태어나 9세에 사촌오빠에게 성폭행당하고, 14세에는 삼촌에게 성폭행당해 아이까지 낳았다가 곧 잃고 말았다. 그 충격으로 한때는 100kg이 넘는 비만과 마약 중독증에 시달리기까지 했다.

하지만, 언젠가는 반드시 대중의 스타가 되겠다는 꿈을 간직한 덕분에 자신의 비참한 처지를 이겨낼 수 있었다. 10대 시절 라디오 방송국에서 일하기 시작해 대학 졸업 후(22)에는 흑인 최초로 텔레비전 뉴스(볼티모어 TV 방송국의 메인 뉴스 진행자)를 맡게까지 되었다. 한때는 패션 전문지 '보그(Vogue)지'의 패션모델로 일하기도 했다. 하지만, 무엇보다도 토크쇼를 진행하면서부터 그녀의 진가가 드러나기 시작했다.

그녀가 자신의 꿈을 이루기 위해 선택한 미디어에서 가장 정성을 쏟은 것은 바로 독서였다. 끊임없는 독서를 통해 불행을 이겨내며 미래에 희망을 갖게 되었다. 후일 그녀는 자신의 성공 비결이 바로 독서에 있다고 하면서 "미국을 책 읽는 나라로 만들겠다"라고 선언하기도 했다. 그녀는 실제로 '북클럽'을 조직하여 대대적인 독서 운동을 펴기도 했다.

한 번은 그녀가 한 방송에 출연하여 진행자로부터 당황스러운 질문을 받은 일이 있었다.

"인종차별이 심한 남부 지방에서 흑인으로 성장하던 시절이 있었지요? 상당한 고통을 안겨주었을 것으로 생각되는데요, 과연 어떠했는지요?"

난처한 질문에 그녀는 재치 넘치는 대답으로 그 순간을 멋지게 넘겼다.

"저는 아주 어렸을 때 깨달았어요. 노력하는 사람의 우수함에는 아무런 차별이 없다는 사실을 말이에요."

토크쇼를 시작하며 그녀는 "가슴을 펴세요. 그리고 여러분의 가슴 속에 있는 하나님을 만나보세요(Open your heart and see the God in your heart.)."라고 말했다. 그녀 자신의 신앙적 체험에서 우러나온 일종의 신앙고백인 셈이었다.

10년 전부터 '오프라(oprah)'란 단어는 '고백을 끌어내려 친근한 어조로 끈질기게 질문하는 것'을 뜻하게 되었다. 최근에는 '대중 앞에서 하는 고백' 또는 '세계를 전면적으로 변화·개조하는 것을 뜻하는 일상용어'란 뜻으로까지 그 의미가 확대되었다. 이 보통명사 '오프라(oprah)'는 미국에서 20년 넘게 토크쇼를 진행해 온 흑인 여성 오프라 윈프리(Oprah Winfrey)에서 비롯된 말이다.

❹ '강철왕' 앤드루 카네기(Andrew Carnegie: 1835~1919)는 스코틀랜드의 던펌린 마을에서 수직공의 아들로 태어났다. 당시는 영국을 필두로 한 산업혁명으로 인해 새로운 기계들이 많이 만들어져 큰 변화

의 물결이 일고 있던 때였다. 13세 때 가족과 함께 미국으로 이주했지만, 가난에 쪼들리는 형편이라 학교에 가는 대신 공장에 나가야 했다. 15세부터는 피츠버그 전신국에서 우편물을 배달했지만, 근면하고 성실한 덕에 얼마 안 있어 철도회사에 취직할 수 있었다. 남북전쟁 이후에는 무너진 철도와 부서진 기관차를 복구하느라 철강 산업이 날로 번창하게 되었다.

1875년에 '카네기 제강소'를 세웠는데 날로 회사가 번창하여 마침내 미국 최대의 제강기업이 되었다. 하지만, 카네기는 애써 모은 재산을 가난한 이웃을 돕는 데 아낌없이 내놓았다. 특히, 교육을 매우 중요하게 생각한 그는 시골 곳곳에 학교와 도서관을 지어 학문 발전에 크게 이바지했다.

그중 대표적인 것이 바로 '카네기재단'과 오늘날 뉴욕의 대명사로 여겨지는 '카네기 홀'이다. 가난 때문에 자신은 정작 정상적인 학교 교육을 받지 못했지만, 세계적인 철강왕이 되어, 세상을 보다 살기 좋게 만드는 데 크게 이바지했다. 그의 어린 시절에 있었던 일화 하나를 소개하면 그가 얼마나 현명했는가를 쉽게 짐작할 수 있다. 불과 열 살 때 있었던 이야기다.

"어느 날 아침, 일어나 토끼장으로 다가가니 하룻밤 사이에 웬 새끼 토끼들이 많이도 늘어나 있었다. 한데, 그 많은 새끼 토끼들을 먹일 먹이가 없는 게 아닌가! 그때 어린 카네기는 당황하지 않고 기발한 생각을 해냈다. 이웃에 사는 여섯 명의 친구들을 불러 놓고는 한

가지 희한한 제안을 했다. 매일 새끼 토끼들에게 먹일 충분한 양의 민들레와 클로버를 뜯어오면, 친구들의 이름을 따서 새끼 토끼들에게 이름을 지어주겠다고 약속했다.

그 계획은 정말 마법처럼 효과가 있었다. 어린 친구들은 자신의 이름을 따서 새끼 토끼의 이름을 지어준다는 그의 말에 신이 났다. 누가 시키지 않아도 부지런히 새끼 토끼를 돌보아주었다."

철강왕 앤드루 카네기가 신입사원을 채용할 때의 일화다.

"앞에 놓인 포장된 상자의 끈을 푸시오!"

신입사원이 되고자 지원한 젊은이들은 뜻밖의 '실습 실험'에 다들 당황했다. 대부분의 지원자들은 면접관 앞에서 한 매듭씩 정성껏 풀어나갔다. 한데, 앤드루 카네기는 포장된 끈을 손으로 차근차근 꼼꼼하게 푼 사람은 불합격시키고, 대신 고정관념을 깨고 칼로 단번에 잘라 낸 사람들은 합격시켰다. 그는 채용시험에 응시한 사람들을 지식이 아니라 지혜로 판단하려 했다. 즉, 사고의 유연성을 테스트해 본 것이다.

물론, 불합격한 응시생들은 규칙을 제대로 말해주지 않았다며 불평했다. 칼을 제대로 찾을 수 없었을 뿐만 아니라, 다들 주어진 상황에서 나름대로 최선을 다했다고 주장했다. 그러나 앤드루 카네기는 '최선을 다하는 것' 속에는 '다른 사람에게 도움을 요청하는 것도 포함된다.'고 가르쳤다.

사무엘 존슨(1709-1784: 영국의 시인, 평론가, 사전편찬자)의 명언들

번호	중심 단어	내용
1	가정과 행복	가정의 행복은 온갖 염원의 궁극적인 결과다.
2	결혼과 독신	결혼에는 많은 고통이 따르지만, 독신에는 아무런 즐거움도 없다.
3	나무와 숲, 현재와 미래	나무는 보되 숲을 못 보는 일은 흔히 있는 일이다. 마찬가지로, 넓은 범위를 보는 데 정신이 팔려 미래의 이익에만 시선을 빼앗기면, 모처럼 손에 쥐고 있는 기회는 고사하고 손에 들어오는 이익조차 눈에 띄지 않게 된다. 인생은 그러지 않아도 짧은데, 시간을 낭비하면 더욱더 짧아진다.
4	노력과 책	노력 즉, 고생도 없이 써 갈긴 책은 독자에게 아무런 기쁨도 줄 수 없는 그저 종이와 시간의 낭비일 뿐이다.
5	위선자의 허울	누구라도 즐거움에 빠져있을 때는 위선자라는 허울을 벗어던지게 된다.
6	늙음과 둔함	늙어서 몸과 마음이 둔해진다면 그것은 자기 자신의 잘못이다. 즉, 몸과 마음을 덜 이용했기 때문이다.
7	일	단숨에 여러 가지 일을 하려는 사람은 단 한 가지의 일도 제대로 못 할 것이다.
8	결혼과 돈과 사랑	단지 돈만을 위해 결혼하는 사람보다 더 나쁜 것은 없고 단지 사랑만을 위해 결혼하는 사람처럼 어리석은 것은 없다.
9	칭찬의 가치	단 한 사람의 칭찬이라도 말할 수 없이 중요하다.
10	소비	너 자신의 것은 무엇이든 적게 소비하라

11	돈	돈을 낭비하거나 저금하고 있는 사람은 가장 행복한 사람이다. 양쪽 다 그 일을 즐기고 있기 때문이다.
12	진리	모든 사람은 진리라고 생각하는 것을 말할 권리가 있고, 그 진리를 위해 자신을 불태울 권리가 있다.
13	칭찬하기	모든 사람을 칭찬하는 사람은 그 누구도 칭찬하지 않는 것이나 마찬가지다.
14	미래와 현재	미래는 현재에 의해 사라진다.
15	부자로 살기	부자로 사는 것이 부자로 죽는 것보다 낫다.
16	부패와 법	부패한 사회에는 많은 법률이 있다.
17	진실과 거짓	사람들은 자기가 원치 않는 하나의 진실이 밝혀지기보다 자신에 관한 백 가지의 거짓이 밝혀지기를 바란다.
18	독서	스스로 읽고 싶은 책을 읽어야 한다. 일삼아 읽은 책은 대부분 기억되지 않기 때문이다.
19	신뢰와 우정	신뢰 없는 우정은 없다. 마찬가지로, 언행일치와 동떨어진 신뢰는 있을 수 없다.
20	독서	아무리 책을 읽어도 현명해지지 않는 사람은 자기 자신의 둔함 따위는 의심해 보지 않은 채, 낱말이 이해하기 어렵다느니 문장이 애매하다고 투덜대고는, 마침내 자신이 해석할 수 없는 책이 어떤 이유로 만들어졌느냐며 참으로 어이없는 불만을 말한다.
21	모방	모방에 의해 탁월해지는 사람은 없다.
22	신념과 희망	어떤 일이 있어도 인생의 두 가지 요소를 잊어서는 안 된다. 다름 아닌 신념과 희망이다.
23	대화와 미술 작품	내내 같은 식으로 지껄이는 사람은 아무리 많은 말을 늘어놓는다 해도 상대편에게 아무런 흥미를 줄 수 없다. 즉, 대화에도 미술 작품의 경우처럼 차분하고 조용한 맛이 필요하다.

24	최고의 행복	어려운 일과 싸워 정복하는 일이 가장 높은 차원의 행복이다.
25	여행과 지식	여행에서 지식을 얻고 돌아오고 싶다면, 떠날 때 지식을 몸에 지니고 가야 한다.
26	불완전한 지식	완전하지 않은 지식은 위험하고 두렵다.
27	감정 초월	외적인 영향에 좌우되고 싶지 않다면 먼저 자기 자신의 격렬한 감정부터 초월해야 한다.
28	우정과 이별	우정은 사랑과 마찬가지로 잠시 동안의 단절로 강화될 수 있을지 모르나, 오랜 부재에 의해 파괴된다.
29	가난과 멸시	'세상 어디에도 가난하거나 멸시할 사람은 없다.'고 생각하는 사람은 결코 가난해지지도, 남에게 멸시당하지도 않을 것이다.
30	기술 혁신과 사람 다루는 방식	이 시대는 광적으로 기술 혁신을 추구하고 있다. 이제 세계의 모든 비즈니스는 새로운 방식으로 운용될 것이다. 사람들 또한 새로운 방식으로 다뤄야 할 것이다.
31	우정 수선	인간은 나이를 먹어감에 따라 새로운 친구들을 사귀지 않으면, 곧 외로움을 느끼게 된다. 인간은 꾸준히 우정을 수선해 나가지 않으면 안 된다.
32	결핍과 향락	인생은 결핍의 연속이며, 향락의 연속은 아니다.
33	짧은 인생	인생은 짧다. 그러므로 이것저것 생각하며 시간을 허비해서는 안된다.
34	글쓰기	자신의 작풍(作風)을 만들기 위해 열심히 노력했던 사람이 일단 자신의 작풍을 만들고 나면, 수월하게 글을 쓸 것 같지만 실제로 그런 경우는 드물다.
35	자연과 행복	자연에 등을 돌리는 것은 결국 우리 자신의 행복에 등을 돌리는 것과 같다.
36	불행, 불신, 신중	절망적인 불행이 빠른 치료를 요구할 때 불신은 비겁을 낳고, 신중은 어리석음을 낳는다.

37	청년과 시간	젊은 시절은 시간 낭비에 의해 더욱 짧아진다.
38	두 가지 지식	두 종류의 지식이 있다. 하나는 어떤 주제에 대해 직접 아는 것이고, 다른 하나는 정보나 지식이 있는 곳을 아는 것이다.
39	우정 가꾸기	우정을 두텁게 하지 않고 아무렇게나 지내는 것은 예쁜 꽃에 물을 주지 않고 시들게 내버려 두는 것과 같다. 물을 주고 김을 매며 꽃을 가꾸듯 아름다운 우정을 쌓아 올리는 것이 현명하다.
40	우정을 시험하기	친구의 우정을 시험하는 것은 부인의 정절을 시험하는 것과 마찬가지로 어리석다.
41	극도의 비참함	하나에서 열까지 모두가 가혹한 것만 있는 것은 아니다. 사람은 극도의 비참함에 대해서는 결코 입 밖에 내지 않기 때문이다.
42	평가라는 것	우리는 한 작가가 아직 살아 있을 때는 그의 가장 모자란 작품으로 그를 평가하고, 그가 죽으면 그의 가장 뛰어난 작품으로 그를 평가한다.
43	일과 머물기	할 일이 없으면 혼자 있지 마라. 혼자 있으려거든 할 일을 찾아라.
44	행복 깨닫기	행복은 자신의 생각 속에서 나타나는 것이 아니고, 다른 사람과 비교했을 때만 깨달아지는 것이다.
45	현재의 시간	현재의 시간만이 인간의 것임을 알자.
46	호기심과 지식인	호기심은 '활기찬 지식인'이 죽을 때까지 변함없이 갖는 성격적 특성의 하나다.
47	희망과 노력	희망이 없으면 노력도 없다. 희망이 없는데, 노력할 사람이 어디 있겠는가? 노력하는 데는 다 그만한 이유가 있다. 목표 없이 일하는 사람은 없다. 골인 지점 없이 달리는 마라토너는 없다. 희망을 먼저 갖자. 그러면 자연히 노력하는 사람이 될 것이다.

사무엘 존슨(Samuel Johnson)

서점 주인의 아들로 태어나 학비가 부족해 옥스퍼드대학교를 중퇴했지만, 후에 문학적 업적에 의해 박사 학위가 추증되어 '존슨 박사'라 불렸다. 26세 때 자신보다 20세 연상인 미망인과 결혼해 고향(스태퍼드셔 리치필드)에서 사학을 열기도 했다. 29세(1737)에 런던으로 나온 그는 〈Gentleman's Magazine〉에 의회 기사를 써주고 원고료로 생계를 이어가며, 잡지 〈램블러(Rambler)〉(1750-1752)를 펴냈다. 풍자시 〈런던(London)〉(1738)과 〈욕망의 공허(The Vanity of Human Wishes)〉(1749), 비극 〈아이린(Irene)〉(1749) 등을 발표하며 필명을 날렸다. 39세(1747)에 시작한 〈영어사전(A Dictionary of the English Language)〉을 7년 만에 완성시켜 세상을 놀라게 하기도 했다. 53세(1762)에는 정부로부터 30파운드의 연금을 받게 되고, 이듬해(1763)에는 제자들과 같이 문학 그룹 '더 클럽'(후에 '문학클럽'으로 개칭)을 조직했다. 56세(1765)에 셰익스피어 전집을 출판하며, 서두에 '셰익스피어론'을 실었다. 17세기 이후의 영국 시인 52명의 전기와 작품론을 정리한 10권의 〈영국시인들의 생애(Lives of the English Poets)〉(1779-1781)는 만년의 대작으로 유명하다. 또한, 'Talker Johnson'으로 불릴 만큼 재담의 명인이기도 했다. "런던에 싫증난 자는 인생에 싫증난 자다."라고 말할 정도로 런던을 사랑했다. 1995년 미국의 유력 일간지 워싱턴포스트지는 '지난 1천 년의 역사에서 최고의 업적을 남긴 인물'로 꼽고, 최고의 저자로 선정했다.

'성공 철학자' 나폴레옹 힐(Napoleon Hill)의 명언들

번호	성공의 13단계	실패자가 극복해야 할 16가지 습관
1	명확한 목표를 세워라. 반드시 실현할 수 있다는 믿음을 가져라.	자신이 무엇을 바라고 있는지 모르며 설명하지도 못한다.
2	신념은 한계를 뛰어넘는다. 최종적인 승리를 거두는 사람은 '나는 할 수 있다.' 고 생각하는 사람이다.	오늘 할 일이 무엇이든 내일로 미룬다.
3	자신을 향해 긍정적으로 암시하라. 자기암시는 잠재의식 계발을 위한 가장 적극적인 수단이다.	자기 계발에 관심을 기울이지 않는다.
4	상상력은 모든 것을 만들어낸다. 부는 상상력에서 비롯된 간단한 아이디어에서 출발한다.	자신의 일이 아니면 회피하며 책임을 전가한다.
5	아는 것이 곧 힘이다. 명확한 목표를 향한 체계화된 지식이 있어야 한다.	문제를 해결할 생각은 하지 않은 채 변명할 생각만 한다.
6	실천적인 계획을 세워라. 당신의 계획이 완성된 순간, 성공은 이미 당신 곁에 있다.	자기만족과 도취에 빠져 환상으로 나날을 보낸다.
7	신속하게 결단하라. 우유부단은 모든 사람이 극복해야 할 최대의 적이다.	중대한 문제에 직면하면 싸워 보지 않고 타협하는 자세를 취한다.
8	인내를 습관으로 만들어라. 인내력과 의지력으로 어려움을 이길 때 부가 축척된다.	상대방의 잘못은 지적하면서 자신의 잘못은 인정하지 않는다.
9	조화로운 인간관계가 성공을 앞당긴다. 두 사람의 마음이 조화되어 하나가 될 때, 초월적인 힘을 발휘할 수 있다.	안일하게 하루하루를 보낸다.
10	성 충동을 에너지화하라. 성 충동이 올바른 방향으로 전환되면 강력한 힘을 얻을 수 있다.	작은 장애에도 쉽게 포기한다.

11	잠재의식을 활용하라. 잠재의식은 신념처럼 강한 감정에 민감하게 반응한다.	계획표나 문제분석표를 작성하지 않고 타성에만 의존한다.
12	누구에게나 초능력이 있다. 감정을 자극하면, 창조적인 상상력은 더욱 민감하게 아이디어를 수신하게 된다.	기발한 아이디어가 생각나고 기회가 와도 실행하지 않는다.
13	육감을 일깨워라, 육감의 명령대로 행동한다면, 행운의 여신은 성공의 문을 활짝 열어줄 것이다.	환상적인 꿈만 좇고 실천하지 않는다.
14		노력하는 대신 일확천금을 꿈꾼다.
15		나은 미래를 위해 투자하기보다 현재의 생활에 안주한다.
16		타인의 시선이나 비난이 두려워 앞에 나서지 않는다.

6단계 성공 프로세스

① 마음속에 당신이 원하는 돈의 액수를 분명하게 정하라.

② 당신이 원하는 돈을 받은 대가로 당신은 무엇을 지불할 것인지 결정하라. 이 세상에 대가를 요구하지 않는 보수는 아무 데도 없다.

③ 당신이 원하는 돈을 언제까지 얻고 싶은지 그 날짜를 정하라.

④ 당신의 소망을 이루기 위한 구체적인 계획을 세워라.

⑤ 당신이 얻기 위한 구체적인 돈의 액수, 그것을 얻기 위한 대가, 날짜, 그리고 구체적인 계획, 이상의 네 가지 사항을 종이에 자세히 적어라.

⑥ 종이에 적은 이 선언을 하루에 두 번, 아침에 일어났을 때와 자기 직

전에 되도록 큰소리로 읽어라. 이때 당신은 이미 그 소망을 실현한 것처럼 생각하고 믿어라.

행복의 골짜기에 사는 세계 제일의 갑부 이야기

그는 만족, 건강, 안식 평온을 주는 물건을 가지고 있는데, 그는 이 소중한 재산을 다음과 같은 방법으로 손에 넣었다.

① 그는 남의 행복을 찾아줌으로써 스스로 행복을 찾았다.
② 그는 절도 있는 생활과 절제 있는 식사로 건강을 얻었다.
③ 그는 남을 미워하거나 원망하지 않았다. 모든 사람을 사랑했다.
④ 그는 여유를 갖고 사랑의 노동을 했다. 그러므로 피곤하지 않았다.
⑤ 그의 기도는 지금 가지고 있는 재산의 소중함을 알고 그 뜻을 받아들여 맛보게 해 달라는 것이었다.
⑥ 그는 항상 남의 이름에 경의를 표했다. 어떤 경우든 남을 해치는 일을 하지 않았다.
⑦ 그는 도움을 바라는 사람에게 자신의 전부를 주었다. 그 외에 아무것도 바라지 않았다.
⑧ 그는 양심에 충실하여 잘못을 범하지 않았다.
⑨ 그는 많은 재산을 갖고 있다. 물욕이나 선망과는 인연이 없기 때문이다. 살아있는 동안 건설적으로 쓸 만큼 있다는 것은 좋은 일이다. 그의 재

산은 그가 행복을 주며 도와준 사람들로부터 생긴 것이다.

⑩ 그가 가진 행복의 골짜기에 있는 부동산에는 세금이 붙지 않는다. 그것은 그의 마음속 닿을 수 없는 곳에 있고, 그가 사는 방식을 알지 못하는 사람은 평가할 수 없기 때문이다. 그는 자연법칙에 순응하며 노력하여 마침내 그 재산을 쌓아 올렸다.

나폴레옹 힐의 독특한 주장들

- 실패자들은 하나같이 실패한 원인을 속속들이 알고 있을 뿐만 아니라, 실패에 대해 완벽한 변명거리를 만들어 놓고 있다. People who don't succeed have one distinguishing trait in common. They know all the reasons for failure and have what they believe to be air-tight alibis to explain away their own lack of achievement.

- 역경의 순간에 의지할 대상은 오로지 자기 자신이다. 누구나 가지고 있는 7가지 두려움(가난, 비난, 쇠약, 실연, 노쇠, 구속, 죽음)은 단지 심리적 상태일 뿐이기 때문에 행동을 취하면 그 두려움을 통제할 수 있다. The only person on whom you can depend during times of adversity is you. The seven basic fears include the fear of poverty, criticism, ill health, loss of love, old age, loss of liberty, death. Since fear is merely a state of mind you can control it by taking action.

- 관용, 동정, 자제심, 인내 등을 가르쳐주는 역경에 감사하라. Be thankful for the adversities that have crossed your pathway, for they have taught you tolerance. sympathy, self-control, perseverance and some other virtues you might never have known.

- 긍정적인 생각과 태도로 질병을 물리치고 건강을 누릴 수 있다. A positive mental attitude will attract good health; a negative mental attitude will attract ill health. A negative mind usually results in physical illness, and most physical ailments begin with wrong thinking. You can't separate your body from your mind. Whatever affects the body will affect the mind; whatever affects the mind will affect the body. You can increase your body's resistance to disease by a change in your mental attitude.

- 오늘이 남은 인생의 첫날이니 스스로의 힘으로 세상을 변화시킬 각오를 새롭게 다지라. Today is the first day of the rest of your life. Take control of your life and change whatever needs to be changed. You and only you have the power to do this. You can change your world.

- 노력의 효율성은 시간의 조직적인 활용에 달려 있다. Effectiveness in human endeavor calls for the organized budgeting of time.

- 매 순간이 황금의 기회인 듯이 여기라. Use your time as if each passing moment were a precious nugget of golden opportunity.

- 누구나 같은 시간, 같은 기회를 갖고 있으나 성공을 원하거든 남다른 시간 전략을 짜라. Since your day has the same 24 hours in it as everyone else's in the world, you have the same opportunity as everyone else for the skillful use of time.

- 걱정할 가치가 있는 것은 아무것도 없으니 일체의 걱정을 떨쳐 버리라! 그래야만 비로소 냉정함, 마음의 평온, 사고의 침착성이 생겨 행복을 누리게 된다. Kill the habit of worry in all its forms by reaching a firm decision that nothing life has to offer is worth the price of worry. With this decision will come poise, peace of mind, and calmness of though-which will bring happiness.

- 건전한 인격은 강렬한 자기 존중에서 비롯된다. Sound character begins will keen self-respect.

- 대부분의 실패는 1분만 더 버티거나 조금만 더 노력했더라면 충분히 피할 수 있었던 것이다. Most failures could have been converted into successes if someone had held on another minute or made one more effort.

- 성공은 아무 설명이 필요 없지만, 실패는 구차한 변명을 늘어놓게 마련이다. Success requires no explanations-failures must be doctored with alibis.

- 타오르는 욕망을 가지고 있는 한 누구나 새롭게 자기 인생을 개척해 나갈 수 있다.

리더십 개발 전문가 존 맥스웰(John C. Maxwell) 목사의 명언들

번호	리더십의 22가지 불변의 법칙	
1	수준의 법칙	리더십 능력이 그 사람의 전체적인 성공 수준을 결정한다.
2	영향력의 법칙	리더십을 측정하는 진정한 척도는 영향력이다. 그 이상도, 그 이하도 아니다.
3	과정의 법칙	리더십은 매일 개발하는 것이지, 하루아침에 개발되는 것이 아니다.
4	항해의 법칙	누구나 배를 조종할 수 있다. 그러나 선박의 항로를 정하기 위해서는 리더가 필요하다.
5	휴톤(Houghton)의 법칙	진정한 리더가 말을 하면 사람들은 듣는다. ☞ 금융서비스 회사인 휴톤(Houghton)의 모토는 “휴톤이 말할 때, 사람들은 듣습니다.”이었다. 참 리더가 말할 때 사람들이 듣는다.
6	굳건한 기초의 법칙	신뢰가 바로 리더십의 기반이다.
7	존경의 법칙	사람들은 본능적으로 자신보다 강한 사람을 따른다.

8	직관의 법칙	리더는 직관을 통해 사물을 평가한다.
9	자석의 법칙	당신이 어떤 사람인가에 따라 당신 주위에 어떤 사람들이 모일지 결정된다.
10	관계의 법칙	리더는 도움을 요청하기 전에 먼저 마음의 문을 두드린다.
11	이너서클(inner circle)의 법칙	리더의 잠재력은 리더와 가장 가까운 사람들에 의해 결정된다.
12	임파워먼트(empowerment: authorization)의 법칙	자기 자신을 신뢰하는 리더만이 권한을 다른 사람에게 위임할 수 있다.
13	재생산의 법칙	훌륭한 리더가 훌륭한 리더를 기른다.
14	수용의 법칙	구성원들은 먼저 리더를 수용하고 다음에 비전을 수용한다.
15	승리의 법칙	리더는 팀이 승리할 수 있는 길을 찾아낸다.
16	모멘텀의 법칙	모멘텀은 리더에게 최고의 친구다.
17	우선순위의 법칙	열심히 일한다고 반드시 성과가 나는 건 아니다.
18	희생의 법칙	성장하려면 리더는 희생을 치러야 한다.
19	타이밍의 법칙	리더에게 있어 때를 아는 것은 가야 할 목적지를 아는 것 이상으로 중요하다.
20	폭발적 성장의 법칙	작은 성장을 이루려면 추종자들을 리드하라. 큰 성장을 이루고자 하면 리더들을 리드하라.
21	유산의 법칙	장기적인 관점에서 가치는 승계에 의해 측정된다.
22	신념과 희망	어떤 일이 있어도 인생의 두 가지 요소를 잊어서는 안 된다. 다름 아닌 신념과 희망이다.

리더가 알아야 할 7가지 키워드

① 비전을 품어라.

② 결단하라.

③ 행동하라.

④ 인격을 갖추라.

⑤ 모험하라.

⑥ 희생하라.

⑦ 섬기라.

성공한 사람에게 필요한 11가지 사고들

① 큰 사고의 지혜를 터득하라.

② 집중적 사고의 잠재력을 펼쳐라.

③ 창의적 사고의 즐거움을 발견하라.

④ 현실적 사고의 중요성을 인식하라.

⑤ 전략적 사고의 힘을 발휘하라.

⑥ 가능성 사고의 힘을 느껴라.

⑦ 사색적 사고의 교훈을 받아들여라.

⑧ 통념에 의문을 제기하라.

⑨ 공동 사고에 참여하라.

⑩ 이타적 사고의 충족감을 경험하라.

⑪ 실리적 사고의 보상을 즐겨라.

팀워크를 혁신하는 17가지 불변의 법칙

① 중요성의 법칙

② 큰 그림의 법칙

③ 적소의 법칙

④ 에베레스트산의 법칙

⑤ 사슬의 법칙

⑥ 촉매자의 법칙

⑦ 나침반의 법칙

⑧ 나쁜 사과의 법칙

⑨ 책임의 법칙

⑩ 대가의 법칙

⑪ 점수판의 법칙

⑫ 벤치(대기 선수)의 법칙

⑬ 정체성의 법칙

⑭ 커뮤니케이션의 법칙

⑮ 차이의 법칙

⑯ 높은 사기의 법칙

⑰ 배당금의 법칙